散文典藏

觉醒的力量

周国平 著

浙江人民出版社
ZHEJIANG PEOPLE'S PUBLISHING HOUSE

图书在版编目（CIP）数据

觉醒的力量 / 周国平著. — 杭州：浙江人民出版社，2016.8（2018.4重印）

ISBN 978-7-213-07472-1

Ⅰ. ①觉… Ⅱ. ①周… Ⅲ. ①散文集–中国–当代 Ⅳ. ①I267

中国版本图书馆CIP数据核字（2016）第133287号

觉醒的力量

周国平　著

出版发行	浙江人民出版社（杭州市体育场路347号　邮编　310006）
责任编辑	汪景芬
责任校对	陈　春　朱志萍
印　　刷	河北鹏润印刷有限公司
封面设计	门乃婷工作室
电脑制版	刘龄蔓
开　　本	880毫米 ×1230毫米　1/32
印　　张	10.5
字　　数	252千字
版　　次	2016年8月第1版
印　　次	2018年4月第3次印刷
书　　号	ISBN 978-7-213-07472-1
定　　价	39.80元

如发现印装质量问题，影响阅读，请与市场部联系调换。

质量投诉电话：010–82069336

目 录

第二辑　伤痛三记

第三辑　阅读季节

第四辑　传承高贵

第五辑　书生之见

第六辑　生命考试

第七辑　书林风景

第八辑　自序辑录

第九辑　访谈辑录

序

本书是我的一本新散文集，收入2011年至2014年所写的文章。在按时间顺序的结集中，这是第六本，此前的五本先后是《守望的距离》《各自的朝圣路》《安静》《善良丰富高贵》《生命的品质》。

检视这四年里的文字，我选定了一个关键词，便是“觉醒”。书中的话题涉及哲学、信仰、阅读、教育、生活等，然而，哲学的沉思，信仰的寻求，经典的阅读，教育的进程，生活的磨炼，终极的目的都是为了觉醒。如果不能觉醒，哲学就只是逻辑，信仰就只是姿态，经典就只是文献，教育就只是培训，生活就只是遭遇，一切都仍然是外在于你的。

怎样才算是觉醒？我认为有三个主要标志。一个觉醒的人，第一有坚定的价值观，知道人生中什么重要，什么不重要，不被社会的习俗和潮流左右；第二有清楚的自我认识，知道自己的禀赋和志业之所在，不被偶然的风尚和机遇左右；第三有强大的精神性自我，知道灵魂的高贵和自由，不被外部的事件和遭遇左右。

坚定的价值观，清楚的自我认识，强大的精神性自我，这三者构成了坚强的核心。有了这三者，一个人才真正地成了自己的主人。觉醒是一个过程，对于这三者，需要不断地巩固和维护。套用曾子的“吾日三省吾身”，就好比做日课，一个人不妨经常反省自己：我把名利之类次要价值当作人生主要价值来追求了吗？因为机会的诱惑或惰性的支配，我在做自己不喜欢也不擅长的事吗？我陷在一个当下的遭遇中，丧失掉理性的沉静和灵魂的自由了吗？这些情形往往是常态，唯有对之保持警惕，觉醒的力量才得以不断生长。

觉醒是一种巨大的内在力量，拥有了这种力量，一切外来的负面力量都不能真正把你打败。面对天灾人祸、世风的不正、人心的不善、落在你头上的不义，你诚然仍会痛苦，但是，你一定能够最大限度地保持内心的平静，因为你知道，没有什么能夺走你内在的珍宝，使你的人生失去方向和意义。这是我的切身体会，在本书出版之时，我愿以此与读者共勉。

周国平

2015 年 2 月 8 日

第一辑　觉醒之力

论感恩

1. 善良和感恩

如果你是一个善良的人，你得到了别人的善意对待和帮助，心中会产生一种自然的情感，这种情感就叫感恩。

当然，前提是你是一个善良的人。善良，就是有同情心。你必须有同情心，才会有感恩心。你对别人怀有善意，乐于帮助，才会懂得别人对你的善意，感激别人对你的帮助。其实，感恩心和同情心是同一颗心，感恩和同情是善良的两面。

冷漠者不知感恩为何物。一个不肯向别人伸出援助之手的人，倘若别人向他伸出援助之手，他的本能反应是猜疑，而不是感恩。如果他尚能被感化，因此知恩向善，则证明他善根尚存。能否知恩是检验善根是否尚存的“试金石”。所以，佛经里说：知恩者不坏善根，不知恩者善根断灭。

2. 为生命感恩

我们得到珍贵的礼物，心中会对赠予者怀有感激之情。然而，在我们得到的一切礼物中，还有什么比生命更珍贵的呢?

所以，我们感恩父母，因为凭借他们，我们才得到了这一世的生命。中国传统伦理强调孝，提倡尊亲，其合理内核就是感恩生命的来源。

然而，单凭父母的血肉之躯，我们是不能得到生命的。生命传承，世代相续，那最初的源头在哪里，那神秘的主宰是什么？各民族的神话和宗教都告诉我们，生命有神圣的来源，它被称作天地、神、上帝、造物主。对于生命的这个神圣来源的感恩，就叫作信仰。

在一切感恩中，为生命感恩是最根本的感恩。在这种大感恩的照耀下，生命的总色调是明亮的，使我们能够超越具体的得失恩怨，在任何遭遇中保持感恩之心。

3. 为爱感恩

如果说生命是最珍贵的礼物，那么，在生命的经历中，爱是最珍贵的礼物。

爱情、亲情、友情，是生命中的无价之宝，你要珍惜。珍惜生命中的爱，常怀为爱感恩之心，幸福就在你的心中。

你得到了爱，你要感恩。你给出的爱被接受了，你也要感恩。在爱中，给出本身就是得到，接受本身就是回赠。

爱是不可量化的，只要是真诚的，就不存在多少的问题。曾经相爱就是恩，你不可为爱的离去而怨恨。如果你确实看清了那不是爱，而是欺骗，也不要怨，而应该蔑视。

4. 包容和感恩

生命中必然有逆境、灾祸、苦难，如果你真正感恩生命，就会包容这些负面的遭遇。在某种意义上，它们也是生命给你的礼物，是促使你体悟人生的宝贵机遇。

如同在道德的层面上，感恩心与同情心不可分割，在智慧的层面上，感恩心与包容心也不可分割。一个没有包容心的人，他的心是狭窄的，并且长满了怨和嗔的杂草，感恩心就没有了生长的空间。

我们感恩，是用心感恩。一个人必须有健康的心，才能感恩。心第一要善，有同情心；第二要宽，有包容心。兼具此二者，就是健康的心。

5. 报恩

感恩是知行的统一，既要知恩，也要报恩。报恩不是只报恩主，倘若那样，实质上仍是交易。知生命之大恩的人，用一生的行为来报这个大恩。

人是有性灵的生命，生而为人，是造化的大恩。为报这个大恩，就要活出你的性灵，拥有自由的头脑、丰富的心灵、高贵的灵魂，无愧为人。做人猥琐，自甘平庸乃至堕落，是最大的忘恩负义。

如果你在人世获得了成功，不论是凭借能力还是运气，说到底都是上天所赐。所以，你要把这个成功看作一种责任，用它来造福众生，回报社会。

2014.1

哲学与你有缘

1. 哲学就是谈心

公元前5世纪是哲学的世纪，东西方各有圣人出——孔子和苏格拉底，分别奠定了中西方两千多年的精神传统。这两位大哲，一生致力于做一件事，就是和年轻人谈心。他们都不设课堂，不留文字，谈心是他们从事哲学的主要方式。只是到了身后，弟子把老师的言论整理成书，于是中国有《论语》，西方有《柏拉图对话录》，成为中西哲学之元典。

一个人要和别人谈心，必须先和自己谈心。孔子和苏格拉底想必亦如此，是把和自己谈心的所得告诉了学生。和自己谈心，这正是基本的哲学活动，而它是我们每个人都可以进行的。

你也许会说：谈心还不容易？且慢，请回想一下，你有多少时间是在和自己谈心？我们平时忙于事务，和自己谈的——也就是脑中想的——多半也是事，怎么做某件事、怎么与人打交道之类。陷在事之中，这个状态是最不哲学的。不过，只要你愿意，还是可以抽出一些时间和自己谈心的，而养成了这个习惯，就是进入了一种哲学的生活状态。

2. 哲学开始于惊疑

谈心谈什么？谈宇宙，谈人生，总之是谈大问题。从事中跳出来，看宇宙和人生的全景，想大问题，你的心就会变得开阔。

柏拉图有言：哲学开始于惊疑——惊奇和疑惑。惊奇，面对的是宇宙；疑惑，面对的是人生。无论是人类，还是个人，一旦对宇宙感到惊奇，对人生感到困惑，哲学就开始了。

在古希腊，最早的哲学开始于仰望星空，早期哲学家多半是天文学家。古希腊第一个哲学家泰勒斯，总是专注于抬头看天，有一回不慎掉入井中，因此遭到身边女仆的嘲笑，笑他急于知道天上的事情，却看不见地上的事物。我替泰勒斯回答她：宇宙无限，人类的活动范围如此狭小，忙于地上的事情而不去探究天上的道理，岂不是更可笑的无知？

到了苏格拉底，希腊哲学发生了一个转折。按照西塞罗的说法，苏格拉底是第一个把哲学从天上召唤到地上来的人。他的哲学聚焦于人生，看见人们似乎明白实际是麻木地生活着，他就用追根究底的提问使之产生疑惑，激励其开始思考人生。他的这种做法得罪了许多人，因此被雅典法庭判处死刑。宣判之时，他在法庭上说出了一句流传千古的名言:“未经思考的人生不值得一过。”

康德说:世上最使人敬畏的两样东西是头上的星空和心中的道德律。哲学无非是做两件事,一是思考头上的星空,宇宙的奥秘;二是思考心中的道德律,做人的道理。所以,可以这样给哲学下定义:哲学是对世界和人生的根本问题的思考。

3. 孩子都是哲学家

人们常常说哲学玄虚、抽象、艰涩,其实不然。用哲学的定义来衡量,你会发现,孩子都是哲学家。

举我的女儿为例。4 岁时她问:“天上有什么?”妈妈答:“云。”问:“云后面呢?”答:“星星。”问:“星星后面呢?”答:“还是星星。”问:“最后的最后是什么?”答:“没有最后。”问:“怎么会没有最后?”妈妈语塞。她又问:“第一个人是从哪儿来的?”答:“中国神话说是女娲造的。”问:“女娲是谁造的?”妈妈也语塞。女儿 5 岁时知道人长大了会老会死,因此常说一句话:“我不想长大。”有一天自语:“假如时间不过去该多好,我就不会长大了。”然后问我:“为什么时间会过去?”我同样是语塞。

其实,做父母的只要留心,都会发现自己的孩子问过类似的问题。这类问题之所以回答不了,原因不是缺乏相关知识,而是因为超越了知识的范围,是所谓终极追问。这正是哲学问题的特点。

请回想一下,在童年时代,当你仰望星空之时,何尝不是对宇宙之谜怀有一种神秘感?当你知道生必有死之时,何尝不是对生命意义产生了一种困惑?反过来说,面对浩渺宇宙不感到惊奇,面对短暂人生不感到疑惑，岂不是最大的麻木？所以，哲学问题绝不是某几个头脑古怪的哲学家挖空心思想出来的，而是人生本身就包含着的。如果你葆有孩子般纯真的心智，它们一定仍然是你的问题。

4. 哲学没有标准答案

哲学是对世界和人生的根本问题的思考——在这个定义中，请注意两个关键词。其一，根本问题。哲学不只是方法论，如果你撇开根本问题，只是琢磨用什么聪明的方法去解决一些枝节问题，你就仍然与哲学无缘。其二，思考。哲学不是教条，如果你放弃独立思考，只是记诵一些现成的结论，你离哲学就比没有学这些教条的时候更远了。

哲学上的根本问题，比如世界的本质和人生的意义，原是没有最终答案的，更不存在所谓标准答案。如果有一种哲学宣称能给你一个标准答案，那一定是伪哲学。哲学的原义是爱智慧，什么是爱智慧？未经思考的人生不值得一过——苏格拉底的这句名言是最好的注解，就是绝不肯糊里糊涂地活，一定要想明白人生的道理。可是，教条式的哲学教学做的正是相反的事情，恰恰是要给你一个不思考的人生。

所以，我认为必须改革我们的哲学教学。哲学教材应该以问题为核心，辑录大哲学家们的相关著作，让年轻人知道人类最伟大的头脑在思考什么问题，有些什么不同的思路。通过这样的学习，唤醒你心中本来就存在的类似问题，使你对它们的思考保持在活跃和认真的状态。达到了这个效果，你就是真正进入了哲学。

5. 哲学让你有一个好心态

也许有人要问:既然哲学问题没有最终答案,思考它们又有何用?我的回答是:想这些无用问题的用处,就是让你有一个好心态。

首先,一个想宇宙和人生大问题的人,眼界和心胸比较开阔,在日常生活中就会比较超脱。王尔德说:“我们都生活在阴沟里,但我们中有些人仰望星空。”可以想见,当人们热衷于阴沟里的争斗之时,仰望星空的人是不会参与其中的。相反,如果你的人生没有广阔的参照系,就容易把全部注意力放在眼前的事情上,事情多么小也会被无限放大,结果便是死在一件小事上。

其次,人生哲学的核心是价值观。在价值观问题上,当然也不存在最终答案,但你可以有自己的选择,而这个选择事关重大。唯有从人生的全景出发,你才能看明白人生中什么是重要的,什么是不重要的,而这正是哲学的作用。因此,对于重要的东西,你可以看得准、抓得住,对于不重要的东西,你可以看得开、放得下,做到大事不糊涂,小事不纠结,从而活得更积极也更超脱。

说到底,哲学解决的是心的问题,是要让你的心有一个好的状态。

2014.6

探路幸福

——《智慧引领幸福》前言

亚里士多德说:“幸福是人的一切行为的终极目的,正是为了它,人们才做所有其他的事情。”这无非是说人人都想要幸福。然而,这个人人都想要的幸福,却似乎是一个难以捉摸的东西,若问究竟什么是幸福,不但人言人殊,而且很不容易说清楚。

“幸福”这个词,一般用来指一种令人非常满意的生活。什么样的生活令人满意,的确是因人而异的。有人因此说,幸福完全是一种主观感受,自己觉得幸福就是幸福。当然,主观满意度是幸福的必要条件,自己觉得不幸福的人,你不能说他是幸福的。但是,这不是充分条件。我们应该问一个问题:对于什么样的生活令人满意,人们的感受为什么如此不同?很显然,有一个东西在总体上支配着人们的主观感受,那就是价值观。价值观不对头的人,对幸福的感受必定是肤浅的,也是持久不了的。

为了使幸福的衡量有据可依，现在兴起了幸福指数的研究，试图给幸福制定客观标准。其方法大抵是列出若干因素，比如个人方面的收入、工作、家庭、健康、交往、休闲，社会方面的公平性、福利、文明、生态等，给每一项规定一个分值，据此统计总分。作为尝试，这并无不可。我本人对幸福能否数据化持怀疑态度，并且要指出一点：对各个因素重要性的评价，所给的分值，归根结底也是取决于价值观。

由此可见，撇开价值观，幸福问题是说不清楚的。哲学正是立足于价值观来探讨幸福问题。在哲学史上，对幸福的理解大致分两派。快乐主义认为，幸福就是快乐，但强调生命本身的自然性质的快乐和精神的快乐。完善主义认为，幸福就是精神上或道德上的完善，但承认完善亦伴随着精神的快乐。两派的共同点是重生命、轻功利，重精神、轻物质。

无论是哲学家们的赐教，还是我自己的体悟，都使我得出一个结论：人身上最宝贵的价值是生命和精神，倘若这二者的状态是好的，即可称幸福。怎样才算好呢？我的看法是，生命若是单纯的，精神若是丰富的，便是好。所以，幸福在于生命的单纯和精神的丰富。现代人只从物质层面求幸福，却轻慢了人身上最宝贵的两种价值，结果并不幸福，毛病就出在价值观。

为了幸福，我们要保护好生命的单纯。人应该享受生命，但真正的享受生命是满足生命本身那些自然性质的需要，它们是单纯的，而超出自然需要的物欲却导致了生活的复杂，是痛苦的根源。人是自然之子，与自然和谐相处是人类幸福的永恒前提。在当今这个崇尚财富的时代，财富是促进幸福，还是导致不幸，取决于有无正确的财富观。

人也是精神性存在，精神需要的满足是幸福的更重要源泉。在物质生活有保障之后，幸福主要取决于精神生活的品质。良好的智力品质表现在智力活动的兴趣和习惯，在此基础上找到自己真正喜欢做的事，拥有属于自己的事业，这个意义上的成功才是会带来巨大幸福感的真成功。良好的情感品质表现在自我的充实，内在生活的丰富，爱的体验和能力，这是自己身上的快乐源泉。良好的灵魂品质表现在善良、高贵的品德，真诚的信仰，这是做人的最高幸福。

幸福是相对的，现实的人生必然包容痛苦和不幸。因此，承受苦难乃是寻求幸福之人必须具备的素质。也因此，在智慧的引领下，想明白人生的道理，与身外遭遇保持距离，与命运结伴而行，才能在寻求幸福之路上从容前行。

人人都在寻求幸福，通往幸福没有现成的路可走，我们必须探路。以上是我探路的心得，按照这个线索，我对以前写的文字做了选择和整理，又补充了一些新的文字，编成这本书，供别的探路者参考。

2012.4

什么是幸福?

——威廉·施密德《幸福》中译本序

幸福似乎是一个人人都想要但没有人能说清的东西,即使哲学家们对之也是众说纷纭,莫衷一是。这倒并不奇怪,因为在日常语言中,这个词通常用来表达一种强烈的对生活满意的感觉,或者换一个实质上相同的说法,用来描述生活的一种特别令人满意的状态。可是,究竟怎样的生活令人满意,倘若追究下去,就涉及了几乎整个人生哲学。这正是从理论上阐明幸福问题的困难之所在。

威廉·施密德的这本书,译成汉语不足两万字,短小的篇幅里,却把这个复杂的问题阐述得条理清晰,颇具说服力。

作者没有纠缠于哲学史上的各种幸福理论,而是从对于幸福的通俗理解入手。其一是好运。德语中泛指幸福的词 Gl ü ck,原初的含义就是运气。汉语与之相似,“幸”是幸运、运气,“福”是福佑、福气,皆指非人力所能支配的好运。运气显然具有偶然性,可遇而不可求。进而言之,偶然的好运能否有助于幸福,取决于一个人的素质,在素质差的人身上,时间可能最终证明一次好运竟是厄运。

其二是快乐。通常所理解的快乐,是与痛苦相对立的,是要排除痛苦的。在这样肤浅的理解中,快乐几乎可以归结为"脑中的化学物质对劲",即一种生理、心理状态。这种快乐不可能持久,持久的结果必然是厌倦,甚至是乐极生悲。把这种快乐作为幸福来追求,还会使人不能承受人生中必有的痛苦,更不用说从挫折和苦难中获取精神价值了。

从上述分析可知,一种站得住脚的幸福观,应该是不依赖于运气的,也应该是能够肯定痛苦的价值的。作者由此引出"充实"这个概念。充实,就是接受人生根本上的矛盾性,立足于感受真实的、完整的人生,如此产生的幸福感必是深刻而持久的。作者认为,这才是哲学本来含义上的幸福。

可是,如同好运、快乐一样,充实的幸福也是片段式的。人生在世,有时会仿佛没来由地感到一种说不清、道不明的忧愁,它源于一种朦胧的意识,即意识到人生和世界的缺乏根据,人世间任何幸福的不可靠。这是一种深刻的空虚之感,因而可以视为充实的幸福之反面。海德格尔曾对这种感觉做过细致的剖析,指出它具有引人彻悟人生的积极意义。作者也认为,人之存在的这个维度值得精心保护,它可以使人与现实生活保持距离从而进行反思。

不过,这样一来,我们对幸福的寻求岂非走进了死胡同?好像是的,作者于此处告诉我们:人生第一要务不是幸福,而是寻求意义。全书共十章,后面六章的内容转入了对意义的探讨。他指出,意义即关联。按照我对其论述的理解,关联有两类。一类是我们的生活与有限的生命价值和精神价值的关联,比如父母对子女的爱,出于精神动机从事的事业，皆属此类。另一类是我们的生活与无限的生命价值和精神价值的关联，这实际上就是指对人生的超验意义的信仰。作者强调，提供这种超验意义的那个至高境界是否确凿存在，这并不重要，重要的是假设它存在能使生活变得更好，与无限的、神性的充实保持关联才可使人生获得真正充实的幸福。回头看那种作为充实之反面的忧愁，现在不妨承认，其价值正在于把人引向超验意义的寻求，因而也就成了充实的幸福的一个重要因子。

原来，意义问题的探讨并非对幸福主题的偏离，相反是其必由之路和归宿。真正从哲学上界定，幸福的人生就是有意义的人生。

作者在序言中说，他之所以写作本书，只是为了让现代人在"突然发疯似的追求幸福"的路上稍作停留，喘一口气，想一想究竟什么是幸福。正如作者所指出的，这种追求幸福的狂热是一种病态，其病因在于关联破裂，意义缺失，由此产生了人人痛心却无力战胜的内心空虚和外在冷漠。可是，人们往往找错了原因，反而愈加急切地追求物质，寻找表面的快乐，试图以之填满意义的真空，结果徒劳。在我们这里，类似的快乐缺乏症和幸福焦虑症同样也在蔓延，而且有过之而无不及。因此，我觉得译介本书是适逢其时。我注意到一个有趣的情况：作为德国的一位哲学教师，作者还有一份兼职工作，就是在瑞士的一所医院担任哲学心灵抚慰师。这倒是一份新鲜的职业，我从中窥知，西方大量开业的心理治疗师大概已经对付不了现代人的心理疾病了。我不能断定哲学心灵抚慰的效果如何，但我相信，对于心理健康来说，哲学的作用一定比心理学更为重要。现代人易患心理疾病，病根多半在想不明白人生的根本道理，于是就看不开生活中的小事。倘若想明白了，哪有看不开之理？

2011.10

人生的三个觉醒

人在世上生活，必须做选择和决定，也会遭遇疑惑、困难、挫折，皆需要力量的支持。在一切力量中，最不可缺少一种内在的力量，就是觉醒。觉醒是人人可以开发和拥有的力量，也是人生最根本和最重要的力量。那些外在的力量，如来自社会和朋友的帮助，若没有内在力量的配合，最多只能发生暂时的表面作用。那些外在的力量，如你已经获得的权力、金钱、名声、地位，也许可以使你活得风光，但唯有内在的力量才能使你活得有意义。

那么，让什么东西觉醒呢？当然是你身上那些最本质的东西，它们很可能沉睡着，所以要觉醒。我认为，人身上有三个最本质的东西。第一，你是一个生命，因此你才会在这个世界上生活，才会有你的种种人生经历。第二，你不但是一个生命，而且是一个独特的生命个体，并且能够明确地意识到这一点，也就是说，你是一个自我。第三，和宇宙万物不同，人是精神性的存在，你还是一个灵魂。这三者概括了你之为你的本质。因此，人生有三个基本的觉醒：生命的觉醒、自我的觉醒、灵魂的觉醒。

1. 生命的觉醒

每个人来到这个世界上，首先是一个生命，也终归是一个生命。这是一个多么简单的道理，却很容易被我们忘记。我们在社会上生活，为获取财富、权力、地位、名声等而奋斗，久而久之，往往把这些东西看得比生命更重要了，甚至当成了人生主要的乃至唯一的目标，为之耗尽了全部精力。

生命原本是单纯的，财富、权力、地位、名声等是后来添加到生命上去的社会堆积物。既然在社会上生活，有这些堆积物就不可避免，也无可非议，但我们要警惕，不可本末倒置。生命的觉醒，就是透过这些社会堆积物去发现你的自然的生命，牢记你是一个生命，对你的生命保持一种敏感，经常去倾听它的声音，时时去满足它的需要。

生命的需要由自然规定，包括与自然和谐相处、健康、安全等，也包括爱情、亲情、家庭等自然情感的满足。这些需要平凡而永恒，但它们的满足是人生最甘美的享受之一，带给人的是生命本身的单纯的快乐。你诚然可以去追求其他种种复杂的快乐，可是，倘若这种追求损害了这些单纯的快乐，其价值便是可疑的。

2. 自我的觉醒

你不但是一个生命，而且是一个独特的生命个体，一个自我。首先，这个自我是独一无二的，世上只有一个你。其次，这个自我是不可重复的，你只有一个人生。因此，对你的人生负责，实现你之为你的价值，是你的根本责任。自我的觉醒，就是要负起这个根本责任，做你自己人生的主人，真正成为你自己。

成为你自己，这可不是件容易的事。人们往往受环境、舆论、习俗、职业、身份支配，作为他人眼中的一个角色活着，很少作为自己活着。为什么会这样？一是因为懒惰，随大流是最省力的，独特却必须付出艰苦的努力。二是因为怯懦，随大流是最安全的，独特却会遭受舆论的压力、庸人的妒恨和失败的风险。可是，如果你想到，世上只有一个你，你死了，没有任何人能代替你活；你只有一个人生，如果虚度了，没有任何人能够真正安慰你，那么，你还有必要在乎他人的眼光吗？

一个人怎样才算成了自己，做了自己人生的主人呢？我认为有两个可靠的标志。一是在人生的态度上自己做主，有明确坚定的价值观，有自己处世做人的原则，在俗世中不随波逐流。二是在事业的选择上自己做主，有自己真正喜欢做的事，能够全身心地投入其中，感到内在的愉快和充实。人生中有真信念，事业上有真兴趣，这二者证明了你有一个真自我。

3. 灵魂的觉醒

世间一切生命中，唯有人有自我意识，能够知道自己作为生命个体的独特性和一次性，知道自己是一个“我”。但是，无论你多么看重这个“我”，它终有一死，在人世间的存在是有限而短暂的。这就发生了一个问题：人生究竟有没有更高的具有恒久价值的意义，此种意义不会因为这个“我”的死亡而丢失？其实答案已经隐藏在问题之中了，我们即使从逻辑上也可推断：要找到这种意义，唯有超越小我，把它和某种意义上的大我相沟通。那么，透过肉身自我去发现你身上的更高的自我，那个和大我相沟通的精神性自我，认清它才是你的本质，这便是灵魂的觉醒。

灵魂的觉醒有两个途径，一是信仰，二是智慧。

灵魂是基督教用语，用来指称人的精神性自我。汉语中“灵魂”这个词很有意思，可以拆分为“灵”和“魂”。和别的生命不同，人有自我意识，也就是有一个“魂”。在基督教看来，这个“魂”应该有一个神圣的来源，就是上帝。《圣经》里说，上帝是按照自己的形象造人的。其实上帝是没有形象的，完全是“灵”。所以，“魂”是从“灵”来的。可是，在进入肉体之后，“魂”忘记了自己的来源，因此必须和“灵”重建联系，这就是信仰。通过信仰，“灵”把“魂”照亮，人才真正有了“灵魂”。

哲学（包括佛教）不讲灵魂，讲智慧。汉语中“智慧”这个词也很有意思，可以拆分为“智”和“慧”。和别的生命不同，人有认识能力，就是“智”，因此能够把自己认作“我”，与作为“物”（包括他人）的周围世界区别开来。但是，“智”的运用应该上升到一个更高的认识，就是超越物我的区别，用佛教的话说是“离分别相”，用庄子的话说是“万物与我为一”。这种与宇宙生命本体合一的境界，就是“慧”。“智”

上升到“慧”，人才真正有了“智慧”。

在我看来，信仰和智慧是在用不同的方式说同一件事，二者殊途而同归，就是要摆脱肉身的限制，超越小我，让我们身上的那个精神性自我觉醒。人人身上都有这样一个更高的自我，它和宇宙大我的关系也许不可证明，但让它觉醒对于现实人生却是意义重大。第一，人生的重心会向内转化，从外部世界转向内心世界，重视精神生活。你仍然可以在社会上做大事，但境界不同了，你会把做事当作灵魂修炼的手段，通过做事而做人，每一步都走在通往你的精神目标的道路上。第二，你会和你的身外遭遇保持距离，具有超脱的心态，在精神上尽量不受无常的人间祸福得失的支配。在相反的情况下，精神性自我不觉醒，人第一会沉湎在肉身生活中，境界低俗。第二会受这个肉身遭遇的支配，苦海无边。人生在世，必须有一个超越的立足点，这个立足点正是信仰和智慧给你的。

2014.12

和少年朋友探讨人生的真理

——写在“周国平经典散文少年读本”各册前面的话

一

亲爱的少年朋友，在《生命本来没有名字》这本书里，我想和你们探讨关于生命的真理。

人来到世上，首先是一个生命，生命是每个人最宝贵的东西，这似乎是一个人人都懂的道理。可是，进入到实际的生活中，人们似乎不记得这个道理了。许多时候，人们不是作为生命在活，而是作为欲望、野心、身份、称谓在活，不是为了生命在活，而是为了财富、权力、地位、名声在活。这些社会的堆积物遮蔽了生命，人们把它们看得比生命更重要，为之耗费了一生的精力。

那么，请允许我说：生命的真理是——单纯。生命原本是单纯的，应该是单纯的。作为自然之子,生命的需要原是简单的,无非是与自然和谐相处,健康、安全,以及爱情、亲情等自然情感的满足。复杂,是对生命的真理的背离。人间的各种争斗,人生的诸多烦恼,都因这个背离而起。

生活在今天这个时代,我希望你们保持清醒,不被时代的风气绑架。你们要经常向自己的内部倾听,听一听自己的生命在说什么,想一想自己的生命真正需要什么。

当然,你们处在生命的早期,对人生满怀激情和幻想,渴望卓越和辉煌。你们尽可以去创造种种不平凡,但是请记住,一切不平凡都要回归平凡,平凡生活构成了生命的永恒核心。你们也尽可以去争取成功,但是请记住,倘若成功使你们的内心和生活都变得过于复杂,失去了生命的单纯,这个成功实际上是失败。

茫茫宇宙间,每个人都只有一次生命,都是一个独一无二、不可重复的存在。名声、财产、地位等是身外之物,人人可求而得之,但是没有人能够代替你再活一次。意识到了这一点,你就会明白,在如何活的问题上,你必须自己做主,盲从舆论和习俗是最大的不负责任。在人世间的一切责任中,最根本的责任是对你自己的人生负责,真正成为你自己,活出你独特的个性和价值来。

二

亲爱的少年朋友,在《人的高贵在于灵魂》这本书里,我想和你们探讨关于灵魂的真理。

天造万物,只把人造得有一个内在的精神世界,有理性、情感和道德。在这个意义上,人是万物之灵。我们要照料好自己的灵魂,让它配得上造化的厚爱。作为肉身的人,并无高低贵贱之分。唯有作为灵魂的人,由于内心世界的巨大差异,才分出了高贵和平庸,乃至高贵和卑鄙。

那么,请允许我说:灵魂的真理是——高贵。我们也许不能探知灵魂的神圣来源,但是,由自己心中的道德律和羞耻心,由内心对真善美的向往和对假恶丑的厌弃,我们都可体会到灵魂是人的尊严之所在,是人身上的神性。平庸和卑鄙,是对灵魂的真理的背离。平庸是灵魂没有醒来,卑鄙是灵魂已经死去,二者都辱没了人身上的神性。

少年人爱做梦,这正是你们的优点。对于不同的人,世界呈现不同的面貌。一个有梦的人和一个没有梦的人,事实上生活在不同的世界里。急功近利的社会正在制造出许多平庸的人,你们不要被这个环境同化。坚持做有梦的人,梦能成真,即使不能,也可丰富你们的心灵。

人生中有顺境也有逆境,有幸福也有苦难。哲学的智慧能帮助你站在高处,俯视自己的身外遭遇,顺境不骄,逆境不悲。创造幸福和承受苦难是同一种能力,在这种能力中有高贵在言说。

我们的社会重视德育,但德育必须抓住道德的根本。道德在人性中有基础:人作为生命要有同情心,自爱也关爱他人;作为灵魂要有尊严,自尊也尊重他人。假大空的说教与道德无关,只是用来骗己骗人的纸花,你们的道德要诚实地扎根于人性,结出善良、高贵的品质之果实。

信仰是内心的光,照亮了一个人的人生之路。信仰的形式可以不同,实质都是把灵魂看得比肉身更重要。人生在世,必须有一个精神目标,愿你们按照自己的方式找到这个目标。如果没有找到,也不必灰心,因为坚持寻找本身即已证明了目标的存在。

艺术和哲学，道德和信仰，其实是在用不同的语言、从不同的角度说同一句话，就是：你要有一个高贵的灵魂。

三

亲爱的少年朋友，在《表达你心中的爱和善意》这本书里，我想和你们探讨关于情爱的真理。

茫茫宇宙间，人人都是孤儿，偶然地来到世上，又必然地离去。正是因为这种根本性的孤独，才有了爱的渴望、爱的理由、爱的价值。人是离不开同类的，而在同类之中，你和谁结成了亲密的关系，则缘于相遇。亲情，一个生命投胎到一个人家，把一对男女认作父母，这是相遇。爱情，一对男女原本素不相识，忽然生死相依，成了一家人，这是相遇。友情，两个独立灵魂之间的共鸣和相知，这是相遇。相遇是一种缘，多么偶然，又多么珍贵。

那么，请允许我说：情爱的真理是——感恩。为相遇而感恩，爱就在你的心中。为爱而感恩，幸福就在你的心中。你不可计较爱的多少和得失，爱是不可量化的，只要是真诚的，就不存在多少和得失的问题。计较，是对情爱的真理的背离。

你得到了爱，你要感恩。你给出的爱被接受了，你也要感恩。在爱中，给出本身就是得到，接受本身就是回赠。太阳不要求万物也给它光芒，溪流不要求河床也为它歌唱。爱是积聚的能量的自然释放，是情感出于内在丰盈的自然流溢，那双伸出来接受的手同时也构成了奉献的姿势。

人们都期望爱能长久，但世事未必尽如人意。你要记住，不论时日长短，凡真爱都是财富，既丰富了你的经历，也丰富了你的心灵。曾经相爱就是恩，你不可为爱的离去而怨恨。如果你确实看清了那不是爱，而是欺骗，也不要怨，而应该蔑视。

爱是心的能力，一个人必须有健康的心，才能爱。心的健康，第一是善良，有同情心，冷漠的心没有爱生长的温度；第二是宽广，有包容心，狭窄的心没有爱生长的空间。爱者的首要功夫是修心。你不可只在你所爱的某个具体对象身上下表面的功夫，那样的爱格调太低，气象太小，源泉会枯竭。你要使自己既具备爱的能力，也具备被爱的价值，而如果你所爱的人也如此，你们之间就会有高品质的爱。说到底，使一种交往具有价值的不是交往本身，而是交往者各自的价值。

四

亲爱的少年朋友，在《唱出我们的沉默》这本书里，我想和你们探讨关于成长的真理。

处在少年时期，一个人的身体和心灵都在发生着急剧的变化，这是成长的兴旺期和关键期。你们的身心内部会萌动一百种欲望，它们使你们兴奋又感到无助。你们向外求助，周围的成人世界会发表一百种主张，它们使你们困惑而无所适从。成人世界相信自己负有教育你们的责任，父母耳提面命，学校施教垂训，你们也许顺从，也许质疑，但皆消除不了对人生走向的迷惘之感。

那么，请允许我说：成长的真理是——自我教育。是的，你们现阶段的主要任务是学习和接受教育，唯因如此，我要让你们现在就记住这个真理：一切学习本质上都是自学，一切教育本质上都是自我教育。

且不说今天的教育体制有诸多弊端，不论体制之优劣，你们都不可只是被动地接受教育。教育是心智成长的过程，你们要自己做这个过程的主人，这便是自我教育的含义。放弃做这个主人，任凭成长受外界的因素支配，是对成长的真理的背离。

每个人与生俱来就有潜在的心智能力，教育是这个能力的生长。如果一个教育体制是好的，好就好在为生长提供了自由而又富有激励因素的环境。人是要一辈子学习的，学校教育只是为一辈子的学习打基础，这个基础就是一种快乐而自主地学习的能力，质言之，就是自我教育的能力。有没有这个能力大不一样，那些走出校门后大有作为的人，未必是上学时各门功课皆优的“好学生”，但一定是能够按照自己的兴趣安排自己的学习的“自我教育者”。

自我教育的目标不只是获取知识，事业有成，也是熏陶心灵，人性丰满。因此，不管你的志趣偏向文理哪一科，都要养成两个习惯，一是阅读，二是写日记。阅读是与历史上的伟大灵魂交谈，借此把人类创造的精神财富“占为己有”。写日记是与自己的灵魂交谈，借此把外在的经历转变成内在的财富。人生有两个朋友不可缺，一个是你自己，一个是活在好书里的那些伟大灵魂，有了这两个朋友，你会发现你是多么强大而富有。

2014.3

重视内在生活

我刚刚过了 65 岁生日。即使在老龄标准大大推迟的今天，这个年龄的人也不能赖在中老年交界的碑石前暂不挪步了。心态多么年轻，也阻挡不了时间加速度的步伐，曾经觉得非常遥远的半百、花甲，一眨眼已经都落在了身后。岁月无情，人生易老，对此真是无话可说。

然而，好的心态仍是重要的。这个好的心态，不是傻乐，不是装嫩，而是历经沧桑之后的豁然开朗。我体会到，人过中年以后，应该逐步建立两方面的觉悟，一方面是与人生必有的缺陷达成和解，另一方面是对人生根本的价值懂得珍惜。有了这两方面的觉悟，就会有好的心态。

人生的根本价值，不可缺少内在生活这一维。对于我自己来说，正如许多先贤用亲身体验所指出的，促进生命的内在化乃是人生最后阶段的重大使命。对于这个浮躁的时代来说，重视内在生活则是一个必要的提醒。社会种种危象，究其根源之一，正是外在生活膨胀，内在生活萎缩。无论什么样的救世方策，缺了灵魂的觉醒这一条，都不可能成功。

2010.8

第二辑　伤痛三记

孩子和哲人

——忆念铁生

一

2010年12月31日凌晨，何东发来短信："史铁生于12月31日3时46分离开我们去往天国。"

我正在洗漱，郭红看到了短信，在门外惊喊："铁生走了！"我把自己关在卫生间里，失声恸哭。

铁生走了？这个最坚强、最善良的人，这个永远笑对苦难的人，这个轮椅上的哲人，就这样突然走了？不可能，绝不可能！

一直相信，虽然铁生身患残疾，双肾衰竭，但是，以他强健的禀赋和达观的心性，一定能够渡过一个又一个难关，活很长的时间。一直相信，只要我活着，我总能在水碓子那套住宅里看见他，一次又一次听他那爽朗的笑声和智慧的谈话。

我祈祷,我拒绝。可是,在这一瞬间,我已清楚地知道,我的世界荒凉了,我失去了人世间最好的兄弟。

二

婴儿的笑容　智者的目光

周而复始的鸽群在你的天空盘翔

人生没有忌日　只有节日

众神在你的生日歌唱

四天后,2011 年 1 月 4 日,铁生的 60 岁生日,朋友们在 798 时态空间为他举行了一个特别的生日聚会。空旷的大厅里站满了人,有人在演讲,我站在人群的外围。铁生透过墙上的大幅照片望着人们,望着我,那笑容和目光都是我熟悉的,我在心中对他说了上面的话。

三

孩子和哲人——这是我心目中的铁生。

铁生是孩子。凡是认识他的人都一定有同感,他的笑是那么天真而纯净,只有一个孩子才会那样笑,而且必须是年龄很小的孩子,比如婴儿。他不谙世故,对人毫无戒心,像孩子一样单纯。不管你是谁,只要来到他面前,他就不由自主地对你露出了这孩子似的笑。

铁生是孩子。和他聊过天的人都知道，他对世界怀着孩子般的好奇心，总是兴致勃勃地和你谈论各种话题，包括哲学和戏剧，物理学和心灵学，足球和围棋。他感兴趣的东西可真多，不过，像孩子一样，他的兴趣是纯粹的，你不要想从他口中听到东家长西家短的议论。

铁生是哲人，这好像是谁都承认的。然而人们困惑地推测道：他残疾了，除了思考做不了别的，所以成了哲人。我当然知道，他的哲学慧根深植在他的天性之中，和残疾无关。一个保持了孩子的纯真和好奇的人，因为纯真而有极好的直觉，因为好奇而要探究世界和人生的谜底，这二者正构成了哲人的智慧。

那天生日聚会上，一位朋友悄悄对我说：最应该得诺贝尔和平奖的是铁生。我一愣，诧异他说的是和平奖，不是文学奖，但随即会心地点头。世界之所以充满争斗和堕落，是因为人的心灵缺了纯真和智慧，变得污浊而愚昧了。孩子的纯真，哲人的智慧，正是使世界净化的伟大力量，因而是世界和平的最可靠保障。当然，斯德哥尔摩可能根本不知道有史铁生这个人，这一点儿也不重要，铁生的价值是超越于诺贝尔奖和一切奖的。

四

铁生是一个爱朋友的人，他念旧、随和，有许多几十年的老友，常来常往。我只能算他不老不新的朋友，关系似乎也不近不远，结识十六年，见面并不多，平均下来也就一年一次吧。我自己是个怯于交往的人，他又身体不好，在我结识他的第三年，他就因双肾衰竭开始做透析，每次去访他，在我都是一个隆重的决定。铁生喜欢有朋友来，每次都谈兴颇健，可是我知道，我能享受与他谈话的快乐，却无法和他分担兴奋之后必然会到来的疲惫。

刚认识他时，我和郭红正恋爱，我还记得我俩第一次一起去访他的情景。郭红那天买了一本《收获》，刊有《务虚笔记》后半部分，看过几页，向铁生谈印象：“真好，一个东西，你变换着角度去说它。”他说：“就这两句，我听了就很高兴。话不在多，对心思就行。”他表示，书出之后，不但送我，也要送她。他的三卷本作品集，当即送了我们一人一套。我心中惭愧，如果是我，就会合送一套。我感觉到的不只是他的慷慨，更是他对个体的尊重。

和铁生结识时，我还没有孩子，后来，有了啾啾，再后来，有了叩叩。我相信，孩子对身处的气场之好坏有最灵敏的直觉。面对坐在轮椅上的铁生，孩子不但不畏怯，反而非常放松，玩得自由自在。当时三岁的啾啾，守在铁生叔叔身边，以推他的轮椅为乐。当时两岁的叩叩，合影时用小手摸铁生叔叔的头顶，告别时把额头贴在希米阿姨的额头上。他们当然不知道，这个坐在轮椅上的叔叔是当代中国最伟大的作家，但以后会知道的。

我珍惜见面的机会，要省着用，最好是和合适的人分享，因此偶尔会带我的好友去看他，但一共就两回。我带去的人，必须是我有把握和他彼此能谈得来的。第一回，是铸久和乃伟夫妇。气氛果然非常好，铁生对围棋界的情形相当熟悉，饶有兴趣地谈着这个话题，而可以看出来，他只是借着这个话题在传达他的愉快心情。第二回，是雯娟。她因为喜欢，自己配乐朗诵了铁生和我的作品，那天把刻录的《合欢树》给铁生，他听了录音很高兴，说挺受感动的。此后某一天，雯娟接铁生夫妇到我家，然后我们一同到雯丽家晚餐。在雯丽家，他心情很好，谈正在写的一个长篇，后来我知道是《我的丁一之旅》。他说，他在思考灵魂的问题，不给灵魂一个交代，意义就中断了。他的结论是，灵魂是一种牵系，肉体作为工具会损毁，但牵系永远存在。又说，上帝给你的就是一个死局，就看你能不能做活。我觉得都很精辟。

五

两年前，《知音》杂志同一期刊登两篇长文，分别是对铁生和我的“访谈”，而所谓的“访谈”根本没有进行过，完全是胡编乱造。我在博客上发表了澄清事实的声明，铁生没有开博客，他的声明也发表在我的博客上。

在此之前，铁生那篇“访谈”的编造者一再向他求情，他毫不动摇。但是，声明发表后，要不要起诉和索赔？他的态度异常明确，对我说：“我们的声明搁在那里了，已经备案，到此为止，以免被媒体炒作。”我同意。其实我本来是有些犹豫的，觉得不起诉便宜了侵权者。另一位也是被《知音》侵权的作家，通过起诉获赔十万元。铁生的家境不宽裕，医疗开支又大，如果能获赔，是不小的补贴，可是他压根儿没有这方面的考虑。我并非反对用法律手段追究侵权者的责任，只是想通过这个事例说明，铁生是一个多么正直又憨厚的人。

铁生待人平和宽容，然而，在这个喧嚣的传媒时代，他也有诸多的不喜欢和不适应。他未必拍案而起，但一定好恶分明。记得有一次，他送我书，对着腰封直摇头，而希米干脆生气地把腰封扯了。这夫妇俩的朴实真是骨子里的。

六

人与人之间一定是有精神上的亲缘关系的。读铁生的作品，和铁生聊天，我的感觉永远是天然默契。

去年春天，郭红想为一家杂志做铁生的访谈，打去电话，他和希米立即同意了。希米说，必须支持“下岗女工”。郭红因故辞去了原来的工作，所以希米如此说。我陪郭红前往，先后谈了两回。

这次见面，距上一次已九个月，我们看到的铁生，脸色发黑，面容消瘦，健康大不如以前。希米告诉我们，他因为真菌性肺炎住院一个月，出院才几天，受了许多罪，签了病危通知书，曾觉得这回真扛不住了。我心中既感动又内疚，夫妇俩对媒体的采访从来是基本拒绝的，却痛快地接受了这个时机非常不对的造访。

虽然病后虚弱，铁生谈兴仍很浓，谈文学，谈写作，谈人生，谈信仰，话语质朴而直入本质。采访过程中，我也常加入谈话。郭红已把访谈整理发表在杂志上，我在这里仅摘取若干片段，连缀起来，以观大概。

铁生：文学是写印象，不是写记忆。记忆太清晰了，能清晰到数字上去，不好玩，印象有一种气氛。记忆是一个牢笼，印象是牢笼外无限的天空。

我：这与你说的活着和生活的区别是一回事。记忆和印象就是过去时的活着和生活。

铁生：深入生活这个理论应该彻底推翻。好多人问我同一个问题：你的生活从哪儿来？我说：你看我死了吗？这个理论特别深入人心，而且是包含在中国文化里面的，认为内心的东西不重要。

我：我们在文学上也是唯物主义者，只相信自己看得见摸得着的东西，看不见摸不着的就不是生活。其实，没有内在的生活，外在的生活就没有意义，更不是生活。

铁生：写作是要解决自己的问题。开始写作时往往带有模仿的意思，等你写到一定程度了，你就是在解决自己的问题。

我：这时候一个真正的作家才诞生了，在那以前他还是一个习作者。大多数作家是没有问题的，一辈子是一个习作者。

铁生：有个很有名的人说，一天要写一篇散文。我觉得这是每日大便一次的感觉。每日大便一次还是正常的，这简直就是跑肚。

我：关键是有没有灵魂，没有灵魂就没有问题。

铁生：那就只剩下有没有房子和车子的问题了，实在太无趣了。糟心就糟心在这里，灵魂太拘泥于社会、现实、肉体，很丰富的东西只能在这些面上游走，甚至不能跳出来看看。

我：灵魂强大的人受不了这个束缚，就会跳出来。

铁生：灵魂可能是互相联着网的，人只是一个小小的终端。现在我们的这个网是在作乱，它都是终端在各显其能，造成一个分裂状态。

我：谁也不信上帝，都自以为是服务器。

铁生：因为不关心灵魂，中国人感受出来的全是惨剧，不叫悲剧。包括现在咱们的文学，写的也都是社会矛盾，生命本身的悲哀他感受不到。要我推荐，我就推荐中国人民得诺贝尔民族主义奖。

七

谈话自然会涉及我们两人都关注的那个问题——死亡。

他告诉我们，他正在写一个比较长点的东西，第一部分叫《死，或死的不可能性》。他说："我想证明死是不可能的。"我注意倾听他的论证，很欣赏其中的一个思路。

尼采说，我们虚设了一个永恒，拿它当意义，结果落空了。铁生说，正相反，恰恰是意义使一个东西可以成为永恒。甚至瞬间也是用意义来界定的，它是一个意义所形成的最短过程。因为意义，所以你能记住，如果没有，千年也是空无。

说得非常好。那么，意义的载体应该是灵魂了。他说：对，如果是一个独特的灵魂，你能认出来，如果是一个平庸的灵魂，你可能就认不出来。于是我们讨论灵魂的转世。他说：你转世的时候，灵魂带的能量应该是你此生思考的最有意思、最有悬念的事情，那样你被下一世认出的可能性就最大。他还说：我写的那个东西可能叫《备忘来生》，我希望到死的时候我能镇静，使灵魂能够尽量扼要地带上此生的信息。我提出异议：如果记忆——或者准确地说，自我意识——不能延续，转世有意义吗？他回答：我说死是不可能的，但我没有说转世以后的我一定是上一世的我。我说：这里你已经退一步了。他承认：对，退一步了，这一步必须退。我也退了一步，说：有一点在今世就得到了证明，就是灵魂和灵魂之间的差别太大了，而要解释其原因，轮回好像最说得通。

这次谈话半年后，铁生溘然长逝。不是久患的肾病，而是突发的脑溢血，把他带走了。和死不期而遇，他会不会惊诧，会不会委屈？一定不会的。他早已无数次地与死洽谈，对死质疑，我相信，在不期而遇的那个瞬间，他的灵魂一定是镇静的，能够带着此生的主要财宝上路。当然，死是不可能的，他的高贵的灵魂就是证明。灵魂一定有去处，有传承，我们尚不知其方式，而他已经知道了。

八

那次谈话，铁生和我都感到意犹未尽，相约以后要多谈。相识这么久，这是我们第一次认真地展开讨论，我自己大有收获，铁生也很高兴。我觉得我发现了一个好的方式，以后可以经常用。我和郭红拟订了计划，想待他身体状况较好时，做一个他和我的系列对话。因为血液的污染和频繁的透析，他有精力写作的时间极其有限，但他的头脑从未停止过思考，如果能用一本对话录的形式留住他头脑中的珍宝，也推进我的思考，岂不两全其美。

然而，再也不可能了。我恨自己，没有任何理由可以原谅自己。上天给了我机会，我本来可以做一件也许是我此生最有价值的文字工作，可是，我竟忙于俗务，辜负了这个机会。

2011.11

中国最有灵魂的作家

我简要地说一说我心目中铁生的价值，这个价值归结为一句话就是：他是中国当代最有灵魂的作家。我从一种相当普遍的说法谈起。铁生爱想问题，作品有精神深度，这好像是大家都承认的。他何以能如此？常常听人说，是因为残疾，他被困在轮椅上，除了想问题做不了别的了。这样解读铁生实在太肤浅了。我要问一句：中国残疾人多的是，像他这样想问题的还有谁？再补充问一句：不残疾而像他想得这么深的又还有谁？可见事情的实质和残疾不残疾无关。

铁生双腿残疾，后来还双肾衰竭，他有一个太糟糕的身体。然而，无论见其人，还是读其文，我相信人们都会有一个感觉：铁生的生命真是太健康了。健康的生命，第一元气充沛，富有活力，单纯，开朗；第二善于同感，富有同情心，平等，善良。铁生就是这样，身体的疾患没有给他的生命带来一丝悲苦和阴郁，这样的一个生命，岂不正因为身体的疾患而更证明了它的超级健康?

由此可见,肉体和生命是两回事。这个与肉体有别的生命,我称之为内在生命,通常的名称叫灵魂。我想说的是,铁生之所以是铁生,如果要找原因,乃是因为他有一个品质极好的灵魂,而这很可能是上天给的。这个灵魂投进某个凡胎,来到人世间历练,不管那个凡胎的体质和遭遇如何,它的卓越品质是一定会显现出来的。

当然,人人都有一个灵魂,但是,人与人之间灵魂的强度是有区别的。铁生有一个强大的灵魂。灵魂强大的征兆是什么?是灵魂中的困惑和为之寻求解答的勇气。一个灵魂来到人世间,处在灵与肉、生与死、爱与孤独、自我与世界、沉沦与超越的矛盾之中,怎么会没有困惑呢。有灵魂者必有问题。人类的一切精神活动,包括哲学、宗教、文学,说到底都是要在人的基本困境中寻求拯救之道。

铁生去世前不久,在我参与的一次访谈中,铁生说:“写作是要解决自己的问题。开始写作时往往带有模仿的意思,等你写到一定程度了,你就是在解决自己的问题。”写作是在解决自己的问题,这是铁生的写作生活的一个本质特征。这意味着,对于他来说,写作与灵魂生活是完全合一的。大多数作家是没有自己的问题的,写作与灵魂生活不搭界,因此一辈子处在模仿阶段,一辈子是一个习作者。

铁生爱想问题,想得很深,他想的是人生的大问题。他想这些问题,残疾只是一个触因,他很快就超越一己的遭遇而悟到了人生的根本困境,在形而上的层面上对之进行思考。一个人能够真切地把人类共同的问题完完全全感受为他自己的问题,这确证了灵魂的强大。在中国当代作家中,铁生的那种无师自通的哲学悟性,那种浑然天成的宗教情怀,几乎是一个例外。

我在这里谈的是铁生作品的精神价值。关于文学价值,那是另一个话题，我仅提示两点，可以借用他强调并且实践的两个概念来概括。一是印象，文学是写印象的，不是写记忆的，他以此使文学的根基从外在生活回归为丰富的内在生活的真实。二是务虚，文学是务虚的，不是务实的，他以此使文学的使命从反映现实回归为广阔的可能世界的研究。这两点都是对长久以来占据统治地位的现实主义理论的颠覆。他的识见正暗合现代哲学从实在论向现象学的转折，以及现代文学艺术中的相应趋势。多么草根的铁生，其实又是多么现代。

最后，我想说出一个我自己真心认为但无须别人赞同的看法：铁生是中国当代唯一可以称作伟大的作家，他代表了也大大提升了中国当代文学的高度。倘若没有铁生，中国当代文学将是另一种面貌，会有重大缺陷。在这个灵魂缺席的时代，我们有铁生，我们真幸运!

（本文为 1 月 4 日在中国作协“史铁生文学创作研讨会”上的发言）

2012.1

想念

——我生活中的邓正来

1. 想念

正来仿佛是被一阵旋风卷走的，这么生龙活虎的一个人，突然就没有了。一个至爱亲朋的死是多么不真实，你见证了遗体，你参加了追悼会，但是你仍然不相信。

这些日子里，我的眼前全是他的形象，不是最后那些天看到的病容和遗容，而是往常的模样，目光炯炯，声如洪钟，活力四射。这个正来一定还在，说不定哪天，电话铃响，他说他到北京了，约我去见面，而我会告诉他，我是多么想念他。是的，想念，不是缅怀，不是追思，我拒绝把这些词用在他的身上。我只是想念他，这个从来不喜欢旅行的人，这一回破例出远门了，我天天盼他归来，我要好好为他接风。

2. 家里人

正来生性豪爽，结交广泛，常以各种名目宴请朋友，这个节日、那个节日、大人的生日、孩子的生日、长久的离别、短暂的离别，都可以用作借口。有一回，在亚运村孔乙己设宴，朋友们入座后，他宣布的由头出人意外，竟是庆祝他患喉癌四周年。他是九年前患的喉癌，预后良好，怎料九年后又查出胃癌，一病不起。

对于我来说，更经常的是，我们一家人被他招呼去出席小型饭局，在座的是他私交亲密的二三人家，每次他都说，今天是家里人吃饭。他去复旦就职后，相聚机会少了，隔些日子就把我们一家请到上海小住，精心安排酒店。他对啾啾和叩叩说："正来爸爸在上海，你们在上海就有了一个家。"对我说："要多来，一家人多亲热。"看姐弟俩手搀手穿过宽敞的大堂走来，他满意地说："看他们住在这里多自然。"

印象中，我们两家走得近，就缘于孩子。1997 年 10 月，我和红举办婚礼，正来夫妇带当时 5 岁的女儿嘟儿出席。婚礼上，主持人亚平问嘟儿："在座的哪个阿姨最漂亮？"答："郭红阿姨，我觉得她还很可爱。"问："你觉得国平叔叔怎么样？"答："一般。"问："你觉得他配得上郭红阿姨吗？"答："一般。"问："以后让你和国平叔叔这样的人一起生活，你愿意吗？"答："凑合吧。"全场爆笑。我和郭红非常喜欢这个机灵的小女孩，第二年啾啾出生，此后两家人就经常带着孩子互访了，或者一起郊游。正来是一个极不爱游玩的人，那几次郊游几乎是他生活中的例外。

我的两个孩子都是深夜出生的，也都是在第二天清早，正来就到医院看望。叩叩在上海出生，那时他还住北京，夫妇俩专程乘火车来，他在途中染感冒，发烧到 38.5 度，到上海后在旅馆里悲惨地躺了一整天。

正来是自告奋勇要当我的孩子的教父的，我的孩子叫他正来爸爸，他的女儿叫我国平爸爸。他是一个称职的教父，孩子的出生百日、每年生日，他都惦记在心，热心张罗。两家的孩子还有另一个教父，就是上海的阿良。啾啾生下时，正来宣布要和阿良公平竞争，听阿良说要在上海给啾啾留一间房，他不甘示弱，说他在上海有大款朋友，他也能做到。看他这么孩子气地 PK，我觉得可爱极了。

啾啾小的时候，两家人聚得多，每次见面他都问啾啾："想没想正来爸爸？"然后必定在她的胖脸蛋上狠亲一口。他一跟啾啾说话就柔声柔气，惹得嘟儿嫉妒，骂他肉麻。啾啾和他也亲。2000 年冬，我在南极，啾啾想爸爸，大哭，要立刻给我打电话。当年从北京往南极打电话极不方便，郭红提议给正来爸爸打，她同意了，在电话里听正来的嘱咐，不停地说"行""嗯""好"，居然平静了。

正来爱孩子，再忙也舍得为孩子花时间。为了抵御应试教育的危害，他先后两次让嘟儿休学，自己给她当老师。他不能容忍对孩子的忽视。一个研究底线伦理的朋友家有幼儿，嫌带孩子费精力，坚持整托，他责备说："孩子不是底线，是最高。"

爱情、友情是人生的美酒，如果时间短暂，也有新酒的甘甜和芳香。可是，若能经受住漫长岁月的考验，味道就会越来越醇厚，最后变成了无比珍贵的陈年佳酿——亲情。朋友好到了极致，就真正是亲人，比血缘更亲。

3. 比我小的兄长

正来比我小十岁半，按理说，我是他的兄长。可是，不论是我自己，还是周围的亲友，共同的感觉是他像兄长，对我呵护有加。什么时候看见我身体不好，他一定会催我去检查，如果认为是工作太累所致，他会批评我，连带也批评红，要她在家里贴上五个大字："国平无急事。"他经常叮嘱红，国平最重要，要把关心国平放在第一位。

有一回，我们去他家里，还带去了我家的两位女友，他语重心长地批评她俩说："你们不知道心疼国平，国平跟别人不一样，我阅人无数，很少有像他这样优秀的人，但他一辈子没有享受过。"然后布置任务，"你们每人每周约他出来一次，要单独和他，找一个好的酒吧，让他放松。"我很不好意思地引用他对我的溢美之词，只是为了说明他对我的不同寻常的关爱。一位女友听后感动地说，她看到了男人之间的感情。

他是真正心疼我，所以，知道红又怀孕了，他力主把孩子做掉，理由是我应该安度晚年，不该再受苦了。叩叩生下后，他召开家庭会议，力劝红辞职，好好安排家庭生活，让我好好休息和工作。红的顾虑是，我年纪大了，她再没有了工作，我万一有事，两个孩子怎么养。他立刻说："别怕，有我。"

"别怕，有我。"只要我遇到困难，这个声音就在我的耳边响起，不管他说没说，他的态度和行动都如此告诉我。2005 年是我的本命年，突然遭遇三场官司，其中一场，对方气焰嚣张。那些日子里，他已应聘吉林大学，往返于北京、长春两地，行色匆匆，仍急我之所急，替我聘请律师，随时关心案情进展，还约我去雍和宫烧香消灾。

正来待我之好，嘟儿看得分明，有一回在餐桌上对他说："我看你最喜欢的还是国平爸爸。"他的许多朋友也知道。追悼会那天，我俩不久前结识的建华对我说："他太喜欢你了。"举了一例，确诊胃癌第三天，建华到上海看他，送他海参，他叮嘱也给我送，加上一句："要最好的。"

正来啊，在家族中，在朋友中，特别是在我的面前，你一直以强者自居，凡事都担当，仿佛能保护每个人。可是，当病魔和死神降临到你的时候，我们能做什么，我能做什么，有谁能保护你啊！

4. 人生知己

我和正来，性格截然相反，我柔他刚，我内向拘谨，他外向豪放，反差极其鲜明。我们这么好，不但旁人诧异，我自己有时也略感惊奇。在交往中，性格强的人往往比性格弱的人主动，我们也是如此。我隐约的感觉是，他不但欣赏我，理解我，而且对我怀有一种怜惜之情，仿佛我生命中的一位贵人，要来帮助我、照护我。

不止一位朋友告诉我，我不在场的场合，如果有谁说我不好，他就特别生气。因为写了许多散文，学界常有人讥我不务正业，他听见了必为我辩护。他办《中国社会科学论丛》，把我的名字放在编委的前列，有人表示异议，他就问："你们看过他的哲学吗，他的散文中的哲学怎么就不是哲学了呢？"有一回，在餐桌上，他让每人用一个词评论我的散文，有说朴实的，有说优美的，我自己说的是直接，他认为都不准确，得意地说出一个词：深刻。

不过，对于我没有把尼采做下去，他其实是遗憾的。患喉癌后不久，一次电话里，他严肃地对我讲了一番话，他说他憋了很久，一直想讲的。大意是，他对我不满，为我可惜，我应该回来搞学术了。他的病使他想到，上帝随时可能唤走我们，我快六十了，再不做以后做不了了。他希望我完成尼采的翻译和研究，说这是能够传世的事业。

他的这番话使我知道，虽然他在别人面前为我辩护，但心中也认为学术应该是我的主业。我自己对此颇觉烦难，我做事只问兴趣，不求传世，尼采也是我的兴趣之所在，但精力难以兼顾。现在上帝已把他唤走，格外加重了他的规劝的分量，我一定要认真想清楚，在上帝把我唤走之前，我最应该做、不做就真正遗恨的事情是什么，据此来安排我的工作。

正来对我是偏爱的，因为偏爱而能容他人之不容，也因为偏爱而能察他人之不察。2000 年冬，我参加人文学者南极行，他反对，责问道："别人写不出东西，所以需要走这个地方那个地方，找些貌似惊人的材料以吸引读者，你是一个有独立思想的人，自己想写的东西还来不及写，为什么要去南极？"我实在不愿放弃这个难得的机会，依然成行。他在金东大酒楼为我壮行，席间很动感情，一再叮咛我平安归来，说他读我的书最认真，最理解我，要给我的南极之书写序。归来后，我写成《南极无新闻》一书，那次南极行被炒成新闻，这个书名表达了我的抗争。正来践诺写序，写完那天特别激动，分别给好几人打电话，声情并茂地朗读全文。他说："不是周国平，我不会写，是周国平，别人也写不出。"

的确如此，他从来只写学术论著，为我破了例，而他对我的理解极其准确，无人能及。序的标题是《社会的"眼睛"与独行的个人》，其中说我对社会的态度是"参与其间但决不放弃自我，生活于其间但决不放弃对它进行批判的权利，力图以一种独语的方式去重构这个社会"，而"所采用的方式是相当平和细腻的，但确确实实是不屈坚毅的"。我心知，未尝有人如此恰如其分地把握我对社会的态度的实质以及这种态度中的微妙之处。

正来曾多次说，将来我的墓志铭由他来写。他的态度是认真的，决非戏言。岂料他先我而走，在他的未竟之业中，还有这小小的一桩。

5. 豪气、侠气、霸气

虚岁五十那年，生日前夕，正来在友谊宾馆贵宾楼举办寿筵，摆了十桌。他让我坐他右侧的座位，并且安排我第一个致辞。在发言中，我用三个词概括他：豪气、侠气、霸气。

正来是豪情万丈之人，无论酒桌上的闲谈，还是论坛上的讲演，都激情飞扬，气势恢宏，精彩纷呈。他做学问，心中有一种“前不见古人，后不见来者”的悲哀，表现出的则是“天下舍我其谁”的豪迈。他什么都要顶级的，顶级的学问，顶级的酒，非五粮液和茅台不喝。他爱憎分明，对于看不上的人，评论起来毫不留情。有一年，某台湾名人大陆行，媒体上沸沸扬扬，北大、清华也为其摇旗鸣锣，他鄙夷地说：“此人是一个小人，只会弄一些小考据。”得知一个朋友为了宣传自己患病的儿子，筹划儿子与此人的会面，他打电话给这个朋友说：“我只是为了向你表达我深深的失望。你儿子原是一个谦卑内向的孩子，现在变得这样张狂。如果此人要见而你的儿子不见，那才是牛。”

正来又是一个侠义之人，爱朋友，念朋友，朋友有难，必挺身而出，冲在前面。遇到需要解囊的时候，他毫不犹豫，哪怕自己没有钱，也要借钱相助。这个大学者还时常自告奋勇替朋友断家务事，大至夫妻离异，小至日常纠纷，他都出面调解。不过，他可不是和事佬，他的敏锐目光总能看出症结所在，阐明是非，直率地批评理亏的一方。

最后，我相信所有朋友对正来的霸气都有切身的感受。朋友们叫他老邓，他和那个全世界人民都知道的老邓有一拼。朋友聚会，主角一定是他，基本上没有别人张口的份。无论你地位多高，名声多大，学问多好，在老邓面前都会放下身段，洗耳恭听。他胸有成竹，说话的口气不容置疑，而他的见解确实常常是值得注意的。

其实，豪气、侠气、霸气都来自底气。正来阅读量惊人，悟性又好，对西方社会科学脉络了如指掌，如果没有这个功底，谁会服他。底气之外，更有正气，唯真理是求，于是不战自威。我还要加上孩子气，甚至认为这是他的品行的核心。一个大孩子在学海尽兴嬉戏，在人世率性言说，于是底气、正气都有了。

那么，这一节的标题可以改为：底气、正气、孩子气。

6. 在学术的背后

正来以学术为志业，治学极严，下大功夫，有大成就，学界有口皆碑。他对自己选定的领域十分专注，闭关八年，围绕知识社会学和政治学刻苦研读，出版了一批高质量的译著和论著。然而，我知道，已出版的著作只是露出海面的冰山一角，其下深不可测。他不是一个学术匠人，而是一个思想者，他心目中的学术不是知识的耙梳，而是问题的探究。他常向我讥笑国内学人没有自己的问题，而据我所见，他是真正有自己的问题的，正因为如此，即使在他最娴熟的领域里，他也是疑窦丛生，痛苦万分。

在这里，我要摘引我的日记中记录的和他的两次谈话。

2002 年 7 月 24 日。正来在天通苑附近大鸭梨请晚餐，此前他已在电话里对我谈起他的雄伟计划，席上的谈话也围绕这个话题。他问我："现在还有没有乌托邦？"我说没有了。他说："这就是问题，人类没有了动力。"接着列举现在西方的主流政治理论，包括哈耶克的古典自由主义，奥克肖特的保守主义，罗尔斯等的新自由主义，社群主义，后现代主义，指出这些无一不是摧毁乌托邦的，所以本质上都是以开放之名导致封闭。他的计划是把这些理论的脉络一个个弄清，然后对它们大举批判。他相信，这个视角是西方人所不具备的，中国人更不具备，一旦完成，其伟大超过马克思和韦伯。我觉得他的想法确实不凡，只是提醒他掌握好分寸，乌托邦的破坏作用也不可忽视，这是现代思潮拒斥乌托邦的主要原因。他说，这些话他对谁都不说，他感到非常幸运，因为有我这个知己，可以无话不说，而且一切都自然而然。最后，他颇带戏剧感地说，将来他完成了这一终身著作，请我用尼采风格给他写一个墓志铭，放在书首。由于他自己也是在西方知识中生长的，因此他的这一工作实际上也是对自己的否定和判决。

2007 年 1 月 28 日。下午，正来携家人来看望我们。他刚坐下，就开始和我谈他的苦恼，那完全是精神上的。多年来，他一直在研究知识生产问题，同时又感觉到，自从逻各斯以来，整个知识生产都是在撒谎，全是虚伪的，使人类离自然状态越来越远。他感到自己是分裂的，一方面废寝忘食地做学问，另一方面怀疑其毫无意义。他说，六十岁以后，要写一本书，揭露整个知识生产的谎言，请我写序言，现在就做准备，读尼采和福柯。他表示，无人质疑知识的前提，他的苦恼只能对我说。我说，这个苦恼由来已久，人既不能停留在自然状态，又不应该脱离自然状态，这是一个悖论。

这两次谈话使我明白，正来迄今所做的学术工作尽管十分可观，其实只是他真正想做的主要工作的一个准备。后来他转入中国人“生存性智慧”的研究，应该是向主要工作迈进了一步，试图从中找到解决问题的路径。我无法预断他能否找到，但是我相信，以他的善思敏悟，寻找的过程中也一定会有丰硕的收获。可是，序幕刚刚拉开，他就撒手离去了，带走了全部剧本大纲，给我们留下了一个空舞台。

7. 正来，你太累了

正来心中有雄伟的计划，他带着这个计划永远地走了。天地不仁，为什么偏偏让他英年早逝？回想起来，这最后的十年，他实在太累了，他是累死的。在这之前，他闭关八年，住在京郊安心地做学问，虽然寂寞、相对贫寒，但起居有序，心境宁静。朋友们都认为，那是他生命中最好的日子。后来，他的生活突然发生了变化，体制向他这个实力雄厚的“学术单干户”招手了。

2003 年 3 月的一个傍晚，红接到正来的电话，说他在古月人家等我们，有“终身大事”要商量。我们立即驱车前往，在餐厅坐定，他叙述原委。前些天，吉林大学党委书记张文显把他一家请去，好生招待之后，表明请他任教的诚意，待遇优厚，而且不必上课，只带研究生，每学期只需到校一星期。当天夜里，他通宵不眠，想了六个小时，翌日提出两个条件：一、每年招 5 名研究生，由他挑选，13 年共 65 名，其中必能出人才；二、不当任何长，不参加任何评定别人或被别人评定的事情。当然，这两个条件被欣然接受。

他急于知道我的意见，说这件事只和我商量。我盛赞他提出的两个条件，它们清楚地划定了要做什么事和决不做什么事，有了这两条，就保证了他的独立学者的地位。在这个前提下，能够有计划地带学生，同时大部分时间仍可以在北京的家里做学问，何乐而不为。

可是，正来是一个多么认真的人，一旦上任，就不可能每学期只到校一星期了，而是每个月都往那里跑，一边给学生开课，一边办网上"正来学堂"，回复各方邮件，忙得不亦乐乎。看他这么累，而且不久就查出了喉癌，我心中后悔当初没有阻止他进入体制。

然而，更累的还在后面。2008 年，张文显调任，正来寻找新的去处，多家高校争相聘请，最后敲定到复旦大学，创建社会科学高等研究院并任院长。这是一个更大的平台，他踌躇满志，赴任之前兴奋地向我倾谈宏大计划，要办成西方之外的头号研究院。事实证明，他确实能力超常，心想事成，举办大小论坛和暑期班，创办中英文学刊，请顶级学者做研究，请国际大牌做讲演，一件件事办得风起云涌。可是，代价是累，从心想到事成之间，不知付出了多少心血和艰辛，而在举办研究院五周年论坛之后仅仅几天，就被晚期癌症击倒在了病床上。

学界对正来的成就有基本共识，诸多挽联即是证明。追悼会正厅的挽联不知出自谁之手（后来知道是陈平原夫妇），写得非常好："独立京华五更灯下译西典十年如一日，弄潮海上百战军前擎大旗一日抵十年。"张维迎的也非常好："人生挥洒，抽烟喝酒，聚友论道，斗室有天下；学术征战，闯北走南，著书育人，一人胜千军。"我的就差多了："本真性情做真学问十年闭关格致诸义皆正；乃大才子有大气魄一朝设坛切磋群贤毕来。"

大家都承认，正来生平的成就，前一半是自己做学问，后一半是组织学术活动，二者皆足可骄人。尤其后者，他以一人之力、短暂之时日做成了许多人用许多年也做不成的事，“一人胜千军”“一日抵十年”并非虚言，因此在悼词中得到了一个“杰出的学术组织者”的称号。

可是，正来啊，你是知道的，我很不希望你做这个杰出的组织者。我是一个平庸的人，只做自己能够掌控的事，如读书写作，希望你也如此，可以省却与人打交道的许多烦恼。我知道你有这个能力，但能力有时是陷阱，一个人精力多么充沛也是有限的。如果你仍像闭关时那样只做学问，你不会这么累，一定不会这么早逝。而且，在我看来，和组织那些学术活动相比，你的著译对中国学术的贡献未必不是更大。倘若精力能够专注，生命得以延长，你期盼的主要工作何愁完不成啊！

8. 正来走得太匆忙

正来走得何其匆忙，从确诊到去世不足一个月，实在太快了，他自己带走了多少憾恨，也给亲友留下了多少憾恨。

他是去年 12 月 27 日确诊的。在这之前的两个月里，他已感胃部疼痛，不在意，直到胃出血才入院检查，即有定论。28 日，我们在北京见面，他仍声音洪亮，但如炯的目光中不时掠过一丝哀愁的阴影。29 日，他回上海，马上住进了肿瘤医院。

他的病，一查出就是晚期胃癌并转移，医生说不能手术了。我不懂医，耳闻目睹的病例不少，知道此时化疗弊大利小，不如用中医，一来调养身体，减少痛苦，延长生命；二来或可创造奇迹，因为有先例，当然这是赌博，但绝境中值得一赌。他也同意这个分析。可是，住进了医院，他就做不了主了，从此受西医逻辑的支配。西医的方案是化疗，目标是让肿瘤缩小，然后看是否可以手术。令人不解的是，沪上名中医开了配合化疗、减轻损害的药方，医生也不准服用，理由竟是倘若病情发生不论好坏的变化，将会无法确定原因。正来一直乖乖地听从医生，我和阿良力主他偷偷服中药，他不理睬。事后那位医生说，从医三十几年，没见过这么凶险、发展这么迅猛的肿瘤。是病情特殊，还是治疗不当，现在已无法评说，评说也已没有意义。

按照常例，在最坏的情况下，晚期胃癌病人也是可以活几个月的。其实我心中已做这个最坏的准备，因此觉得有一个责任，就是去上海陪伴他，和他谈话并且录下音来，而这很可能是他最后的思想遗产。和红说起这个想法，她担心正来会觉得这是不祥的暗示，我一笑，只说了一句："我们这种人！"我当然相信，正来是敢于直面生死的人，这才符合他的水准，现在他不能只是病人而必须更是哲人。我还相信，不让他拥有的广阔精神视野被疾病遮蔽，能够俯看一己的生死，对于战胜疾病只有好处，绝无坏处。

我于1月12日到上海，在肿瘤医院对面的旅馆里住了三天。到达的当天，去病房看他，他躺在病床上，脸色略显灰暗。第一期化疗已开始，每天服药，两天前输液，他说输液后感觉很虚弱。不过，精神尚可，他自己说了起来，声音低而清晰。他说，生命不在于活多少年，中国人看生命从来没有精神这个维度。他一开始说话，我就打开了录音笔，表示以后要整理。他当即郑重地向在场的亲友宣布，凡是他在这些日子的谈话，不管我是否在场，今后都由我整理。我心头一热，含泪点头。啊，真好，我还在犹豫怎样向他说清我的意图，其实全无必要，我们所想完全一致。我只坐了十几分钟，他累了，我告辞。没想到这十几分钟是我们仅有的谈话，两天后我去病房，他更显虚弱了，遗憾地说，这次和我不能深谈了。我们相约，化疗第一期结束后，距第二期有一段间歇，那时我再来。然而，此后他的状态一天天恶化，第一期化疗刚结束，他的生命就戛然而止。

23日，医生进行第一期化疗后的会诊，决定不再做第二期化疗，只做支持性治疗。因为腹胀，给他抽液，抽出的全是血，医院当天给家属下了病危通知。我得到消息，决定第二天一早去上海，他知道后，让明儿转告我，说他现在说话吃力，等他好些再去。这说明他丝毫没有死的预感。这天夜里他睡得比前几天都深，24日凌晨，在熟睡中，血压突然掉到了零。我仍赶往上海，但已经不能在真正意义上和他见最后一面了。

正来是在休克中离世的，没有留下任何遗言。有人说，这是好事，避免了临终的痛苦和恐惧。还有人说，这符合他的痛快性格。这么干脆利落地走，也许客观上符合他的性格，但我相信，他主观上绝不愿如此。人在毫无知觉中死去好，还是在清醒中死去好？答案是因人而异的，我坚定地认为，对于灵魂强健的人来说，后者为好。体验由生入死的过程，人生中只有一次机会，错过了岂不可惜。

9. 往事栩栩如生，但人生如梦

往事栩栩如生，你在和人谈论时会进入情境，仿佛他还在世似的。可是，你立刻想到他不在了，那些往事没有了承载者，成了飘在空中的梦。此时此刻，人生如梦不是抽象的感叹，而是你最深切感受到的事实。

2013.3

受伤记

一

午夜的北京。空旷的街道上，灯光暗淡，车辆和行人稀少。

我出差刚回，下了民航大巴，朝前走去，一路和妻子用手机通话。她开车来接我，前方是一条宽阔的横马路，我们约定，她在对面的路口等我。正是绿灯，我开始过马路，左方停车线外有一辆汽车打着强灯，十分晃眼，强光下看不见马路上有别的车影。刚走几步，就发生了意外。

那是一瞬间的事，我突然感觉到脸部遭到猛烈的撞击，立即倒地了。我本能地捂住脸，血流不止，两只手全是血。眼镜掉了，眼前一片模糊，但仍能察知身旁有一辆翻倒的电动车，一个人影站在车边，我知道自己是被这辆电动车撞了。它显然从左方疾驶而来，撞上我后紧急刹车。我对那人说，请帮我找一下眼镜。那人找到了眼镜，递给我，我戴上，站起来，看清他是一个小伙子。他一脸惊慌，不停地问我怎么样，我说我们先去马路边上吧。退回路边，路灯下看他，农民工的模样。他穿着黑色衣服，电动车也是黑色的，在黑夜里闯红灯悄无声息地冲过来，难怪我这个深度近视眼毫无觉察了。他是个老实人，四周无人，他并不跑掉，仍是一脸惊慌，不停地问我怎么样。看他这个样子，我心里就一点不恨他了，甚至生出了一种共患难的怪异感觉。我告诉他，我妻子会开车过来，等她到了再说。

事故发生时，我手里仍握着手机，居然没有掉，已经沾满了血污。我一手捂住一直在流血的左脸颊，一手持手机与妻子通话，报告发生的事情和我现在的位置，让她赶紧来这边。妻子到达后，要和小伙子论理，我说别说了，让他走吧，我们赶快去医院。

二

北京口腔医院急诊室。一个年轻的男医生为我处置伤口，打麻药，缝针，完成之后，我问缝了几针，他说伤口很深，里面 5 针，外面 11 针，一共 16 针。他叮嘱我明天来医院拍片，颧骨很可能骨折，要做手术。

离开前，医生问那个肇事者呢，我说我让他走了，医生很惊讶。我解释说，第一他治不了我的伤，第二我无意让他出医疗费，所以把他带来无意义。加上一句：他在旁边，我看着还心烦呢。医生说你真宽容。

我在微博上发布了事故消息，网友们十分关心，纷纷慰问，阅读逾千万，转载逾万，留言近九千。对于我放走肇事者，多数人夸我宽容，少数人责我纵容。我说一说我的真实心理吧，事情无关乎境界，我只是比较理智罢了。受伤之后，我的头脑非常清醒，明白当时要做的只是一件事，就是立即去医院止住血，控制住可能的危险，为此必须排除任何干扰。当时我不知道自己受伤的程度，哪怕严重得多，甚至有生命危险，把肇事者带在身边有何用，追究其责任又有何意义？即使他不是农民工，有赔偿能力，我的态度依然，就是不纠缠。吃多大的亏，我也不愿与人纠缠，这几乎成了我的一个本能，这个本能在危急时刻下达了明确而断然的命令。

至于责备我纵容肇事者，未让其吸取应有的教训，我想说的是：对不起，在救自己性命要紧的关头，就恕我不承担这个教育使命了吧。电动车的乱象有目共睹，我也深恶痛绝，但须由政府部门下力气治理，不是我这个受害者教育一下某个肇事者就能够改善的。具体到这个肇事者，我相信他是好人，而一个好人的良心是无须强迫就会发生作用的。

三

CT 拍片的结果是：左侧颧骨一处骨折、颧弓二处骨折，有移位，建议手术。我住进北京大学口腔医院，在那里做了手术。

主刀医生是一位中年男士，憨厚、斯文，有些腼腆。凑巧的是，他喜欢我的书，我觉得太有缘了。一般是切开头皮做这种手术的，以避免脸上留疤痕，整容就是这样做的，我听了觉得恐怖。鉴于我脸上已有伤口，医生决定采用不同的方案，把已缝合的伤口切开，通过这个口子操作，复位断骨并用钛板固定。我感谢脸上的伤口，它帮我躲过了切头皮的恐怖情景。

手术是在全麻下进行的，持续一个半小时，很顺利，醒来一身轻松。生平第一回全麻，预警的种种副作用在我身上并未出现，我甚感满意。接下来就是静养了，慢慢等待伤口愈合、体力恢复。脸上留疤痕想来是免不掉的了，凡免不掉的事，就平静地接受吧。妻子端详我的伤口，调侃说："以后要不酷也难。"我说："文弱书生也能酷，难得。"一位女友安慰说："男人不靠外貌，靠精神。"我说："是啊，以后只好全靠精神了。"我对自己说：这是上帝给了我一个机会，要我进一步超脱肉体。

今年以来，这个肉体老出毛病，受了许多罪。前些日子做胃镜检查，让我决定是否选择无痛，所谓无痛就是全麻，我忽然意识到，是时候了，应该练习忍受肉体痛苦的能力了，就选择了有痛。人到老年——我多么不愿意承认这一点——病痛会逐渐增多，这个年龄的一个任务就是学习忍受肉体痛苦，把它当作客观之物接受。这实际上是在有意识地和肉体拉开距离，从而变得精神化。我相信，人生最后一个阶段的主要使命是精神化，让灵魂上升到肉体之上，淡然于肉体的遭遇，为诀别肉体做好准备。

四

事后许多次回想事故发生的那个时刻，我发现自己是幸运的。可以断定，我是被那辆电动车的金属把手撞击的。如果被撞击的部位往下一点儿，口腔里的众牙齿就会遭殃，从而留下长久得多的痛苦和麻烦。如果往上一点儿，左眼失明几乎是必然的。如果再往上一点儿，被撞击的是头颅，恐怕就性命不保了。事实上，每天在车祸中丧生的人还少吗?

所以,相比之下,颧骨创伤,脸颊留疤,破相,就都算不了什么了。

朋友们也一致认为,这是不幸之中的大幸。还有的朋友断定说,这是小灾去大灾。

话题一涉及命运,我就不知道该说什么了。一件已经发生的事情,当然会有无数复杂的因果关系导致它的发生,但是,对于这种复杂关系,我是弄不清并且不想去弄清的。一件已经发生的事情,也许会是命运图谱中的神秘符号从而影响到今后,但是,对于这种神秘关系,我也是弄不清并且不想去弄清的。我的认识仅限于知道,这件事情已经发生了,情况还不算太坏,那么,就让我带着这件事情的小小后果——比如说脸上的疤痕——好好地活吧。是的,即使脸上有疤痕,活着仍是美好的。

我当然还知道,世事无常,人生苦短,一切美好都是暂时的。但是,我决定搁置这类形而上的思考,逗留在当下的美好之中。

我出院了,真好,迎接我的是灿烂的阳光。

2013.10

第三辑　阅读季节

青春期的阅读

青春期是人生最美妙的时期。恋爱是青春期最美妙的事情。我说的恋爱是广义的，不只是对异性的憧憬和眷恋，更未必是某个男生与某个女生之间的卿卿我我。荷尔蒙所酿造的心酒是那么浓郁，醉意常在，万物飘香。随着春心萌动，少男少女对世界和人生都是一种恋爱的心情，眼中的一切都闪耀着诱人的光芒。在这样的心情中，一个人倘若有幸发现了一个书的世界，就有了青春期最美妙的恋爱——青春期的阅读。

回想起来，我的青春期的最重大事件是对书的迷恋，这使我终身受益。从中学开始，我的课余时间都是在阅览室里度过的，看的多半是课外书。阅览室的墙上贴着高尔基的语录："我扑在书籍上，就像饥饿的人扑在面包上一样。"当时真是觉得，这句话无比贴切地表达了我的心情。现在想，觉得不够贴切了，因为它只表达了读书的饥渴感，没有表达出那种如痴如醉的精神上的幸福感。

青春期的阅读真正具有恋爱的性质，那样纯洁而痴迷。书的世界里，一本本尚未翻开的书，犹如一张张陌生女郎的谜样面影，引人遐想，招人赏析。每翻开一本新书，心中期待的是一次新的奇遇，一场新的销魂。人的一生中，以后再不会有如此纯洁而痴迷的阅读了，成年人的阅读几乎不可避免地被功利、事务、疲劳损害。但是，一个人在青春期是否有过这种充满激情的阅读经验，这一点至关重要，其深远的影响必定会在后来的人生中显示出来。青春期是精神生长的关键期，也是养成阅读习惯的关键期，二者之间有着内在的联系。通过青春期的阅读，一个人真正发现的是人类的一个丰富多彩的精神生活世界，品尝到了在这个世界里漫游的快乐。从此以后，这个世界在他的人生地图上就有了牢不可破的位置，会不断地向他发出召唤。相反，有些人在学生时代只把力气用在功课和考试上，毫无自主阅读的兴趣，那结果是什么，你们看一看那些走出校门后不再读书的人就知道了。

学习是一辈子的事情。事实上，在我迄今所读的书中，当学生时读的只占很小一部分，绝大部分是在走出校门后读的。我相信，其他爱读书的人一定也是如此。我还相信，他们基本上也是在年少时代为一辈子的读书打下了基础。这个基础，一是产生了强烈而持久的阅读兴趣，二是形成了自己的阅读眼光和品位。

看一个学生的心智素质好不好，我就看他是否具备了两种能力，一是快乐学习的能力，二是自主学习的能力。简言之，就是喜欢学习和善于自学。这样的能力，一方面诚然也可以体现在功课上，比如探索出一套有效的方法，能够比较轻松地对付考试。但是，另一方面，我认为更重要的是体现在课外阅读上，课外阅读是学生个性和禀赋自由发展的主要空间，素质优秀的学生一定不会舍弃这个空间的。我由此得出一个衡量学生素质的简明尺度，就是看课外阅读在他的全部学习中所占的比重有多大。我坚信，一个爱读书、会读书的学生，即使功课稍差，他将来的作为定能超过那种功课全优但毫无自主阅读兴趣的学生。同样，衡量一所学校的教育水准，我也要看是否有浓厚的阅读风气，爱读书、会读书的学生占的比重有多大。如果只是会考试，升名校率高，为此搭进了学生们的全部时间和精力，那不能算是好学校，一个恰当的名称叫应试能校。

2011.7

让小柏拉图结识大柏拉图

——“小柏拉图”丛书总序

我喜欢这套丛书的名称——“小柏拉图”。柏拉图是西方哲学的奠基者，他的名字已成为哲学家的象征。小柏拉图就是小哲学家。

谁是小柏拉图？我的回答是：每一个孩子。老柏拉图说：哲学开始于惊疑。当一个人对世界感到惊奇，对人生感到疑惑，哲学的沉思就在他的身上开始了。这个开始的时间，基本上是在童年。那是理性觉醒的时期，好奇心最强烈，心智最敏锐，每一个孩子头脑里都有无数个为什么，都会对世界和人生发出种种哲学性质的追问。

可是，小柏拉图们是孤独的，他们的追问往往无人理睬，被周围的大人们视为无用的问题。其实那些大人也曾经是小柏拉图，有过相同的遭遇。一代代小柏拉图就这样昙花一现了，长大了不再想无用的哲学问题，只想有用的实际问题。

好在有幸运的例外，包括一切优秀的科学家、艺术家、思想家等，而处于核心的便是历史上的大哲学家。他们身上的小柏拉图足够强大，茁壮生长，终成正果。王尔德说："我们都生活在阴沟里，但我们中有些人仰望星空。"这些大哲学家就是为人类仰望星空的人，他们的存在提升了人类生存的格调。

对于今天的小柏拉图们来说，大柏拉图们的存在也是幸事。让他们和这些大柏拉图交朋友，他们会发现自己并不孤独，历史上最伟大的头脑都是他们的同伴。当然，他们将来未必都成为大柏拉图，这不可能也不必要，但是若能在未来的人生中坚持仰望星空，他们就会活得有格调。

我相信，走进哲学殿堂的最佳途径是直接向大师学习，阅读经典原著。我还相信，孩子与大师都贴近事物的本质，他们的心是相通的。让孩子直接读原著诚然有困难，但是必能找到一种适合于孩子的方式，让小柏拉图们结识大柏拉图们。

这正是这套丛书试图做的事情。全书共 10 册，选择 10 位有代表性的大哲学家，采用图文并茂讲故事的方式，叙述每位哲学家的独特生平和思想。这几位哲学家都足够伟大，在人类思想史上发生了巨大而深远的影响，同时也都相当有趣，各有其鲜明的个性。为了让读者对每位哲学家的思想有一个瞬间的印象，我各选一句名言列在下面，作为序的结尾，它们未必是丛书作者叙述的重点，但无不闪耀着智慧的光芒。

苏格拉底：未经思考的人生不值得一过。

第欧根尼：不要挡住我的阳光。

伊壁鸠鲁：幸福就是身体的无痛苦和灵魂的无烦恼。

笛卡尔：我思故我在。

莱布尼茨: 世界上没有两片完全相同的树叶。

康德: 最令人敬畏的是头上的星空和心中的道德律。

卢梭: 出自造物主之手的东西都是好的, 一到了人的手里就全变坏了。

马克思: 真正的自由王国存在于物质生产领域的彼岸, 这就是作为目的本身的人的能力的发展。

爱因斯坦: 因为知识自身的价值而尊重知识是欧洲的伟大传统。

海德格尔: 在千篇一律的技术化的世界文明时代中, 人类是否和如何还能有家园?

2013.8

站在巨人的肩膀上

——大师哲言录总序

自古至今，人类历史上诞生了为数不多的大师。我说为数不多，是指相对数字，两千多年里，世代更替，总有千亿生灵来人间走一趟了吧，而倘若世界历史级别的大师仅数以百计，所占的比例就是极其微小的了。我说的大师，是指那些伟大的头脑和灵魂，他们的领域也许不同，分别是哲学家、文学艺术家、科学家、宗教家等，但都对人类思想和文化做出了独特的贡献，具有广泛而深远的影响。他们的著作代表了人类精神所达到的高度，构成了人类精神宝库的核心部分，是人类最重要的精神财富。这些财富属于每一个人，可是，唯有去读大师们的书，你才能把它们变成真正属于你的财富。

人们常说站在巨人的肩膀上，依我看，读大师的书是站在巨人肩膀上的最方便法子。事实上，每一位大师正是站在前辈大师的肩膀上，才成为大师的。当然，我们多半成不了大师，而只是来人间走一趟的千亿卑微生灵之一员。但是，人的高贵在于拥有思考真的头脑，体验美的心灵，追求善的灵魂，在大师们的熏陶下，我们知道了人可以达到的高度，人生有了精神目标，卑微者就能成为人性意义上的高贵者。

然而，大师们的著作汗牛充栋，常常也篇幅巨大，普通读者如何去读？一个可行的办法是摘录其精华，按主题加以编辑，力求既能反映大师的主要思想和精彩见解，又能引起非专业读者的兴味。这便是本套丛书的宗旨。需要说明的是，本丛书主要收进西方大师的作品，因为若要收进中国大师的作品，古文为多，风格上就不统一了。也许有人会说，市面上这类大师语录不是很多了吗？不错，但你们去看一下吧，几乎都是外行传抄的，谬误甚多。因此，就更有必要做正本清源的工作了。本丛书的每一种都是由研究相关大师的专家执笔的，基本上是从自己的译著中选编的，每位作者对相关大师皆怀敬爱之心，长期玩赏之，浸染之，其质量当然不可同日而语了。

2014.9

哲学始于惊疑

——《苏菲的世界》中文插图本序

在哲学启蒙书中，乔斯坦·贾德著的《苏菲的世界》也许是最畅销的一本，而且在相当程度上已经成为长销不衰的名著。在我看来，这本书之所以获得巨大的成功，是得益于其巧妙的构思。全书实际上有两条线索。一是 14 岁少女苏菲与那位神秘哲学家艾伯特之间的通信和往来，而通过哲学家对苏菲的授课和谈话，作者对西方哲学自古至今的发展脉络和探讨的主要问题做了引人入胜的讲解。二是同龄少女席德与她父亲艾勃特之间的通信和往来。读者发现，两条线索由交错、靠近而重合，到头来真相大白，苏菲和神秘哲学家只是席德父亲艾勃特为女儿写的书里的虚构人物，或者毋宁说，是艾勃特化身为艾伯特在向同样化身为苏菲的席德进行哲学启蒙。

柏拉图曾言：哲学始于惊疑。事实上，不论是谁，倘若没有对世界的惊奇和对人生的疑惑，就不会开始哲学的思考。作者深明此理，无论是讲述哲学本身的内容，还是设计故事的情节，处处着意激起读者的惊疑。他把哲学课变成了玄疑和破案，虚虚实实，似梦似真，对于少年读者——今天的苏菲和席德们——自然就充满吸引力了。

有趣的是，贾德的这本书虽然畅销全球，但至今没有一个插图本，而填补这个空白的竟是一个中国姑娘。孙懿欢自幼习画，留学法国，浸染当代艺术，其作品色彩绚丽，造型梦幻，也在虚实之间，恰与原著的风格对应。看她的插图，我觉得好像是把苏菲听哲学课时脑中闪现的图像捕捉住了，定格在了画纸上。我相信，贾德本人看了她的画，亦当会心一笑。

2012.8

让穷孩子们仰望星空

近日，北京慈弘慈善基金会和人民文学出版社举行新闻发布会，正式启动一个名叫“慈弘图书角”的合作项目。据介绍，该项目主要针对西部贫困地区县、乡级中学及部分小学学生，选择教育资源贫乏的学校，给每个班级配备 75 至 100 册图书和《青年文摘》《科学画报》两种杂志，以及统一定制的书柜，图书均由人民文学出版社供货，以中外文学名著为主。此前已在青海省开设 85 个试点，效果显著，学生的借阅热情极高，平均每周每个图书角的借阅量为 60 本左右，最高借阅量达 90 本。基金会计划本年内把图书角规模扩展到 800 个，惠及学生 5 万余人。

基金会负责人称，该基金会曾对青海省县、乡级 3 所中学 500 名学生做抽样调查，发现拥有 1 册以上图书的学生仅占 0.5%。也就是说，几乎所有的学生都没有课外书。各学校图书室的藏书也极为可怜，基本上只有一些过时的读物,而且不向学生开放。由于西部经济状况和消费水平的限制,当地书店很少进新书,因为进了也卖不掉。因此,对于那些中外名著,孩子们至多在语文课本上闻其名,无缘一睹真容。这是慈弘图书角项目的缘起,旨在让西部贫困孩子能够读到好书。

我对这个项目的立意和做法十分赞赏。回顾自己精神成长的历程,我深知在儿童和少年时期养成读好书习惯的重要。每一个孩子心中都有一种渴望,对知识和光明的渴望,对真善美的渴望,这种渴望有待点燃,而书籍是最好的火种。世上有一些穷孩子,因为及早发现了书籍的世界,日后不但改变了自己的命运,而且成了改变世界的人。我在这里特别想到了 19 世纪美国的钢铁大王卡耐基,他早年贫困,只上学到 13 岁,就为生计所迫当了小邮差。然而,正是在这一年,一位退休上校用自己拥有的 400 册文学名著办了一个图书角,向穷孩子们开放,而小卡耐基成了最积极的借阅者。他在自传中说:他感激这位上校的"充满智慧的慷慨","是他培养了我对文学的爱好和品位,即使用人类所有的钱财与之交换,我也不愿意。"事实上,少年时代养成的这种"对文学的爱好和品位"奠定了卡耐基一生精神追求的基础,众所周知,他后来成了美国民间公益事业的奠基人,所赞助的主要领域恰是教育和社区图书馆。

王尔德有一句名言:"我们都生活在阴沟里,但我们中有些人仰望星空。"一个为生存挣扎的穷人是生活在阴沟里,一个为财富忙碌的富人也是生活在阴沟里。然而,不论穷人富人,总有一些人的灵魂觉醒了,看到了头顶上的星空,心中有了精神的目标。我相信,仰望星空的人越多,生活在阴沟里的人类就越有希望,而那些伟大书籍所传递的正是星空的信息。

今天,中国西部地区的广大孩子生活在贫困的阴沟里,最需要获得星空的信息。在我看来，慈弘图书角项目的意义即在于此，是给西部孩子送去星空的信息的。我最欣赏的一点是，送去的真正是好书，是中国最好的文学出版社出版的文学名著，使穷孩子们直接就得以汲取最好的精神营养。相比之下，城里的孩子虽然生活优越得多，但同时也置身在一个充斥着垃圾信息的文化环境中，许多人迷恋于网络上的快餐，反而距离文学宝库更加遥远。

毫无疑问，要根本改善西部贫困孩子的处境，必须从多方面努力，有赖于中国经济、政治、教育体制的整体改善，不是只送一些好书就能奏效的。但是，这是众多努力中不可缺少的一维。心灵的关怀是大善、根本之善，其作用深刻而长远，非物质的援助所能比。同时，鉴于当地书籍稀缺的现状，此举具有紧迫性，不啻是精神上的雪中送炭。我期待有更多的基金会和出版社也这样做，让高质量的图书角在贫困地区遍地开花，让穷孩子们都有仰望星空的机会。

2011.3

守护童年，回归单纯

那个用头脑思考的人是智者，那个用心灵思考的人是诗人，那个用行动思考的人是圣徒。倘若一个人同时用头脑、心灵、行动思考，他很可能是一位先知。在我的心目中，圣－埃克苏佩里就是这样一位先知式的作家。

世上只有极少数作品，既高贵又朴素，既深刻又平易近人，从内容到形式都几近于完美，却不落丝毫斧凿痕迹，宛若一块浑然天成的美玉。它们仿佛是人类精神园林里偶然绽放的奇葩，可是一旦产生，便超越时代和民族，从此成为全人类的传世珍宝。在我的心目中，《小王子》就是这样一部奇书，一部永恒之作。

每次读《小王子》，我都被浸透全书的忧郁之情所震撼。圣－埃克苏佩里是忧郁的，这忧郁源自他在成人世界中感到的异乎寻常的孤独。正是在无可慰藉的孤独中，他孕育出了小王子这个无比纯真美好的形象。小王子必须到来，也当真降落在了地球沙漠，否则圣－埃克苏佩里何以忍受人间沙漠的孤独呢。

我相信，最好的童话作家一定是在俗世里极孤独的人，他们之所以给孩子们讲故事，决不是为了消遣和劝喻，而是要寻求在成人世界中不能得到的理解和共鸣。也正因为如此，他们的童话同时又是写给与他们性情相通的大人看的，用圣－埃克苏佩里的话说，是献给还记得自己曾是孩子的大人的。安徒生同样如此，自言写童话也是为了让大人们想想。是的，凡童话佳作都是值得成年人想想的，它们如同镜子一样照出了我们身上业已习以为常的庸俗，从而回想起湮没已久的童心。

大人们往往自以为是正经人，在做着正经事。他们所认为的正经事，在作者笔下都显出了滑稽的原形。到达地球前，小王子先后访问了六颗星球，分别见到一些可笑的大人，发现大人们全在无事空忙，为权力、虚荣、怪癖、占有、职守、学问之类表面的东西活着。小王子得出结论：大人们不知道自己到底要什么。

可是孩子们知道。书中一个扳道工嘲笑说，大人们从不满意自己所在的地方，总是到处旅行，然而在列车里只会睡觉或打哈欠，“只有孩子们才会把脸贴在车窗上压扁了鼻子往外看”，结论是：“孩子是有福的。”

孩子们充满好奇心，他们眼中的世界美丽而有趣。我在所有孩子的身上都观察到，孩子最不能忍受的不是生活的清苦（大人们才不能忍受呢），而是生活的单调、刻板、无趣。几乎每个孩子都热衷于在生活中寻找、发现、制造有趣，并报以欢笑。相反，大人们眼中只有功利，生活得极其无聊，包括作为时尚互相模仿的无聊的休闲和度假。

小王子说：“只有孩子们知道自己在找寻什么。他们花时间在一个破布娃娃身上，于是这个布娃娃就变得很重要，如果有人夺走，他们就会哭。”是的，孩子并不问布娃娃值多少钱，它当然不值钱啦，可是，他们天天抱着它，和它说话，便对它有了感情，它就比一切值钱的东西更有价值了。一个人在衡量任何事物时，看重的是它们在自己生活中的意义，而不是在市场上能卖多少钱，这样一种生活态度就是真性情。许多大人之可悲，就在于失去了儿时曾经拥有的真性情。

住在自己的星球上时，小王子与一株玫瑰为伴，天天照料她。到地球后，在一片盛开的玫瑰园里，他看见五千株玫瑰，不禁怀念起自己的那株玫瑰来。他的那株玫瑰与眼前这些玫瑰长得一模一样，但他却觉得她是独一无二的。这是为什么呢？那只请他驯服自己的狐狸告诉他：“正是你花在玫瑰上的时间让你的玫瑰变得如此重要。对于你使之驯服的东西，你是负有责任的。”

为一个布娃娃花了时间，那个布娃娃就变得重要了。为一株玫瑰花了时间，那株玫瑰就变得重要了。作者在这里谈的已经不只是孩子，更是他的人生哲学，孩子给了他灵感、阅历和思考，使这灵感上升为哲学。驯服、责任、爱，是圣-埃克苏佩里哲学中的关键词。因驯服而产生责任，因责任而产生爱，这才是正确的关系，从而使生活变得有意义。

由驯服、责任、爱所产生的意义，是人生中本质的东西，而“本质的东西，是眼睛看不见的”。但是，正是这看不见的东西使世界显得美丽。“沙漠之所以美丽，是因为在某个地方藏着一口井”。唯有心灵的眼睛才能看见世界的美，那些心灵眼睛关闭的人，只看见孤立的事物及其功用，看不见人与事物的精神关联，看不见意义，因而也看不见美，他们眼中的世界贫乏而丑陋。

我相信，当我们在人生沙漠上跋涉时，童年就是藏在某个地方的一口井。始终携带着童年走人生之路的人是有福的，由于心中藏着永不枯竭的爱的源泉，最荒凉的沙漠也化作了美丽的风景。

中外许多哲人都强调孩子对于成人的启示，童年对于人生的价值。中国道家摒弃功利，崇尚自然，老子眼中的理想人格是“复归于婴儿”。儒家推崇道德上的纯粹，孟子有言：“大人先生者不失赤子之心。”《圣经·新约》中，耶稣如是说：“你们如果不回转，变成小孩的样子，就一定不得进天国。”帕斯卡尔说：“智慧把我们带回到童年。”泰戈尔说：“在人生中童年最伟大。”民族和时代迥异，着重点也不尽同，共同的是把孩子视为人生的榜样，告诫我们守护童年，回归单纯。

与成人相比，孩子诚然缺乏知识。然而，他们富于好奇心、感受性和想象力，这些正是最宝贵的智力品质，因此能够不受习见的支配，用全新的眼光看世界。与成人相比，孩子诚然缺乏阅历。然而，他们诚实、坦荡、率性，这些正是最宝贵的心灵品质，因此能够不受功利的支配，只凭真兴趣做事情。如果一个成人仍葆有这些品质，我们就说他有童心。凡葆有童心的人，往往也善于欣赏儿童，二者其实是一回事。

在生理的意义上，人当然不可能停留在童年，也不可能重新变回孩子。但是，在精神层面上，我们可以也应该把童年最宝贵的财富带到成年，葆有童心，使之生长为牢不可破的人生智慧。童年是人生智慧生长的源头，而所谓人生智慧无非就是拥有一颗成熟了的童心，因为成熟而不会轻易失去罢了。

然而，这是一个很高的要求，世人的所谓成熟恰恰是丧失童心的同义语，记得自己曾是孩子的大人何其少，圣－埃克苏佩里因此感到孤独。我本人的经验告诉我，人生中有一个机会，可以帮助我们最大限度地回到孩子的世界，这就是为人父母的时候。我无比珍惜这样的机会，先后写了两本书记录我的体会，便是为因病夭折的第一个女儿写的《妞妞——一个父亲的札记》（1995）和为健康成长的第二个女儿写的《宝贝，宝贝》（2009）。作为哲学学者，我的工作是翻译和研究尼采的著作，但我始终认为，我更重要的使命是表达我亲历的人生体悟，写出我的生命之作。圣－埃克苏佩里热爱尼采，我也如此，哲学和孩子是孤独中两个最好的救星。

爱默生说："婴儿期是永生的救主，为了诱使堕落的人类重返天国，它不断地重新来到人类的怀抱。"的确，在亲自迎来一个小生命的时候，人离天国最近。这时候，生命以纯粹的形态呈现，尚无社会的堆积物，那样招我们喜爱，同时也引我们反省。现代人的典型状态是，一方面，上不接天，没有信仰，离神很远，另一方面，下不接地，本能衰退，离自然也很远，仿佛悬在半空中，在争夺世俗利益中度过复杂而虚假的一生。那么，从上下两方面看，小生命的到来都是一种拯救，引领我们回归简单和真实。我们因此体会到，人世间真实的幸福原是极简单的，只因人们轻慢和拒绝神的礼物，偏要到别处去寻找幸福，结果生活越来越复杂，也越来越不幸。我们还体会到，政治、文化、财富、浪漫，一切的不平凡最后都要回归平凡，也都要按照对人类平凡生活的功过来确定其价值。

（本文应法国《新法兰西杂志》之约而写，写作时融入了若干旧文片段）

2013.3

学校是读书的地方

——推荐《优秀教师的 30 本案头书》

翻开这本书的序言，我的眼睛立即一亮。高万祥说，作为中学校长，他的理想是让学校成为真正读书的地方，让学生成为真正的“读书人”。学校是读书的地方，是培养“读书人”的地方——这个道理多么朴实，然而，一个校长只有自己是“读书人”，才说得出来，才会视为天经地义。

高校长的确是一个“读书人”。我和他结识十二年，见面不算多，最深的印象是儒雅，身上毫无官气和俗气，言谈必是书，旁及中外文化名人典故。他对文化人情有独钟，有一次在北京见面，他匆匆离去，为的是去寻访坐落在我家附近的康有为故居。

可是，在今天的应试体制下，又有几所中学称得上是读书的地方呢？基本上都是应付功课和考试的地方，培养出来的也不是“读书人”，而是一批批送往硝烟弥漫的高考战场的可怜的“考生”。所以，高校长只好把本来天经地义的事情当作自己的理想。所以，他要和徐飞合著这本书来推动理想的实现。

什么是“读书人”？按照我的理解，就是一辈子爱读书的人，就是以读书为乐、为生活方式的人。人是要一辈子读书的，而能否养成读书的习惯和品位，中学时代是关键。在这方面，高校长所崇敬的教育家苏霍姆林斯基有相当精辟的论述。他指出：少年的自我教育是从读一本好书开始的，学生的智力发展取决于良好的阅读能力；一个真正的人应当在灵魂深处有一个精神宝藏，这就是他通宵达旦地读过一百多本好书；如果少年时没有品尝过阅读的激动人心的快乐，没有自己心爱的书和喜爱的作家，其全面发展是不可设想的。高校长由此体悟到：对少年来说，任何教育都不能取代经典好书的阅读，办学应当从阅读开始，没有阅读就没有真正的教育。

我也认为少年期的阅读经验对于人的一生至关重要，曾在一篇文章中写道：青春期是人生最美妙的时期，恋爱是青春期最美妙的事情，我说的恋爱是广义的，不只是对异性的憧憬和眷恋，随着春心萌动，少男少女对世界和人生都是一种恋爱的心情，眼中的一切都闪耀着诱人的光芒。在这样的心情中，一个人有幸接触到书的世界，就有了青春期最美妙的恋爱——青春期的阅读。青春期的阅读真正具有恋爱的性质，那样如痴如醉，充满着奇遇和单纯的幸福。人的一生中，以后再不会有如此纯洁而痴迷的阅读了，成年人的阅读几乎不可避免地被功利、事务、疲劳损害。但是，倘若从来不曾有过青春期的阅读，结果是什么，只要看一看那些走出校门后不再读书的人就知道了。

如果说少年期是养成读书习惯和品位的关键时期，那么，能否让足够多的学生拥有青春期的阅读，教师是关键。教师自己首先应该是爱读书、会读书的人，是真正的“读书人”，才能在学校里形成一种风气，把学生也熏染成爱读书、会读书的“读书人”。高校长说得好：好教师一辈子只做两件事——读书和教书，读书利己，教书利人，教师的幸福在于二者是完全统一的。

这本书就是为有志于阅读兴教的教师们编写的，试图为他们提供一份案头书的目录和阐释。预定的数量是 30 本，如何来挑选？本书的另一位作者徐飞在后记中做了有趣的提示。他说，他在高校长家里感受到了藏书万卷的雍容气派，楼上楼下到处是书，而最爱的书在卧室里，那是其心目中的“书中的书”“书中的恒星”，他从中看到了高校长的“精神纹理、思想底座”。可以想见，被选中的书大多出自其中，是其长期浸染、日夜相伴的精神挚友，凝聚了高校长自己的阅读经验。我们还可发现，它们大多同时也是中外历史上最有教育意义的经典名著。如果让我来挑选，我一定也不会遗漏比如说《论语》《理想国》这两本最伟大的古代哲学兼教育著作，卢梭的《爱弥儿》、杜威的《民主主义与教育》这两本近现代最重要的教育论著，林语堂的《苏东坡传》、爱克曼的《歌德谈话录》这两本以中西两位天才文豪为传主并且也是写得最精彩的传记作品。

在具体编选时，作者做了认真的梳理，把所选的书分为三类，实际上是根据人的精神属性的三个方面来划分的。人的精神属性可以相对地分为智力、道德、情感，与此相应，素质教育可分为智育、德育、美育，而阅读好书则是提升这三种精神素质、进行这三种教育的最佳途径。第一类是哲学、教育学、心理学等理论著作，阅读这类书籍的目的是培育思想尊严，拥有追求真理的勇气和独立思考的能力。第二类是伟人和优秀人物的传记，阅读这类书籍的目的是培育爱心、良心、社会责任心，做一个有道德、有信仰的人。第三类是文学作品，阅读这类书籍的目的是培育诗意和创造情怀，拥有丰富的感受力和想象力。每一类各包括 10 本书，对于每一本书，作者着重阐释了其精华和在教育上的启示。

本书的两位作者，一位是校长兼语文教师，另一位是语文教师。让学校回归读书和培养“读书人”的地方，校长和语文教师能发挥重要作用。如果高校长的理想成为每一位中学校长和语文教师的理想，距理想变为现实就不远了。让我们从自身做起，自己首先做一个真正的“读书人”。

2012.6

怎样通过叙事来说理

通过叙事来说理，是常用的作文方式。这样的文章容易写得概念化、一般化，究其原因，往往因为所说之“理”并非作者从亲历之“事”中感悟，而是一个抽象的东西，于是只好概念先行，根据概念编造或推演出“事”来，然后贴上“理”的标签。结果，所叙之“事”必定显得假或者空，成为所说之“理”的生硬的图解。

其实，在生活中，人人都不缺乏由“事”悟“理”的机会，就看是否有心。请看《习惯说》，刘蓉就是一个有心人。书房的地上有一个坑，开始时，他踩到那里就别扭，觉得被绊了一下，久了便习惯了，好像坑不复存在。后来，坑被填平，开始时，他踩到那里又别扭，觉得隆起了一个坡，也是久了便习惯了。一般人如果经历这样的“事”，恐怕都会有所触动，但往往不去细想。刘蓉不然，他认真思考被触动的缘由，就是习惯的力量之大，可以使人觉得坑是平地，平地是坡，于是找出了寓于“事”中的“理”，即“君子之学贵慎始”。

所以，经历某件事，如果你被触动，若有所悟，这时候就要留心。你不要停留在若有所悟的状态，而要把若有所悟变成确有所悟，想清楚所悟的究竟是什么。某个“理”业已寓于“事”之中，你要把它找出来，而且要找得准，真正是这件“事”使你所悟的那个“理”。一个人养成了这样由“事”悟“理”的习惯，借“事”说“理”就不是难事了。

第一要选取真正触动你的“事”，第二要找准你在“事”中悟到的“理”，在此前提下，写作的艺术在于“叙”。“叙”无定规，最能显出作者的水平。“叙”的关键是细节的处理，要把握好“叙”的节奏，有节制，有起伏，不妨还有悬念。“叙”好比演剧，此时“理”并不出场，但它却始终在引导着“叙”的导演。最佳效果是，通篇是“叙”，却已经不露痕迹地把那个尚未“说”出的“理”呈现出来了，因此只需在最后“说”一句点睛的话就可以了，甚至连这句话也不必“说”了，这就好比导演只需在最后谢一下幕或者连谢幕也不必了。

（本文应香港培生朗文之约而写，收在香港初中二年级“中国语文”课本“语文经验谈”中，作为课文刘蓉《习惯说》之辅导文章）

2012.4

苏轼《超然台记》荐语和批注

[荐语]

不论做人,还是作文,我最看重的是真性情。在中国古典作家中,庄子是真性情的鼻祖。中古以降,把真性情发挥得最为淋漓尽致的,非苏轼莫属。苏轼是一个旷世奇才,他兼有赤子的率真,诗人的敏感,英雄的豪迈,智者的幽默,哲人的超然,这些品质荟萃于他一身,真是造化的奇迹,中国文学的大幸。然而,从世俗的眼光看,他的一生可谓不幸,充满坎坷和苦难。在他的时代,读书人的唯一出路是做官,而他的率真使他在官场上到处碰壁,连遭贬谪。若问他是靠什么在人生困境中始终保持真性情,我们在本文中或许可以找到答案。真性情之人,不但有诗人的心灵,热爱人生,富于生活情趣,还必须有哲人的胸怀,彻悟人生,能够超然物外。倘若没有后者,人就会受外部事物和外在遭遇的支配,患得患失,生活情趣便荡然无存了。超然未必是消极的出世,反而可以是一种积极的人生态度,你和你的人生保持一个距离,结果是更能欣赏人生的妙趣。

[正文]

凡物皆有可观。苟有可观,皆有可乐,非必怪奇伟丽者也。餔糟啜醨,皆可以醉;果蔬草木,皆可以饱。推此类也,吾安往而不乐?

批注1:物有无可观,取决于观物之人的心灵品质。心灵贫乏之辈,眼中的世界也必然贫乏。苏轼《记承天寺夜游》云:“何夜无月,何处无竹柏,但少闲人如吾两人者耳。”那些只知功利的忙人是看不见明月和竹柏的美的。唯有在心灵丰富的人眼中,世界才会呈现其丰富的美。

夫所为求福而辞祸者,以福可喜而祸可悲也。人之所欲无穷,而物之可以足吾欲者有尽。美恶之辨战乎中,而去取之择交乎前,则可乐者常少,而可悲者常多,是谓求祸而辞福。夫求祸而辞福,岂人之情也哉!物有以盖之矣。彼游于物之内,而不游于物之外,物非有大小也,自其内而观之,未有不高且大者也。彼挟其高大以临我,则我常眩乱反复,如隙中之观斗,又焉知胜负之所在?是以美恶横生,而忧乐出焉,可不大哀乎!

批注2:看世界的眼光有两种。一是出于物欲、占有欲,其实质是“游于物之内”,被物控制,结果是痛苦。这与古希腊哲人伊壁鸠鲁所见略同:无穷尽的物欲是痛苦的根源。二是审美,其实质是“游于物之外”，这与德国近代大哲康德所见略同：美感是排除了物欲的快感。

余自钱塘移守胶西，释舟楫之安而服车马之劳，去雕墙之美而庇采椽之居，背湖山之观而行桑麻之野。始至之日，岁比不登，盗贼满野，狱讼充斥，而斋厨索然，日食杞菊，人固疑余之不乐也。处之期年，而貌加丰，发之白者，日以反黑。余既乐其风俗之淳，而其吏民亦安余之拙也。

批注3：从富庶的杭州调任穷僻的密州，生活条件不可同日而语，人们都认为苏轼会不快乐，可是一年后，他不但胖了，而且白发也变黑了，原因是此地民风淳朴，官民相处愉快，且远离政治斗争的旋涡，这样的生活更适合他的性情。可见超然的心态还有利于健康，正确的人生态度可以养生。

于是治其园圃，洁其庭宇，伐安丘、高密之木，以修补破败，为苟完之计。而园之北，因城以为台者旧矣，稍葺而新之，时相与登览，放意肆志焉。南望马耳、常山，出没隐见，若近若远，庶几有隐君子乎？而其东则卢山，秦人卢敖之所从遁也。西望穆陵，隐然如城郭，师尚父、齐桓公之遗烈，犹有存者。北俯潍水，慨然太息，思淮阴之功，而吊其不终。台高而安，深而明，夏凉而冬温。雨雪之朝，风月之夕，余未尝不在，客未尝不从。撷园蔬，取池鱼，酿秫酒，瀹脱粟而食之，曰：乐哉游乎！

方是时，余弟子由适在济南，闻而赋之，且名其台曰“超然”，以见余之无所往而不乐者，盖游于物之外也。

（本文应光明日报出版社之约而写，收在《中国好文章》一书中）

2013.5

第四辑　传承高贵

我心目中的好教师

针对教师素养这个话题，我来说一说我心目中好教师应有的品质，特别是针对教育界的现状，我认为一个好教师应该坚持什么。

1. 智情双修，德才兼备，做一个优秀的知识分子

一个人活在世上，不论从事什么职业，第一重要的是做人。对于教师来说，做人更是第一位的，因为教育是精神事业，一个教师精神素质好不好，会直接在教学的态度、内容、方式以及与学生的关系中体现出来。和传授知识相比，教师作为一个人在精神上对学生的影响是更重要的。我们回忆自己的学生时代，最难忘的必是那种具备人格魅力的老师，他们在我们人生早期所给予的启迪和熏陶，其作用之巨大，往

往使我们终生受益。

精神素质包括智力、情感、道德，三者缺一不可，教师应该是智情双修、德才兼备的人。因为教师的日常工作是智育，我要强调一下教师的智力素质。教师当然应该是知识分子，而所谓知识分子，就是一辈子热爱智力生活、对知识充满兴趣的人。用这个标准衡量，在我们今日的教师队伍里，知识分子太少了。许多人走出校门、结束了学生生涯之后，就停止学习了，殊不知你现在走进另一个校门、开始了教师生涯，就更应该过一种高水平的智力生活。如果你自己没有求知的激情，怎么可能在学生心中点燃同样的激情呢？所以，我认为，一个好教师理应把自己定位为知识分子，永远保持学习、思考、钻研的习惯。

2. 爱学生，真正把学生当作目的

谈到教师的道德素质，我认为爱学生是最重要的师德。如同罗素所说，一个理想教师的必备品质是具有博大的父母本能，如同父母感觉到自己的孩子是目的一样，感觉到学生是目的。学生的年龄越小，这一点就越重要，因为孩子尚缺乏理性判断和情感自主能力，教师的态度会直接影响到他们对生活和学习的信心。

爱学生当然不是表面的随和，仅仅能和学生打成一片。把学生当作目的，这是对爱学生的实质的准确表述。爱学生的教师，一定会把心思放在学生身上，对学生的成长真正负起责任来。正因为如此，他会为每个学生的进步感到由衷的高兴，同时也感到自豪，视为自己的人生成就。一个教师是否真爱学生，学生心里最清楚，他一定会受到学生广泛的敬重和喜爱，而我们也就有基本的理由承认他是一个好教师。

3. 懂教育，拥有正确的教育理念

教师以教育为职业，按理说都应该是懂教育的，其实不然。一个教师在从事教学工作时，自觉不自觉地都体现了某种教育理念，但有正确与错误之别。尤其在现行教育体制下，如果缺乏独立思考，更可能是错误的。

就单个的教师而言，教育理念不是孤立的东西，也不是抽象的理论，而必定是和他的人生观、价值观有密切联系的，是他的整体精神素质在教学上的体现。说到底，做人和教人在根本上是一致的。一个在人性意义上优秀的教师，他在自己身上就领悟了人性的宝贵，绝不会用压抑和扭曲人性的方式去教学生。相反，那些用这种方式教学生的教师，自己的人性在相当程度上往往是不健全的。在具体的教学中，这种内在的差异几乎是无意识地表现出来的，但是泾渭分明，一目了然。

不过，要自觉地、坚定地拥有正确的教育理念，不能只凭直觉。我认为，一个教师无论教的是什么课程，教育理论都是他的必修课，而且应该在教学生涯中不断重温和深化。在这方面，我建议读一些教育哲学的著作，而不要限于教育学、心理学、教学方法之类，因为教育哲学所探讨的正是教育理念，即教育的根本道理。历史上有许多哲学家写了教育论著，如洛克、卢梭、康德、杜威、怀特海，他们的教育主张未必一致，但皆深谙人性，各有真知灼见，认真地读一读，一定会有豁然开朗之感。

4. 讲究教学艺术，让学生感受到知识的魅力

在教学方法上，我认为最重要的是要让学生感受到知识的魅力，使之对你所教的这门课发生兴趣。兴趣是学习的前提，没有兴趣，就只好靠灌输，其效果如何，当教师的都很清楚。一个学生对某一门课能否发生兴趣，取决于两个因素，一是这个学生的天赋类型，二是任课教师的教学水平。一个好的教师不可能使每个学生都对自己所教的这门课发生强烈兴趣，但可以做到使天赋类型适合的学生发生强烈兴趣，而使多数学生发生一般兴趣。

要取得这样的效果，当然不能单凭方法。实际上，这是对教师的综合智力素质的检验。首先，教师对于自己所任的课程，在基本原理方面要做到融会贯通，能够举一反三。现在教育部门在提倡中小学教师的专业发展，我的看法是，这不应该是要求教师的知识达到相关学科中的专业水平——这是不必要的，也是不可能的——而只应该是在教学大纲范围内的通晓和熟练，因为中小学教育是基础教育，不是专业教育。其次，基础教育是一种通识教育，中小学教师不论教的是什么课程，都应该是通识之才，有广泛的知识兴趣和人文修养，如此才能把所任课程的教学做得生动活泼，使学生也产生兴趣并易于领会和接受。

5. 处理好素质教育和应试教育的关系

现在我要说到今天中小学教师面临的最大难题了。应试体制的硬指标具有迫使教师和学生就范的巨大威力，短期内也无改变的希望，这是一个不可回避的事实。完全不顾应试，显然行不通，学校和家

长都不答应。一味顺应乃至迎合，放弃素质教育，则为负责任的教师所不取。不过，我们没有必要陷入这样的两极思维之中。任何体制都不可能把个人的相对自由完全扼杀掉，一个好的教师要善于拓展和运用这个自由，戴着镣铐把舞跳到最好。

我认为，在当今体制下，一个好教师的责任和本事就在于，一方面帮助学生用最少的时间、最有效的方法对付应试，另一方面最大限度地拓展素质教育的空间。这是可以做到的，当然，前提是教师有水平并且肯用心。即使在正常的学习中，教师也应该善于确定知识中必须牢固掌握的要点，避免让学生在次要的细节上耗费大量精力，水平之高低于此立见。可以断定，如果学生牢固掌握了知识的要点，在应试中也不会差到哪里去。现在许多教师仅靠逼迫学生做大量作业来对付应试，其实是最笨也最偷懒的办法，说到底还是水平低并且不负责任。

6. 淡泊名利，甘于受冷落

如果一个教师做到了上述几条，无疑就是一个好教师。但是，他很可能会面临一个危险，就是不被现行体制认可，在多数情况下，他的处境往往比那些积极贯彻现行体制的人差。那么，我就要说一说我对一个好教师的最后一条要求了，就是淡泊名利，甘于受冷落。你是凭良心做事，当然就应该不计个人得失。一切凭良心做事的人都有一个信念：良心的评判高于体制的评判。你一定也有这样一个信念的，对吧？

2011.3

剩下的才是教育

在论教育的名言中，我特别喜欢这一句俏皮话：忘记了课堂上所学的一切，剩下的才是教育。

爱因斯坦和怀特海都说过这个意思的话。爱因斯坦是大科学家，怀特海是大哲学家，两人都是智力活动的大师。凡智力活动的大师，正因为从自己身上亲知了智力活动的性质和规律，因此皆深通教育之真谛。他们都是出色的自我教育者，而教育的道理不过是他们自我教育经验的举一反三罢了。

据我所见，没有一个大师是把知识当作教育的目标的。他们当然都是热爱知识、拥有知识的人，但是他们一致认定，在教育中有比知识重要得多、根本得多的东西，那个东西才是目标。

其实，不必大师，我们这些受过一定教育的普通人也能从自身经历中体会到这个道理。不妨回想一下，从小学到大学，学了这么多的课本知识,现在仍记得的有多少?恐怕少得可怜,至少在全部内容中所占的比例不会多。大致来说,能记住的东西不外乎两类,一是当时就引起了强烈兴趣因而留下了深刻印象的东西,二是后来因为不断重温而得到了巩固的东西。属于后者的,如在生活和阅读中经常遇见的语言文字,与自己所从事的专业相关的基础知识。事实正是这样:任何具体的知识,倘若不用,是很容易忘记的,倘若需要,又是很容易在书中查到的,而用得多了,记住就是自然而然的事情了。所以,让学生把主要精力放在背诵具体的知识,既吃力又无必要,而且说到底没有多大价值。

那么,那个应该剩下的配称为教育的东西是什么呢?依我看,就是两种能力,一是快乐学习的能力,二是自主学习的能力。教育的目标,第一要让学生喜欢学习,对知识充满兴趣;第二要让学生善于学习,在知识面前拥有自由。一个学生在总体上对人类知识怀有热烈的向往和浓厚的兴趣,又能够按照自己的兴趣方向来安排自己的学习,既有积极的动力,又有合理的方法,他就是一个智力素质高的学生。这样的学生,日后一定会自己不断地去拓展知识的范围,并朝某一个方向纵深发展。

学习是一辈子的事,学校教育仅是一生学习的开端,即使读到了研究生毕业,情况仍是如此。然而,我们看到的现实是,许多人一走出校门,学习就停止了,此后最多是被动地接受一些职业的培训。检验一个人的学校教育是否合格,最可靠的尺度是看他走出校门后能否坚持自主学习。大学是培养知识分子的地方,可是,一个人取得了本科乃至研究生的学历和文凭,并不就算是知识分子了。唯有真正品尝到了智力活动的快乐,从此养成了智力活动的习惯,不管今后从事什么职业,再也改不掉学习、思考、研究的习惯了,这样的一个人,我们方可承认他是一个知识分子。我如此定义知识分子:一个热爱智力生活的人,一个智力活动几乎成了本能的人。这个意义上的知识分子与文凭和职业无关。据我所见,各个领域里的有作为者,都一定是自觉的终身学习者和思考者。

当然,在学校里,具体知识的学习仍有相当的重要性,问题是要摆正其位置,使之服从于培养智力活动习惯这个主要目标。在这一点上,中学阶段的任务格外艰难。怀特海如此划分智力发展的阶段:小学是浪漫阶段,中学是精确阶段,大学是综合运用阶段;小学和大学都自由,中学则必须是自由从属于纪律。在全世界,中学生和中学老师都是最辛苦的,因为无论从年龄的特征来说,还是从教学的顺序来说,中学都是最适合于奠定文理知识基础的阶段,知识的灌输最为密集。但是,正因如此,就更有必要十分讲究教材的编写和教学的方法,以求最大限度地引发学生学习和思考的兴趣。

怀特海说:在中学,学生伏案于课业,进了大学,就要站起来环顾周围了。是的,大学是自由阶段。那么,像我们这样,学生在中学里被应试的重负压得喘不过气,现在终于卸下重负,可以尽兴地玩了,这就是自由吗?显然不是。怀特海说的自由,是指在大学的学习中,具体知识退居次要地位,最重要的是透彻理解所学专业的原理——不是用文字叙述的原理,而是渗透入你的身心的原理,知识的细节消失在原理之中,知识的增长成为越来越无意识的过程。这是一个饱满的心智在某个知识领域里的自由,其前提正是对人类知识的一般兴趣和对所学专业的特殊兴趣。倘若一个学生没有这两种兴趣,只是凭考分糊里糊涂进了某个专业,他当然与这样的自由无缘了。

最后回到那句名言,我们可以说:假如你忘记了课堂上所学的一切，结果是什么也没有剩下，你就是白受了教育。想一想我们今日的教育，白受了教育的蒙昧之人何其多也。当然，责任不在学生，至少主要不在学生。

2011.3

怎样教孩子处世做人

——接力出版社《飞罗告诉我》丛书序

孩子都爱发问。爱发问的孩子是聪明的孩子，这说明他的小脑瓜在思考，他看见了一些令他惊奇或困惑的现象，要寻求答案。这正是父母对孩子进行启发式教育的良机。如果你是位聪明的父母，你一定会抓住这个机会，仔细倾听孩子的问题，和他进行平等的讨论，切磋相关的道理。有的家长不喜欢孩子发问，总是不耐烦地顶回去，或者给一个简单的答案了事。这样的家长是最笨的家长，而且可能扼杀孩子的好奇心，使孩子变得和他一样笨。

千万不要小看孩子提的问题，你要给他解释清楚还真不容易呢。比较起来，最容易回答的是知识性的问题，当然，前提是你具备有关的知识，并且善于根据孩子的理解能力进行讲解。特别难回答的问题有两类，一类是哲学性的，另一类是社会性的。哲学性的问题，即对宇宙和人生的追根究底的发问，原本没有标准答案，因此最佳方式是仅仅给予鼓励，使孩子的思考保持在活泼的开放的状态。社会性的问题，源于孩子与人打交道时产生的困惑，随着年龄的增长，与社会接触增多，这类问题会大量涌现。怎么应对这类问题，正是我们现在要着重探讨的。

孩子幼小时，一直生活在父母羽翼的庇护之下，自由自在，无忧无虑。上小学后，情况大变，一下子进入了某种带有强制性的秩序之中，以及某种相对陌生的人际关系之中。他会遭遇许多矛盾，他的极其有限的经验完全不足以对付，因而疑惑丛生。事实上，他已经开始面对如何处世做人这个大问题了。细究起来，最基本的矛盾是个人自由和社会规则之间的矛盾，而这正是贯穿人类社会经济、政治、法律、道德领域的核心问题。在这个问题上，最困难的是如何把握好二者的度，各个学派对此亦是众说纷纭。对于个人来说，个性与社会性的冲突也是贯穿终生的，而儿童时期是其肇始，打下一个正确解决的基础是特别重要的。怎样让孩子既能自由成长，又能适应社会，这同样是令父母们苦恼的问题。我想强调的是，父母在引导孩子思考这类问题时，也要把握好度，不可把孩子教育成小绵羊，盲目服从社会的成规。正确的目标是，让孩子既能明白公共生活的若干基本准则，培养自制、友爱、仁慈等美德，又能学会分析复杂的社会现象，坚持独立思考，培养自信、勇敢、正义等美德。

这套童书侧重的正是孩子的社会性发问，以期让孩子懂得处世做人的基本道理。主角菲卢是一个六岁半的男孩，恰好处在开始产生社会性困惑的年龄。作者设计了这个年龄段容易发生疑惑的若干问题，比如：我可以打架吗？我可以撒谎吗？要是我不遵守规则？要是我不去上学？为什么我不能当头儿？每册书针对其中一个问题，父母给菲卢讲道理。有趣的是，就像孩子在这种场合一般会表现的那样，菲卢对父母讲的道理常常不服气。可是，到了晚上，回到自己的房间，他的好朋友——一只名叫飞罗的鸟——就会来找他，而在与飞罗的交谈中，他就慢慢想通了。按照我的理解，这个飞罗其实就是菲卢，是他的那个理性的自我。因此，与飞罗的交谈实际上是菲卢的内心对话。这就告诉我们，父母讲道理讲得好，会起到一个最重要的作用，就是促进孩子那个内在的理性自我觉醒，自己进一步去思考，从而逐渐具备独立解决所遇到的社会性难题的能力。

2012.2

尼采反对“扩招”

我正在整理尼采著作的译稿，其中有一部早期著作，题为《论我们教育机构的未来》，是他在巴塞尔大学的五次公开演讲，尚无中文译本，我挑一点有趣的内容说一说。

德国的学校长期实行双轨制，中学分为文科中学和实科中学，前者着重古典人文教育，学生毕业后可升入大学深造；后者着重职业培训，学生没有升大学的资格。到了尼采的时代，这个界限变得模糊了，主要的表现是，文科中学向实科中学看齐，大规模扩招，而这意味着大学也以相应的规模扩招，同时，在教学内容上，古典人文教育大为削弱，强化了职业培训。对于这个倾向，尼采深感忧虑，为了说明他的忧虑之所在，我引一段他的原话——

“普及教育是最受欢迎的现代国民经济教条之一。尽量多的知识和教育——导致尽量多的生产和消费——导致尽量多的幸福：这差不多成了一个响亮的公式。在这里，利益——更确切地说，收入，尽量多赚钱——成了教育的目的和目标。按照这一倾向，教育似乎被定义成了一种眼力，一个人凭借它可以'出人头地'，可以识别一切容易赚到钱的捷径，可以掌握人际交往和国民间交往的一切手段……按照这种观点，人们主张'智识与财产结盟'，它完全被视为一个道德要求。在这里，任何一种教育，倘若会使人孤独，倘若其目标超越于金钱和收益，倘若耗时太多，便是可恨的……按照这里通行的道德观念，所要求的当然是相反的东西，即一种速成教育，以求能够快速成为一个挣钱的生物，以及一种所谓的深造教育，以求能够成为一个挣许多钱的生物。一个人所允许具有的文化仅限于赚钱的需要，而所要求于他的也只有这么多。简言之，人类具有对尘世幸福的必然要求——因此教育是必要的——但也仅仅因为此。"

人为了谋生必须学习相关的技能，这本身无可否认也无可非议，尼采反对的是把它和教育混为一谈，用职业培训取代和排挤了真正的教育。他强调："任何一种学校教育，只要在其历程的终点把一个职位或一种谋生方式树为前景，就决不是真正的教育。"而只是一份指导人们进行生存斗争的"说明书"，相关的机构则是一些"对付生计的机构"，决不是真正的教育机构。他心目中真正的教育，其核心是人文教育，是精神素质的培养和文化的创造。

尼采并不反对生计机构，但要求把它和教育机构加以区分，不能把所有的学校都办成生计机构。他预言，既然文科中学和实科中学在总体目标上已经无甚区别，不久后大学也理应向实科中学的毕业生开放。他的预言在三十年后得到了应验。然而，这种应验是令他痛苦的，因为在他看来，这意味着真正的教育机构已被生计机构同化和吞并。

双轨制的取消也许是教育民主化进程的必然，这不是问题的关键之所在。尼采提出的根本问题是：教育有无超出职业培训之上的更高使命？仅以谋生为目标的教育还是不是真正的教育？在教育日趋功利化的今天，这个问题更加尖锐地摆在了人们面前。

尼采还注意到了扩招产生的一个突出问题，就是教师和学生的素质大为下降。他指出，哪怕一个优秀的民族，能够胜任教育事业的人才也是相当有限的，而扩招使太多不够格的人进入了教师队伍。与此同时，大量不合格的学生也涌进了学校。在这种情况下，真正优秀的教师必然被边缘化了，因为他们既敌不过平庸教师的数量优势，其实也最不适合于教育那些胡乱集合起来的青年。相反，平庸的教师则如鱼得水，因为他们的禀赋与多数学生的胸无大志、精神贫乏处于某种协调的关系之中。

事实上，扩招的最大受害者是学生。在学校里，“无人能够抗拒那个使人疲惫、糊涂、神经紧张、永无喘息之机的强迫性教育”。走出大学校门，等待着他们的是纠结和失败的人生。尼采生动地描绘了这种纠结和失败：走上被雇用的岗位之后，他们感到无能引导自己，于是绝望地沉浸到日常生活和劳作的世界里面；他们不甘心，企图振作起来，抓向某一个支撑物，可是徒劳；在悲凉的心情中，他们放弃了理想，准备去追求任何实际的乃至低级的利益；他们被卷入到了时代的永不停歇的骚动之中，仿佛被切割成了碎片，不再能领略那种永恒的愉悦；他们受尽怀疑、振奋、生计、希望、沮丧的捉弄，最后让缰绳松开，开始蔑视自己……

做这一组演讲时，尼采才 27 岁，距学生时代不远，但已经在巴塞尔大学做了三年教授。无论是以前作为学生，还是现在作为年轻教师，他对学校教育的状况都有切身的感受。扩招只是现象，实质是教育的功利化和真正的教育之缺失。他面对的主要听众是大学生，他寄希望于其中“被相同的感受所震荡”的少数人，呼唤他们投身教育事业，为德国教育机构的新生而奋斗。可是，在他发出这个呼唤之后，不但德国，而且全世界的教育机构都在功利化的路上走得更远了。就此而论，面对当时初露端倪的现代教育之趋势，尼采既是一位预言家，又是一个堂吉诃德。

2011.9

母语是教育的起点

——《咬文嚼字》2012 年合订本序

尼采曾经指出: 母语是"真正的教育由之开始的最重要、最直接的对象", 良好的母语训练是"一切后续教育工作"的"自然的、丰产的土壤"; 教师应当使学生从少年时代起就严肃地对待母语, "对语言感到敬畏", 最好还"对语言产生高贵的热情"。我完全赞同他的见解。

教育是心智成长的过程, 而母语是心智成长最重要的环境之一。母语就好比文化母乳, 我们在母语的滋养下学会了思考、表达和交流。虽然后续教育有不同领域和学科之分, 但一切教育的基本要求是正确地读、想和写, 而这种正确性正是通过良好的母语训练打下基础的。认真对待语言, 力求准确地使用每一个词, 这不仅是为了避免他人的误解, 更是对待心智生活的严肃态度。不能想象, 一个对写给别人看的文字极其马虎的人, 自己思考时会非常认真。事实上, 这种马虎恰恰暴露了他自己也不在乎所要传达的东西。相反，凡是呕心沥血于精神劳动的人，因为珍惜劳动成果，在传达时对文字往往都近乎怀有一种洁癖。

如果说文化是一种教养，那么，母语就是教养的基本功，教养上的缺陷必定会在语言上体现出来。一个语言粗鄙的人，我们会立刻断定他没文化。一个语言华而不实的人，我们也可以立刻断定他伪文化。举止上的高贵风度来自平时最一丝不苟的训练和自我训练，语言上的良好作风也是如此。不用说写公开发表的文章，哪怕是写只给某一个人看的信，只给自己看的日记，都讲究用词和语法的正确、文风的端正，不肯留下一个不修边幅的句子，如此持之以恒，良好的文字习惯就化作本能了，而这便是文字上的教养，因为教养无非是化作本能的良好习惯罢了。

各民族都拥有优秀母语写作的传统，这个传统存在于本民族的经典作品之中，它们理应成为母语学习的范本。一百多年前，尼采已经埋怨德国青少年不是向德语经典作家，而是从媒体那里学习母语，使得他们“尚未成型的心灵被印上了新闻审美趣味的野蛮标记”。如果尼采生活在今天这个网络时代，真不知他会作何感想。我本人认为，网络语文的繁荣极大地拓宽了写作普及的范围和发表自由的空间，诚然是好事，但也因此更应该警惕尼采所说的“新闻审美趣味”的蔓延。网络语文往往是急就章，因此可能导致两个后果，一是内容上的浅薄，缺乏酝酿和积累，成为即兴发泄和时尚狂欢的娱乐场；二是语言上的粗率，容易滋生马虎对待母语的习气，成为错别字和语病的重灾区。内容浅薄、语言粗率，这正是“新闻审美趣味”的两大特征，所以尼采说它“野蛮”。

当然，语言是约定俗成的，必然会在使用中有发展、有更新。我丝毫不反对语言上的创新，但是，第一，创新必须是合乎母语本身规律的，一个词的新的用法，一个句子的新的组织法，应该是对原有词法和句法的推陈出新，而非凭空生造；第二，创新能否被接受成为新的约定俗成，有待于时间的检验。有一点可以肯定，创新的前提是敬畏母语，因而对母语十分用心，有敏锐而细腻的感觉，那种哗众取宠的起哄式的所谓“创新”是闹剧，今天一哄而起，明天就会一哄而散。

“咬文嚼字”这个成语原是贬义词，把它用来做一本刊物的名字，变成了褒义词，这何尝不是一个创新呢？是的，我们不要那种脱离文本内涵死抠字眼的“咬文嚼字”，但是，讲究文字的规范性，文字对应所表达内容的准确性，为此而“咬嚼”文字，这样的“咬文嚼字”好得很，是保护母语纯洁性的善举。

2012.12

传承高贵

今天的时代，高贵已成陌生之物。教育原本赋有传承高贵的使命，然而，在应试体制的压力下，教师、学生、家长皆疲于应对，以至于在今天的学校里，传承高贵似乎成了一种不合时宜的奢侈。现在，这里有一位中学校长，他仍执着于这种不合时宜的奢侈，用他的话来说，就是要向年轻的生命注入贵族气质。面对他的努力，我不由得肃然起敬。

《教育，让人生更美好》一书中的文字，大多是郃亚臣校长在学校里的公开讲话，听众的主体是学生。一个校长向学生训话，再平常不过了。可是，且慢，你读一下就知道了，这个校长有点不一样。在他的讲话中，你找不到一句官话、套话。他没有把校长讲话当作例行仪式，更没有把学生当作训诫对象，我相信每一次他都做了认真的准备，要和学生进行言之有物的心灵交流，奉献出自己从观察、阅读、思考中得到的主要收获。他的讲话激情飞扬，甚至可以说文采斐然，而说出的则是经过深思熟虑的真知灼见。

在郜校长身上，我看到了做人与教人、人生理念与办学方针的高度一致。他自己感悟到并且享受到了人生的那些最珍贵的价值，多么希望通过言传身教和制度设计让学生也能感悟到、享受到。当然，这不容易，因为在今天的社会和教育的大环境中，正是这些价值遭到了普遍的忽视和损害。我单说其中的两项：个性和优雅。

每个人都是一个独特的个体，个性是人生的珍贵价值，人的多样性是人类创造力的重要源泉。因此，教育应该尊重学生的差异性，为不同个性的发展提供广阔的空间。然而，在当今教育舞台上，通行的是以应试、升学、就业为目标的过度的规划，正如郜校长所指出的，老师、学生、家长的目标被惊人地统一，从上小学开始，孩子们的生活和心灵就被分数以及奥数、英语等各种特长班格式化了。针对这种情况，他向老师和家长呼吁：减少规划，开始等待，让孩子的生命里多一些悬念。他强调：单纯的喜爱是最有尊严的活动，最重要的事情是让孩子恢复对事物本真的兴趣。帮助每一个孩子感知自己内心的真实，发现精彩的自我，展现丰富的个性，是他的明确的办学方针。

除了个性，郜校长还经常谈到优雅。他把培养优雅的文化气质确立为重要的办学目标。优雅或许有二义。一是生活情趣，有真切的生命体验。有一句精辟的话："在我眼里，所有对生命还有感动的人们，是这个时代的英雄。"二是精神气质，有高贵的灵魂生活。如他所言：学校应该是培养精神气质的圣地。如果说功利性的过度规划摧残了个性，那么，同样源于功利性的过度的竞争意识则是优雅的大敌，使得学校成了战场。他告诫学生、老师、家长远离竞争，有一段振聋发聩的话值得全文照抄："我们可能确信不疑，奥数、英语、有名的中学、顶尖的大学、收入很高的工作都是往生命银行里存入的巨款。但如果没有闲适与从容、逍遥与自在，多年以后，我们认为的巨款可能就会变成呆账、坏账。相反，听从内心的呼唤，不断体验生命中的新鲜，可能会成为人生最重要的投资。”

郜校长自己是一个热爱精神事物的人，尤其爱诗歌，在讲话中经常引用中外诗人的诗句。他把诗定义为“夹杂着明亮的忧伤”，单凭这一句，我就知道他不但爱诗而且懂诗。在这个毫无诗意的时代，他偏强调诗歌的教育意义，倡导学生举办诗歌朗诵会，鼓励学生在诗歌里发现生命的源泉，修整内心的空间，以一种不同的方式重新找到自己。一个自己对诗歌没有精深体验的人，当然是说不出这些话的。

郜校长还在学校里建立了一个博物馆，定期更换和展出不同的艺术品，向全校学生开放，并且由学生志愿者担任讲解员。有一回我去参观，展出的竟是徐悲鸿、林风眠、刘海粟、吴冠中、关良、弘一法师、陈逸飞等大师级的作品，令我大为惊讶。当然，展品是借来的，他在收藏界广有人脉，资源充足。为了让学生受艺术的熏陶，成为他所期望的饱满、有品质的人，他真是用了心。

也许有人会问：身在应试体制之内，做校长的总要对学生应试和升学的成绩负责吧？郜校长的回答是：第一，事实证明，丰富的学校生活对此绝没有消极影响，在北京市的中学里，十五中的高考成绩一直是好的。但是，第二，十五中的育人目标决不定位在清华、北大上，也不和某些顶级名校攀比。因为在他看来，这样做只是以学校为本，而唯有立足于人的全面教育，帮助学生在历史、现实、未来的坐标系中找到自己的位置，才是真正的以人为本。他的坚定不移的立场是：“如果在有名气和明亮之间选择的话，我们会毫不犹豫选择后者，竭尽全力打造一所照亮学生内心的学校。”

众所周知，在现行体制里，做校长基本上是做官。为郜校长计，他似乎还可以有另一种选择：作为个人不妨讲究精神品位，作为校长则遵守官场规则。今日官场上这样做的人不在少数，不过，人们当然有理由对其所谓的精神品位打一个问号。郃校长太爱学生，不可能这样做。他由衷地感到，教育工作是人生中一场纯真的旅行，途中最美丽的风景就是与孩子们的可爱灵魂的相遇——爱学生也被学生爱。正因为爱学生，他对孩子们在应试体制下遭受的痛苦感同身受，深知责任重大。他向全校老师指出：在今天这个社会里，最大的弱势群体其实是被考试和作业夺去了无数黑夜与白天的孩子们。他提醒老师们，虽然无法破解体制造成的困局，但要多一些警惕，培养一种勇气，不盲从，不追风，同时更加智慧地工作，少占用学生的时间，为孩子们其实也是为自己找回属于人的基本权利。他向学生们倾吐肺腑之言：你们是压力和年龄不匹配的一代人，从小升初开始就辗转于各种班的痛苦，父母的无助，学校的无力，一路走来，紧张、焦虑、茫然、无所适从，刚到十八岁已是一身沧桑了！他开导他们：考不上理想大学算什么，不要把人看得太简单和渺小，只要你保有自我选择的勇气，就有一线生机让自己不成为众多的别人。他大声疾呼：孩子们，我们要一起合作！

我们看到，面对学生，郃校长掏心窝，讲真话，批评起现行教育的弊端来简直不像一个校长。可是，其实他所做的正是一个好校长在今天所能做的最好的事，那就是让学生对弊端怀有警觉，保持内在的自由，同时在教育实践中最大限度地减轻弊端的危害，为学生拓宽外在的自由。

2012.2

沙漠上的一块小小的绿洲

——在北京第十五中学初中毕业典礼上的发言

今天，我们的孩子正式从十五中初中毕业了。此时此刻，作为家长，我们有一个共同的心情，就是对十五中校长和老师三年来的精心培育和辛勤劳动充满了感激。我相信，在这一点上，我可以代表家长们来表达我们共同的感激之情。谢谢郜校长！ 谢谢十五中的老师们！

我接下来要说的话，不一定能代表全体家长，只是我个人的感想。我想说一说我本人最感激十五中的是什么。当今应试教育一统天下，孩子们被考试和升学的负担压得喘不过气来，但是十五中的情形有点不一样。在郜校长领导下，十五中立足于保护孩子们的身心健康和个性发展，在严酷的大环境里为孩子们开创了一个相对宽松温暖的小环境。我深知这样做有多么不容易，需要承受多么大的压力，我对郜校长的智慧和勇气深表敬佩。

现在回想起来，三年前我把女儿送进十五中，而不是别的什么更有名的学校，是多么正确也多么幸运。她马上要读高中了，我们父女俩的想法是一致的，就是仍然选择能为学生的自由发展留出足够空间的学校，坚决不上那种唯应试成绩是求的所谓高考能校。我一向认为，一个孩子只要素质好，有自己的真兴趣，能够快乐学习和自主学习，将来一定会有出息。相反，拼命应试，没有自己的真兴趣，没有自主学习的能力，即使考上了清华、北大，也不会有多大出息。我是北大毕业的，我知道北大毕业后没出息的人多的是。

所以，最后，我要表达我的一个真诚的愿望，我衷心希望十五中把已经走对了的路坚持走下去，维护好应试教育沙漠上的这一块小小的绿洲，从而继续造福现在仍然在校的孩子们，造福今后将要入校的孩子们。谢谢。

（附记：毕业典礼于2013年6月20日举行，此时郜校长已被通知调离十五中，他选择了辞职，我在发言最后表达的愿望其实隐含了深深的不安。）

诗性的教育感悟

喜欢《我的教育乡愁》这个书名，觉得它意味浓郁。读完书稿，还觉得它贴切。我体会，教育之成为林茶居的乡愁，有两层含义。其一，他的早年记忆中铭刻着多位教师的形象，他自己也从十六岁起当上了一名教师，教育是他钟爱的事业。其二，在今天的时代，他心目中那种真正的教育失落已久，教育是他渴望寻回的理想故土。

正是怀着这两种乡愁，在离开教师岗位之后，林茶居创办和主编了《教师月刊》。他为这份杂志向我约稿，是我们结识的机缘。

作者又是一位纯正的诗人。这使我对他的这本谈教育的书满怀期待。书中引谢林之言："诗是人的女教师。"诺瓦利斯之言："诗是保证直觉健康的艺术。"我相信，一个受了诗这位女教师的熏陶、保持了健康直觉的人，对于教育一定会有独特的、直入本质的理解。事实的确如此。

在本书中，作者谈教育，也谈诗歌、艺术、生活，随处有令人眼睛一亮的闪光的文字，我在这里仅对其中若干诗性的教育感悟表达我的赞赏和呼应。

诗与教育原本是相通的。人是一个有灵性的生命，诗是这样一个生命的歌唱，而教育则是这样一个生命的健康生长。生命是教育、尤其是早期教育的第一关键词。孩子首先是一个生命。“在苏霍姆林斯基的教育话语里，没有‘学生’，只有‘孩子’或‘儿童’。”天真、率性是孩子天然的生命状态，可是中国人总是强调孩子要“懂事”。“也许有的‘妈妈’被孩子的‘懂事’感动了。只是这种感动非常廉价。这种感动不是一个‘妈妈’的感动，而是一个成人的无知与自得。”时下流行所谓“感恩教育”，把感恩窄化、矮化、俗化为“孝”“敬”“顺”，甚至教孩子给父母洗脚、过生日谢父母的生育之恩，荒唐到了极点。孩子天然的感恩“实际上都在那一声叫不腻、喊不累的‘妈妈’‘爸爸’里”，而人的感恩之心应该“面对的是‘天地’，是‘人间’，是‘命运’，是‘花开花落’，是生命的‘偶然’，是他自己的‘珍惜’”。好的家庭教育绝无刻板的规矩和明确的目标，乃是“‘一家人’的欢乐、吵闹和争执”。鉴于今日教育，包括家庭教育的病态、阴郁、粗鲁、功利，作者的一句点睛之语是：“那些活得健康、阳光、优雅、无私的孩子，他们的父母是这个时代的‘劳动模范’。”

诗歌创作过程有两个特点，它既是对个人经验的唤醒，又是对灵感突现的敞开。教育过程与此十分相似。一方面，教育也是“对个人经验的发现、呼唤、亲近、激发、彰显”。所谓个人经验，不只是指外部经历，更是指内在体验。其中，“能不能保持精神的青春期是精神成长的关键性问题。那些天真，那些萌动，那些多情，那些梦想，那些对美好事物的无限迷恋……精神成长不仅指向未来，还意味着对过去的保持，对过去的不断唤醒、激荡、敞开、照亮。”另一方面，教育又是对未来种种未知的可能性的敞开。“孩子的成长不是反应性的，而是创造性的，是对自我、对世界、对生命奇迹的创造。”“每一个孩子的成长都充满奇迹和意外。你现在根本就无法知晓他将来会成为什么样的人、从事什么样的职业。”今日的教育恰恰在这两个方面都背道而驰，功利性的目标统率一切，把个人的内在经验和创造潜能都扼杀了。

教育要能够唤醒个人经验，开放创造机遇，就必须慢。在古希腊文中，“学校”和“闲暇”是同一个词。世上一切好东西，包括好的器物，好的诗，好的教育，都是在从容的心境下产生的。作者引叶圣陶的名言“教育是农业而不是工业”，评论道：这“才是体贴人性、让教育之善充分敞开的美好叙事——它准确地握住了教育‘慢’的、‘个性’的、‘顺应自然’的本质”。今日教育的快，实质是急功近利，让学生做的大量事情与教育无关，甚至是教育的反面。可是，孩子和家长却因此没有了喘息的时间。“孩子们的成长被加诸了太多的人生难题。教育在这个问题上正做着雪上加霜的事情，还美其名曰：为每一个孩子的一生负责。”“这个时代的中国父母也许是有史以来过得最累的父母。告诉他们可以不做什么比告诉他们应该做什么可能更为急迫。”做减法，减去非教育性质的负担，不但给真正的教育腾出了空间，而且孩子和家长都会轻松得多，这是多么中肯的提醒。

作为一个执教多年的语文教师，作者对语文教学也有精当的识见。“好的语文教师的一个重要标志就是：有足够的激情与办法让好的文字和孩子相互照亮，相互敞开，相互召唤。它促成这样一种令人向往的教育情境：孩子在好的文字中认出‘我’，发现‘我’，感受‘我’，教育‘我’。”读到这句话，我不由得击节赞叹。倘若不是一个深谙文字的精神品格的诗人，怎么说得出这样的话。当今语文教学弊病甚多，举其要者，一是技术主义，课文分析则武断所谓主题思想、段落大意，作文则强求所谓遣词造句、谋篇构局。作者责问道：“谁给了你‘遣’词‘造’句、‘谋’篇‘构’局的权利？你所应该做的是丰富自己的内心，听从语言的召唤。”二是道德主义，所谓“先做人，后作文”，而把“做人”局限为做“道德的人”。作者指出，这个命题若要成立，“做人”应该是做“思想的人”“情感的人”“心灵的人”“精神的人”“审美的人”等，而不只是“道德的人”。事实上，在道德主义的逼迫下，“假、大、空”已成学生作文的通病。写假话甚至是一种硬性要求，比如说，让与父母长期分离、艰难度日的“留守儿童”在作文里写“我幸福的一家”，用学到的形容词歌颂祖国和展望未来。在这样的语文教学中，既没有好的文字——即使本来是好的文字，遭到技术主义阉割和道德主义曲解后，也成了坏的文字——又没有真实的“我”，真实的生命和心灵，遑论相互照亮。

最后，我想说，在教育遭到沦陷的今天，作者的教育乡愁在不同程度上也是每个常识尚存的人的乡愁。因此，让教育回归常识，是我们的共同心愿和责任。

2011.12

理想照耀下的务实

——赤峰建筑工程学校印象

内蒙古喀喇沁旗草原上有一所中等职业学校，因为校长爱读书并且对我的书偏爱，这所我以前不知的学校便和我有了一种特别的联系。

今年8月，应巴易尘校长邀请，我们全家来到了草原，我第一次走进了赤峰建筑工程学校。正值暑期，学生已放假，宽阔的校区格外宁静，迎接我的是教师们一张张热情的笑脸。整齐的教室楼外，路旁竖立着四幅肖像，分别是建筑家贝聿铭、艺术家韩美林、文化学者冯其庸和我，被学校认定为导师。楼内走廊的墙上，则悬挂着十来位世界著名建筑师的肖像，配以每位大师的语录和代表作照片。看到自己的肖像令我羞愧，但我知道这不重要，重要的是整个环境布置所体现出的价值取向，所烘托出的文化氛围，使你难以相信这仅仅是一所培养建筑技术工人的职业学校。

然而，它确实是的，走进教室，我看到了教学用的各种砖结构模型。除了多个建筑专业，学校还有一个幼师专业。巴校长到来之前，这是一所快倒闭的民办学校，接手才两年，不但转成公办，而且越办越兴旺，校区面积170亩，在校生从200多增加到2000多。他还告诉我一个好消息，政府新批200多亩地，用于开办钢结构专业和驾校。我面前的这个理想主义者，其实也是一个能力超强的实干家。

最近十多年来，普通大学拼命扩招，职业学校明显萎缩，其恶果业已彰显。一方面，大学生毕业即失业成了突出问题；另一方面，社会迫切需要的技术人才却十分紧缺。在这种形势下，巴校长花大力气办一所好的职业学校，针对社会之需设置专业，正显示了他的务实眼光。事实上，和普通大学生比，赤峰建工培养的学生的确更有用，也更幸福，完全不存在失业问题，就业率达到百分之百。

一般来说，职业学校招收的是考不上大学的学生，他们会有自卑心理。不过，仔细分析起来，这个自卑心理并无道理，是社会上主导的功利价值观造成的，应该也能够通过人文教育帮助他们树立做人的自信。巴校长正是这样做的，一手抓专业建设，一手抓人文教育，在师生中大力开展读书活动。事实上，普通学校的学生面临高考和就业的激烈竞争，课内“有用的书”尚且对付不过来，哪里有心思和工夫去读“无用的书”，而职校学生并无这个问题，心态比较放松，正是读“无用的书”的有利条件。人生在世，既有足以谋生的技术，又有照亮心灵的理想，做人就一定自信。我说赤峰建工的学生比普通大学生幸福，这是更充分的理由。

巴校长是一个爱书之人，深知读书的益处。他又是一个仁爱之人，自己得到的益处要别人也得到。所以，他不但自己爱书，要教师和学生也爱书，要他遇见的一切人也爱书。据说他有一个习惯，见了人总问："今天读书了吗？"对于不读书的人，他一概不理睬。据说他还有一个习惯，见了喜爱的书，总是买许多送人。一本《周国平论教育》，他买了不下一千册，本校教师人手一册，还大量赠送别校的教师和政府的官员。我知道我的书没有这么好，但这同样不重要，令我惊喜的是看到一个热爱人文书籍的人，当了一所技术学校的校长，竟也可以把学校办得这么出色。

在赤峰时，巴校长对我说过一句话：学校文化其实就是校长文化。说得对，这也是我的看法。一个学校有一个好校长，带动一批好教师，就一定会是好学校。所以，如果学校办得不好，首先要问责校长。他还对我说过一句话：许多校长其实不是校长，而是厂长，甚至是监狱长。说得好极了。在今天的应试体制下，把学生当作无个性的产品来批量生产，当作无人格的囚犯来封闭式管理，这样的学校还少吗？

巴校长对我的确太偏爱，竟然用我的名字命名学校图书馆，竟然组织教师学习苏霍姆林斯基、陶行知和我的教育思想，这都令我诚惶诚恐，我可断定是百分之百的错爱。苏霍姆林斯基和陶行知当之无愧，但我哪里有什么教育思想，只是读过哲学家们的一些教育论著，然后发表过一些体会罢了。我恳切希望去掉所有这些不实之誉，倘若做不到，就只好自认是巴校长棋局上的一枚棋子，既然整个棋局是优良的，把我派作什么用场就不必顶真了。

2013.8

中学老师是最难当的

——《教师行走丛书》序

癸巳年夏，行走内蒙古草原，得以结识孙志毅老师。我见到的孙老师，是学问中人，也是性情中人，满腹诗书，一身清爽。我喜欢听他谈古说今，描摹当地名物，而逢应酬的场合，看他如局外人一般淡漠无言，我更心生欢喜。现在，他牵头编辑《教师行走丛书》，收六位作者的教育随笔和手记，嘱我作序，我欣然命笔。我素来由人判断事的价值，相信纯粹之人必做纯粹之事。六位作者皆是内蒙古基础教育领域的精英，在本书中可以一睹其行走的风姿。在他们的这趟教育之旅中，我很乐意做一个随行者，说一点外行的想法。

基础教育是学校教育的重要阶段，我认为也是最艰难的一个阶段。怀特海在论述智力发展阶段时指出：小学和大学都以自由为主导，唯有在中学阶段，纪律是主导，自由必须从属于纪律。按照我的理解，自由是顺应兴趣，而纪律是服从必须。在小学阶段，智力教育的重点是激发和培育一般的求知兴趣，在大学阶段，则是根据业已明确的兴趣方向自主地学习。中学阶段的情况却大不相同，不管是否感兴趣，学生必须学习大量基础知识。因此，中学生是最辛苦的，中学老师也是最难当的。当然，没有兴趣的学习是低效率的，而困难正在于如何引导学生对必须学的知识产生兴趣，使纪律成为自由选择的结果。事实上，即使在学习基础知识的过程中，有三个因素也是具有超越知识本身的价值的，那便是：一、通过文史哲课程的学习受到人文熏陶，拥有丰富的心灵和高贵的情怀；二、通过数理化课程的学习得到思维训练，培养智力活动的兴趣和习惯；三、通过全部课程的综合了解人类知识的概貌，犹如在胸中画一张文化地图，为确定个人兴趣方向和今后专业选择提供依据。在我看来，这三者是比知识更重要的目标，而如果它们在教学中得到充分的体现，就反而能够大大提高学生学习知识的兴趣和效率。

无论是教中小学还是大学，教师都应该具备优良的精神素质。他自身是一个热爱智力生活、对知识充满兴趣的人，才能够在学生心中点燃同样的求知热情。他自身是一个人性丰满、心灵丰富的人，才能够用贴近人性、启迪心灵的方式去教学生。除此之外，鉴于基础教育的特点，对中学教师还有特殊的要求。其一，基础课程横跨文理，科目多，知识量大，因此，中学教师特别要讲究教学艺术，寻求效率的最大化。对于所任的课程，他要善于精选学生必须精确而牢固地掌握的关键内容，把这些内容真正讲透，因而不必勉强学生去熟记许多次要的东西。这样的教学既能节省学生的精力，又容易引发学生的兴趣。当然，要取得这样的效果不能单凭方法，教师自己必须相当精通所任的课程，对基本原理能够融会贯通，举一反三。其二，中学教育实质上是通识教育,因此,中学教师应该是一个通识之才,一个某种程度上的“杂家”,有广阔的知识面,这样才能够触类旁通,把所任的课程教得生动活泼,趣味十足。学生的天赋类型是有差别的,未必对你所教的这门课程都有兴趣,但是一个好的教师可以做到两点,一是使天赋类型适合的学生发生浓厚的兴趣,二是使天赋类型未必适合的学生发生一般的兴趣。

说了上面这些外行的想法之后,我愈发相信我的这个判断了:中学老师是最难当的。因此,我要向本丛书的六位作者、也向全国基础教育领域的每一位优秀教师表示我深深的敬意。

2014.6

教育不是热闹的事

颜凤岭毕生从教，担任北京第一实验小学校长也有十几年了。现在，他把任校长期间的文章和讲话结集出版，我毛遂自荐为之写序。

颜校长是一个很低调的人。身为百年名校的校长，他却最不喜欢抛头露面。读他的文字，听他的谈话，你都会觉得朴实无华。可是，读下去，听下去，你便会发现其中大有深意和新意。据我体会，他有两大特点，一是深思，二是实干。他想得多，做得多，写和说都很少，但从这有限的记录中，更能够强烈地感受到他的深思和实干。他对教育有深入系统的思考，认准了正确的目标之后，就扎实地贯彻在学校的全部工作之中。书中有言："现在把教育搞得太热闹，教育不是热闹的事。"此言很能反映他的志趣。做校长不是做风云人物，而是要做一个有远见卓识的、脚踏实地的教育实践家。

通过思考和实践，颜校长形成了他的基本教育理念，归纳为四句话:“文化育人,生活教人;发展为本,课比天大。”其中,“文化育人”是最核心的理念,后三句话是这个理念在不同方面的体现。本书大致是按照这四句话来构架的,当然这么划分是相对的,四句话原是整体,所以各章的内容必有交叉。

我本人对颜校长提出的“文化育人”理念十分赞赏。他所理解的“文化”,是指区别于科学知识的人文素质,亦即人的精神品质,包括智力、情感和道德。那么,“文化育人”就是要让这些精神品质得到良好的培育和发展,唯有如此,人作为精神性存在的价值才得到实现,人才真正作为人在生活。这是教育的根本目标之所在。然而,在今天的教育中,恰恰这个最重要的方面遭到了漠视,可见“文化育人”的提出既抓住了教育的本质,又是极有针对性的。

“文化育人”体现在教育管理上,就是“发展为本”。学校的全部工作都要围绕学生素质的全面发展这个根本来进行。学生的发展是中心,是学校存在的理由,而教师的发展则是学生的发展之保障,学校的发展又是师生的发展之依托。本书对这三个发展的关系阐述得十分清晰,而读者还可以看到,对于每一个发展,实验一小已经探索出了一套行之有效的具体做法。

“文化育人”体现在教学实践上,就是“课比天大”。上课是学校的头等大事,无论是学生的发展,还是老师的发展,主要是通过上课来实现的。颜校长把人的行为分成行为层面、情感层面、精神层面,他强调,对于任何课程的效果,都要用这三个层面来要求和衡量。课堂教学不只是灌输知识和培育技能,而是应该培养学生过一种理性生活,获得好奇心的满足和精神品质的提高。在实践中,他十分重视参与,经常通过评课来和教师一起探讨教学的智慧和方法。

“文化育人”体现在学校建设上,就是“生活教人”。教育存在于生活中，生活是广泛的，还包括家庭生活、社会生活等，但是对学生来说，学校是具有特殊意义的生活场所，学校生活对学生的心灵会发生重要影响。实验一小非常重视校园环境的文化建设，巧妙地组合音乐、美术、文物、校史等元素，让学生处处感受文化的魅力，受到人文的熏陶。

在综述了本书的内容构架之后，我想说一说我的一点特别的感受。一位校长怎样管理一所学校，事实上取决于也体现了他的精神格调。我注意到，在本书中，颜校长多次谈到“神性”。他指出：人是有“神性”的，“神性”就是“追求高贵、伟大、卓越、永恒”，有“神性”的人才是“真正的人”。我是多么高兴听到一位中国的小学校长谈论“神性”啊，他是确有感悟的，深知人无法驾驭自己的具有偶然性的“生物性存在”，却可以用一生的努力去追求和完善自己的具有神圣性的“文化性存在”。因此之故，在当今中小学里都格外强调的德育问题上，他也有迥异于现行模式的深刻认识。他认为，基础教育阶段德育的根本任务是“实现人的文化启蒙”，启迪“善良”（同情心）和“神性”（对高贵的追求，人因此才具有尊严）。以此衡量，现行的一些做法恰恰是德育的反面，比如训练孩子们怎么受领导接见，怎么讨好领导，“这种我们每天不经意的教育对学生的影响至深，无意中是在继承文化糟粕的东西。”我从这些识见中看出，“文化”实在是植根在他的“基因”里的，这样一个人当了校长，如此坚定而细致地实施“文化育人”的教育理念，就是毫不奇怪的了。

2014.5

第五辑　书生之见

知识分子何为?

——《知识分子与中国社会》序

癸巳年端午,以纪念屈原为契机,围绕中国知识分子话题,腾讯文化采访了十余位学者和作家,各抒已见,结集成本书。

近现代以来,屈原身上有两个标签,一是爱国主义志士,二是浪漫主义诗人。对于这两个标签,论者见仁见智。屈原实际的作为,有两点是清楚的。第一,他是楚国贵族和高官,人品高洁,遭谗流放,秦灭楚后忧愤自尽。第二,其作品极具楚人特色,想象瑰丽,情思飘逸,文字恣肆汪洋。屈原与两位大哲是同时代人,孟子和庄子比他年纪大,在世年份有重合,这三人都不曾谈及彼此,但足以引人遐思。我们或许可以说,在屈原身上,既有邹人孟子“富贵不能淫,贫贱不能移,威武不能屈”的道德担当,又有同为楚人的庄子“乘云气,骑日月,而游乎四海之外”的逍遥情怀。在思想派别上,屈原与儒道不相干,然而在不太严格的意义上，我们仍可把他视为儒道互补传统的一个开端，从而用作讨论中国知识分子话题的切入点。

儒道互补是中国士阶层的长久传统。在好的意义上，士阶层中的优秀分子秉持了儒家忧天下、哀民生的社会责任心，也涵养了道家亲自然、轻功利的超脱情怀。在坏的意义上，士阶层中的平庸之辈以儒家为做官的敲门砖，以道家为归隐的安慰剂。不论是何种情形，中国士人的内心都是纠结的。在皇权至上的专制体制下，即使是优秀分子，其社会责任心也被限制在忠君意识的范围内，其超脱情怀也往往成为仕途失意的自我安慰。因此，直到清灭亡，具有独立地位和品格的严格意义上的知识分子群体在中国并未形成。

应该说，中国独立知识分子阶层是在进入近代以后逐渐形成的，是推翻帝制和西风东渐两大因素作用下的产物。其最早的成员，基本上由士阶层中的优秀分子脱胎而来。因为获得了全球性的视野，他们的社会责任心得以摆脱忠君意识的束缚，并由民族救亡向文明立国的方向提升，他们的超脱情怀也减弱了自我安慰的色彩，增添了超越性追求的意味。可惜这个过程后来中断了。

改革开放以后，中国知识分子实际上面临一个接续民国传统、重塑独立品格的任务。三十多年来，在新时期的社会舞台上，我们已经看到新一代知识分子活跃的身影，这些活跃的知识分子被称作公共知识分子。在采访中，讨论就集中在对公共知识分子角色的定位上，问题的核心是知识分子在关注公共事务时如何坚持独立的立场，真正发挥知识分子之为知识分子的作用。

作为社会最敏感的成员，乃至作为社会的良知，知识分子关注社会是题中应有之义。当然，关注的方式是可以不同的，对公共事务发声仅是方式之一，是一种直接的方式。在事关国家前途、民族命运、民众苦难的重大问题上，在涉及人权、尊严、公平、正义的原则问题上，知识分子理应发出自己的声音。这个声音应该是理性的、清醒的，有充分说服力的，可以声情并茂，但不可以情绪化。这是与新媒体上众声喧哗的区别之所在。

事实上，知识分子面向公众发声，包括公共写作、公开演讲、媒体访谈等，是一个极严肃而有难度的工作。要做好这个工作，既要对公共领域的问题有切实的了解和深入的思考，也要在自己的专业领域里有相当的底蕴，并且善于把专业知识转换成深入浅出的语言。唯有如此，才成其为一个学有专攻的知识分子的既内行又能让外行听懂的发声。否则的话，你就可能只是在说一些老生常谈。同时，因为你活跃在公共舞台上，公众就理所当然地要听其言、观其行，你必须言行一致，在道德上自律。所以，做一个公共知识分子，意味着社会对你、你也对自己提出了更高的要求。

除了直接的方式，关注社会还可以是间接的方式。无论如何，在知识分子群体中，公共知识分子只占一小部分，多数人不是公共舞台上的活跃人物。不管是因为志向还是性格，有的人宁愿在某个领域里默默耕耘，我们应该尊重他们的选择。当然，对于社会大问题、大趋势仍须有自己的立场，但这个立场未必用公开发声的方式来表达。一个人在所从事的理论研究或文学创作中，必定会体现出自己的精神境界和价值取向。一个潜心于基础理论或重大理论问题研究的学者，他在理论上的建树也许会比公开发声对社会产生更加深远的影响。即使一个醉心于内心体验之奇妙和文字之美的诗人，他也是在为人类精神的丰富性和多样性做出贡献。

真正说到底，知识分子何为？他是要让这个世界变得更美好，让这个社会变得更美好，而他的基本方式是让人变得更美好，他改变的是人的思想和心灵。无论是公开发声，还是用著作和作品说话，他要做的都是这件事。质言之，知识分子的职责是守护人类的基本精神价值，努力使社会朝健康的方向发展。

让我们回到屈原。如果我们把屈原用作剖析中国知识分子基因的标本，要反省的也许是儒道传统的缺点。无论是儒家以忠君为内核的爱国主义，还是道家靠逍遥求解脱的浪漫主义，都是知识分子独立品格的反面。今天的中国知识分子，既要有人类文明的眼光，又要有现实人生的关切，从而在转型时期真正发挥独立的作用。

2013.10

法治社会与公民幸福

一

近年来，在公共言论中，乃至在政府表态中，“幸福”一词出现的频率急遽增多了。这个情况表明，由于经济快速增长并未带来幸福感的普遍提高，在相当程度上反而是降低，人们开始对物质至上的生活观和 GDP 主导的发展观进行反思了。人们开始认识到，无论个人还是国家，都不应把财富当作终极目的，如果要确立一个终极目的，似乎只能是幸福。

亚里士多德早就说过：幸福是人类一切行为的终极目的。他的意思无非是说，人无论作为个体，还是结合为社会，做任何事情归根结底都是为了幸福。因此，一切具体的行为，包括对财富的追求，都不是终极目的，而只是实现幸福的手段，其价值都要根据对幸福的贡献得到评定。

这可以说是公理，无人能反驳，因为尽管人们对幸福的含义有非常不同的理解，但没有人会不想要幸福。困难恰恰在于，如何对幸福的含义寻求一种基本的共识。我们通常用“幸福”一词指称令人满意的生活，可是，怎样的生活令人满意，却是因人而异、意见纷纭的。不过，我们仍可透过纷纭的意见发现一条线索，便是对幸福的不同理解实质上是受价值观支配的。因此，不立足于价值观，幸福问题就没法说清楚。我们唯有通过对人生的基本价值做一个分析，才能大致地确定幸福的含义。

当然，价值观同样是一个意见纷纭的领域，若要寻求共识，恐怕就只能依据人性分析了。我们必须承认，人身上是有某些人所共有的最宝贵的东西的，这些东西的价值得到了实现，便可算是幸福。我本人认为，不论怎么分析，最后只能认定，人身上最宝贵的东西一是生命，二是精神。在哲学史上，哲学家们在界定幸福时注重的也是这两样东西，区别只在于，快乐主义更强调生命和精神的快乐，完善主义则更强调精神的完善。

人有两个身份，一是自然之子，二是万物之灵。作为自然之子，人有生命，应该使这个生命合乎自然之道，与自然和谐相处。快乐主义主张享受生命的快乐，但无论是希腊的伊壁鸠鲁，还是中国的庄子，都强调生命保持自然本色才是快乐，不可用物欲去损害它。作为万物之灵，人有精神，应该使各项精神属性得到良好生长，拥有自由的头脑、丰富的心灵和高贵的灵魂。这在完善主义看来，便是实现了做人的完善，在快乐主义看来，便是享受了做人的高级快乐。总之，一个人在生命和精神两方面的品质是好的，他在自己身上就有了幸福的源泉，两方面的状态是好的，他就是一个幸福的人。

这是就个人而言。我相信,不论社会环境怎样,个人在价值观上总能拥有相当的自主权。在多么平庸的时代,仍会有优秀的个体。在多么专制的社会,仍会有自由的灵魂。一个人体会人性之美和品尝做人幸福的权利是任何力量也剥夺不了的。但是,这并不意味着社会对个人的幸福不承担责任。这种责任有两个方面。一是价值观的导向。倘若社会以财富为最高目标,就会形成一种总体氛围,在这种氛围的诱惑和压力下,多数成员在价值选择上必定迷离失措。二是体制的保障。一个社会唯有能够提供一种制度环境,有助于多数成员争取真正属于人的幸福,在生命和精神两方面处于好的状态,才是一个好的社会。当然,这样的社会一定是法治社会。

二

对于经济增长并未带来幸福感的提高这个现象,在价值观层面上进行反思是必要的,但远远不够,体制层面上的反思更为重要。如果撇开后者,甚至可能产生一种曲解,把财富等同于市场,把幸福感的缺失归咎于市场经济,从而对改革开放发生动摇。事实上,现在这种似是而非的推论并不少见。然而,细究起来,问题恰恰出在市场经济的秩序受到干扰太多,而根源则是法治社会尚未健全地建立起来。

市场经济与法治社会互相依存,同步发展,这既是历史的事实,也是逻辑的必然。和计划经济相配套的是人治,即长官意志,和市场经济相配套的只能是法治,即以保护个人自由为基本原则的法律秩序。从计划经济向市场经济的经济转型若要成功,必有赖于从人治向法治的社会秩序转型也获成功。

从理论上说，法治社会的出发点，就是寻求一种能够最大限度地保障每个人追求幸福权利的社会秩序，而这样的秩序可以归结为两个原则。第一个原则是个人自由，即每个人都拥有追求自己心目中的幸福——包括物质利益和精神价值——的权利，只要不损害他人的利益，任何人包括政府不得对其实施强制。由此派生出第二个原则，即规则下的自由，规则的核心则是每个人必须尊重他人的同等权利，如果发生损害他人利益的行为，就要受到强制和惩罚。我把这两个原则通俗地归纳为一句话，叫作：保护利己，惩罚损人。可以想象，在这样的社会秩序中，会形成一种个人积极进取和人与人之间互相尊重的风气，人人都有基本的安全感和尊严感，而这无疑是人们追求幸福的最佳环境。在此意义上，法治社会的确是公民幸福的最好的制度保障。

市场经济与法治社会密不可分，它无非就是体现在经济领域的法治秩序罢了，是个人享有规则下的经济自由。规则分两类：在私人领域，个人的财产权、公平竞争权等受法律保护；在公共领域，个人须承担由法律规定的包括合理纳税和维护公共利益等义务。法律应当在保护私人利益和维护公共利益方面形成比较完善的体系，政府的责任则是切实执行相关的法律。然而，现实的情况颇不令人乐观，人们无法不看到，法治不健全实为公民幸福感缺失的更重要原因。

比如在财产权方面，虽然私人财产的保护写入了宪法，但离落实还相距甚远。近些年来一个触目惊心的事实是强征、强拆成风，有些地方农民对于土地和房屋的财产权不但未得到保护，反而受到强制性侵犯，由此导致群体性事件频发。又比如在税务方面，中国的税负比较重，加上在与国有垄断企业的竞争中处于弱势地位，民营企业的处境十分艰难。而在税收的使用上，对医疗、教育、社会救济等公益领域的投入不足，政府的行政费用却过高。在环境、生态、资源、文化遗产、自然遗产等公共价值的维护方面，也是弊端多多，破坏严重。

幸福是人真正拥有和享受属于人的价值，过上了高于动物界的真正的人的生活。这有两层含义。在低层次上，是生存获得了基本的物质保障，这本身不是幸福，然而是幸福的前提，不得不为生存挣扎的人仍然生活在动物的境遇中，绝无人的幸福可言。在高层次上，是对良好的生活品质和精神品质的追求。一个好的社会，第一要使其成员的生存条件有基本的保障，第二要使其成员的更高追求有适宜的环境。倘若贫富差距悬殊，大量贫困人口被排除在争取幸福的门槛之外，其余人口对幸福的争取又限制重重，就可以断言，这个社会一定是出了毛病。

很显然，问题的症结是政府在经济运作和财政分配中的权力太大，在我们的社会秩序中，仍有太多人治的成分，法治的成分仍相当薄弱。

三

现在，“幸福”一词似乎也受到了来自政府的青睐，一些地方政府还提出了建设“幸福某省”“幸福某市”的目标。意识到单一的GDP定向并未使人民感到幸福，因而思变，这当然是一个进步。但是，如果不从体制层面深入反思公民幸福感缺失的原因，所谓幸福建设就会停留在喊口号、做表面文章、搞形象工程上。一个最要弄清的问题是：政府对于公民幸福所承担的责任究竟是什么？

法治社会的根本原则是保护个人追求幸福的自由，防阻强制的发生，这个原则是用法律来确定和体现的，而法律又是由政府来执行的，因此产生了政府掌握强制权力之必要。然而，正因为政府掌握了强制的权力，倘若滥用，就有可能成为侵犯个人自由的最大威胁。因此，在法律比较完备也就是在整体上确实体现了保护个人自由原则的前提下，法治的重点就在于对政府的强制权力进行有效的限制和约束，以防止其侵犯个人自由。

在法治社会中，公民在争取自己的幸福时是有充分的安全感的。因为，第一，他的正当权利是法律明确规定并且加以保护的，如果受到来自他人的侵犯，他知道政府一定会维护正义，为他撑腰。第二，政府的权力也是法律明确规定并且加以限制的，他知道自己的正当权利不会受到来自政府的侵犯，如果受到这种侵犯，政府必是输家。正是基于这样的安全感，他才能有信心地安排自己的事务，用自己的方式去寻求幸福。相反，倘若他不知道当他的正当权利受侵犯时政府是否会保护他，甚至不知道是否会受到来自政府的侵犯，始终生活在忧惧之中，哪里还有信心去争取幸福。这正是人治社会的情形。在人治社会里，老百姓的幸福只能寄希望于遇到好政府、好政策、好官，完全是偶然的，一旦腐败盛行，结果必然是普遍的不幸福。

由此可见，在公民幸福的问题上，政府的根本责任是遵守法治社会的规则，一方面保护公民自由使之不受他人的侵犯，另一方面约束自己的权力使之不侵犯公民的自由，如此来为公民争取幸福创造一个良好的环境。体现在经济领域里，则是维护好市场经济的秩序，为个人和企业从事经济活动、展开公平竞争创造良好的环境。质言之，政府的责任不是直接向人们提供幸福，而是保护人们追求幸福的自由。

政府是为人们追求幸福创造良好的制度环境，还是声称要直接为人们创造幸福，这个区别极其重要，法治和人治的分界线就在这里。在法治社会，公民拥有追求幸福的权利，而政府对这个权利加以保护。

在人治社会，政府掌握着提供幸福的权力，解释何为幸福的权力，正因为此，也就掌握着剥夺幸福的权力。人民怎样算幸福，人民自己无权决定，政府说了算，这是典型的人治。在强征、强拆的行动中，一些地方政府正是借口要让农民过上城里人的幸福生活，而把他们从村庄和祖屋里赶走的，这种行动给农民带来的究竟是幸福还是不幸，不必多加争论，只要看一看由此导致的上访和截访的大规模猫鼠战斗和群体事件的频发就清楚了。

到目前为止，政府在公民幸福问题上的主要的正面举措是关心民生，为老百姓办一些实事。这当然是好的，但如果停留于此，就没有脱离向老百姓施与幸福的人治的思路，仅是治标之举。唯有推进政治体制改革，使政府回归法治社会中应该扮演的角色，才是治本之策。

2012.2

公民对于法治建设的责任

——推荐密尔《论自由》

我们正在建设法治社会，对于为法治社会奠定理论基础的英国自由主义传统，我们当然应该有所了解。约翰·密尔被誉为英国自由主义的哲学代言人，他的《论自由》是一本特别值得推荐的公民读本。

法治社会是和人治社会相对立而言的。中国两千年来一直是人治社会，长官意志决定一切，个人无自由可言。与之相反，在法治社会中，个人自由是核心价值，社会对于个人的根本责任是要保护个人自由。一方面，每个人都拥有追求自己利益的自由，法律保护其不受侵犯。另一方面，每个人须尊重他人的相同自由，若有侵犯必受法律的惩罚。我把这个道理归纳为一句话：保护利己，惩罚损人。

在论证这个道理时，英国传统强调的是个人利益的合理性，以及保护个人利益所达成的有利于全社会的结果。同时，它亦承认民主政治是法治秩序的制度保证。密尔也不例外，但和这个传统中其他哲学家不同的是，相对于个人利益，他更强调个性价值，相对于民主政治，他更强调开明社会。我本人认为，从公民修养和公民对法治建设负有的责任之角度看，他的见解尤其值得重视。

人生在世，诚然要解决吃饭问题，所以法律应该保护人们依据自己的能力解决吃饭问题的权利。不过，在密尔看来，这顶多是保护个人自由的初级理由。个人自由之所以是核心价值，更是因为每个人都是一个独特的精神性存在，其个性和精神能力唯有得到了自由的发展，才是真正作为人在生活，这是人的尊严之所在，也是人生幸福的实质因素。同时，个性发展不但使每个人对于自己更有价值，也使他对于他人更有价值，个体有更多的生命，群体也就有更多的生命，个人的首创性导致了社会的进步。作为相反的例子，密尔提到了中国，说中国的教训就在于个性消灭导致了历史停止。

因此，保护个人自由不能仅限于法律对个人利益的保护，也应包括社会对个性价值的尊重和对各种不同思想、言论、生活方式的宽容。密尔认为，正是这后者遭到了忽略。他反复强调："人类若彼此容忍各照自己所认为好的样子去生活，比强迫每人都照其余的人们都认为好的样子去生活，所获是要较多的。""要想给每个人的本性任何公平发展的机会，最主要的事是容许不同的人过不同的生活。""一个人只要保有一些说得过去的数量的常识和经验，他自己规划其存在的方式总是最好的，不是因为这方式本身算最好，而是因为这是他自己的方式。"

要形成这样一种宽容的社会氛围，根本上要靠公民的觉悟和素质。现实的情况是，人们往往对自己的个性价值也毫不尊重，就更不会懂得尊重他人的个性价值了。即使在仅仅涉及自己的事情上，也不问自己真正想要什么，什么合于我的性格和气质，什么能让我身上最好的能力和品质得到生长，而是以舆论和习俗为行为的准则，看别人都在要什么、做什么，自己也就要什么、做什么。甚至在娱乐的事情上，首先想到的也是迎合时尚。“趣味上的独特性，行为上的怪癖性，是和犯罪一样要竭力避免的。这样下去，由于他们不许随循其本性，结果就没有本性可以随循。”

于是，平庸就成了现代社会占上风的势力，个人消失在人群中了，公众意见统治着世界。密尔富有前瞻性地指出，传媒极大地强化了这个趋势，公众既由传媒代表又受传媒支配，“他们的思考乃是由一些和他们自己很相像的人代他们做的，那些人借一时的刺激，以报纸为工具，向他们发言或者以他们的名义发言。”在传媒主导下，人们读、听、看相同的东西，去相同的地方，希望和恐惧指向相同的对象，拥有相同的权利和手段，在思想和存在的方式上趋于同化。密尔写这本书的时间是1859年，距今已153年，可是我们会觉得他是在说今天。其实，当年的传媒也只是不多的几份报纸罢了，和我们这个网络时代完全没有可比性，而他见微知著，已经敏锐地察觉到了传媒对于公众心灵巨大的消极影响。

这就要说到民主政治的局限性了。民主只是手段，个人自由才是目的。如果把民主理解为少数服从多数，便可能造成多数人侵犯少数人的自由的情形。这就是密尔所警告的“多数的暴政”。他指出，这种社会暴政比政治专制更可怕，因为它无微不至，奴役到灵魂本身，社会把得势的观念当作准则强加于持不同意见的人，迫使一切人按其模型来剪裁自己，阻止了不同个性的形成和发展。

要防止“多数的暴政”，就必须对民主的范围有所限制。对于坚持非主流见解和生活方式的少数人，只要其行为不损害他人利益，社会不可以多数的名义予以压制乃至迫害。这实质上无非是把法律对个人自由的保护贯彻到思想、言论、生活方式的领域罢了。无论是政府，还是公众，对少数人的压制都是不合法的。当然，在这方面，法律的作用是有限的，因为法律管不了舆论的不宽容。所以，真正要形成舆论宽容的开明社会，仍要靠公民素质的提高。正如密尔所说："从长远看来，国家的价值归根结底还在组成它的全体个人的价值。"这句话点明了每个公民对于建设法治社会负有的终极责任。

2012.10

文化就是命运吗?

文化就是命运吗？这个问题的提出，是鉴于相当多的人认为，由于中国文化传统的特殊性，从西方文化传统中发展出来的自由、民主那一套不适用于中国。它包含两个问题：一、西方文化所体现的价值观中有没有人类共通的价值内涵；二、中国文化的特殊性能否成为拒绝这些价值内涵的理由。

我是学西方哲学的，我觉得西方哲学里有两个好东西，是中国哲学里缺少的。一个是形而上学，即对宇宙终极真理和终极价值的追问，奠基于古希腊，发展于基督教和德国哲学，由此形成了重视灵魂生活的信仰文化。另一个是个人主义，即对个体生命价值的尊重，奠基于古罗马，发展于英国哲学，由此形成了以保护个人自由为最高原则的法治文化。上有信仰，下有法治，他们主要靠这两个东西治国，社会就有了高质量的稳定。

中国的主流文化传统是儒家文化，儒家文化不是信仰文化，也不是法治文化，而是道德文化。儒家以德治国，“仁”落实为“孝”，“孝”推广为“忠”，在宗法基础上建立起等级秩序，终极目标是社会稳定。稳定压倒一切，这是我们的悠久传统，为了稳定，就既不要灵魂的追求，也不要个人的自由，结果是维持了社会的低质量的稳定。今天我们看得很清楚，正因为信仰文化和法治文化的缺失，中国的社会转型遭遇了巨大的困难。

信仰是灵魂对精神价值的追求，法治是社会对个人价值的尊重，这两个东西是不是人类共同的价值？当然是的，因为它们的根据是人性，而不是某个民族的特殊性。问一下自己，你愿意作为一个没有灵魂的东西活着吗，你愿意作为一个不自由的人活着吗，因为你是中国人就愿意了吗？作为一个人，就应该承认人类共同的价值，作为一个中国人，就应该努力在中国实现这些人类共同的价值。

不要总是拿中国文化的特殊性说事。文化的核心是价值观，文化好像很复杂，还原到价值观的层面，事情就清楚了：你拒绝的不是某个地区的特殊文化，你拒绝的是人类共同的价值。文化好像很难变，可是在价值观上人是有主动权的，是可以做出选择的。尼采有一个观点：评价就是创造。这个命题正好可以用来消解文化就是命运的命题，你改变了价值观，你也就改变了文化，改变了命运。

一百多年来，人们在东西文化的问题上做了许多文章。依我看，东方文化是好东西，西方文化是好东西，就东西文化不是东西。我的意思是说，文化不分东西，只要合乎人性，表达人性，就是全人类共同的财富。你到这个世界上来，投生在哪个国家完全是偶然的，为什么一定要把自己拘在某个文化传统里想问题呢？为什么不能跳出来，作为一个人想一想你的生命和灵魂的真正需要是什么？所以，人类共同价值的道理丝毫不复杂，需要的只是常识和良知。在这个意义上，我要说，今天我们最缺的不是高深的理论，而是普通的常识，不是高超的信仰，而是基本的良知。如果大家都能回归常识和良知，只说自己心里真实的想法，不跟着别人胡说八道，也不口是心非，我们这个民族就有救了。

（本文为 11 月 25 日在腾讯 2012 年度思享沙龙上的发言）

2012.11

这个世界会好吗?

这个世界会好吗? 梁漱溟先生的父亲临终前有此一问,此问始终盘旋在梁先生的心头。二十多年前,他对人性有信心,回答是乐观的。那是1988年,我们在那个时候也是乐观的。经历了之后的一系列变化,今天选择乐观回答的人恐怕会少许多了。原因是多方面的,其中之一是当今国人的道德状况令人沮丧,官员的腐败,商人的黑心,普通民众中对生命冷漠的事例等,使人们对人性失去了信心。原因何在,是人性真的变了吗? 我的看法是,第一,基本人性不会变,不要说二十几年,几千年也没有什么变化;第二,道德的基础在人性中,道德出问题不是因为人性变了,而恰恰是因为背离了人性。

当然,什么是人性,这是一个争不清的问题。我认为有两个说法比较靠谱,都涉及人性中的道德基础问题。

第一个说法是,作为生命,人有利己本能,但也能推己及人设想和理解别人的相同本能，这就是同情心，而同情心是道德的基础。按照亚当·斯密的说法，在同情心的基础上形成了人类社会的两种基本道德，一是正义，就是不能损人，对于损人的行为要制止；二是仁慈，就是还要助人。人性中本来就有同情心，但它是从利己本能派生出来的，相当脆弱。无论利己本能被压抑，得不到合理满足，还是利己本能膨胀，越过了边界，都不会有同情心。所以，要让同情心生长得好，就必须有一个良好的社会秩序，其实质是保护合理的利己、惩罚越界的损人，而在我看来，这样的社会秩序就是法治。

柏拉图曾经借格劳孔之口讲了一个故事。有一个牧羊人捡到一枚宝石戒指，可以使他隐身，他就靠隐身术勾引了王后，杀掉了国王，霸占了王国。格劳孔得出结论说，如果能够为所欲为而不受惩罚，世界上就不会有正义的人了。我们可以想象，如果人人有隐身术，必定天下大乱，人人自危。不过，在这种情况下，大家为了自己的安全，就可能达成契约，都不隐身，霍布斯就是这样来论证契约的起源的。最糟糕的是少数人有隐身术，可以为所欲为而不受惩罚，就会使没有隐身术的多数人没有安全感，却又无能为力。这就是人治。法治则是要使任何人都不能有隐身术，形成一个人人有安全感的环境，在这样的环境中，同情心最容易生长。

关于道德的基础的第二个说法是，人不只是生命，更是精神性存在，精神性是人的本质。对于这个精神性有不同说法，柏拉图和基督教说是灵魂，亚里士多德说是理性，共同的是都认为它相当于人身上的神性，是人之为人的尊严之所在，而做人的尊严就是道德的基础。这样来看道德，实际上已经是信仰了，因为信仰的实质就是相信人的精神本质，精神生活是人生意义之所在。当然，真实的信仰是个人自觉的灵魂追求，应该是多元的。

这就要谈到道德教育问题了。根据上述对道德基础的理解，我认为最重要的道德品质是两个，一是善良，即有同情心；二是高贵，即有做人的尊严。一个善良、高贵的人，就是一个有道德的人。可是，看一看我们今天的道德教育，从中小学的德育课到社会上的道德宣传，有多少这样的内容？大多是意识形态的灌输，使得人们对道德的根本毫无概念，更坏的作用是导致虚伪，大家都说着自己不相信的话，好人被逼成二重人格，坏人肆无忌惮地耍两面派，这本身就是一种恶劣的道德环境。所以，为了中国未来有一个干净的道德环境，要从孩子开始，回到人性来进行道德教育。

总之，道德不是孤立的现象，它在人性中有基础，但要把这个基础开发出来，必须靠法治和信仰。道德依赖他律和自律，法治强化了他律的力量，信仰提高了自律的觉悟。道德好比一个淑女，她的力量太单薄，需要法治做她的卫士，她的觉悟不够高，需要信仰做她的教师。我的结论是，如果我们能够建立以保护个人自由为最高原则的法治社会，同时鼓励以个人灵魂追求为实质的多元的真实的信仰，那么，中国人的道德状况会好的，这个世界会好的。不过，难就难在法治和信仰，这两个东西本来就是中国传统中所缺乏的，所以，任重而道远。

（本文为 3 月 28 日在凤凰视频中国思想雅集上的发言）

2013.3

不让任何人有隐身术

柏拉图在《理想国》中对正义的探讨十分有趣。苏格拉底认为,正义本身就是好东西,正义者从正义本身就能得到精神的快乐。柏拉图当然是拥护他的老师的,但是,我们看到,在他的笔下,苏格拉底的见解被好几个人讥为迂腐,其中格劳孔的反驳非常有力。

格劳孔讲了一个故事。有一个牧羊人捡到一枚宝石戒指,可以使他隐身,他就靠隐身术勾引了王后,杀掉了国王,霸占了王国。格劳孔指出,即使一个所谓正义的人捡到了这枚戒指,一定也会胡作非为,与不正义的人没有什么两样。他得出结论说,如果可以为所欲为而不受法律的惩罚,世界上就不会有正义的人。

格劳孔的推论有一个前提:利己是人的本能,如果不受约束,就必然膨胀,从而走向损人。这一点大约无人会反对。但是,有人也许会说,约束的方式未必是法律,也可以是道德。苏格拉底就是这么看的,强调为正义本身的价值坚持正义。中国的圣人孔子也是这么看的，所以他说："君子喻于义，小人喻于利。"意思也是君子为正义本身的价值坚持正义，而小人只受利己本能的支配。在这里，孔子好像把人断然分为两类：正义的君子和利己的小人。但他又说过，"唯上智下愚不移也。"可见他也承认，绝对的君子和绝对的小人都是极少数，大多数人是中间状态，可以变好也可以变坏。那么，至少对于大多数人来说，法律的约束是必要的。

我们不妨想象一下，如果人人都有隐身术，会是一个什么情形。毫无悬念，一定是天下大乱。坏人不必说，自然是无恶不作。处在中间状态的人，也一定挡不住诱惑，有了隐身术仍然做君子，不去勾引王后和美女，这样的男人恐怕不多。就算你是一个好人，要坚守正义，不去侵犯别人，可是，你的财产遭掠夺，你的妻女遭蹂躏，久而久之，你的正义还能坚守下去吗？在这种人人自危的情况下，为了自身的安全，只有一个办法，就是订立契约，大家都放弃隐身术。格劳孔——以及近代哲学家霍布斯——就是这样来论证立法的起源的：人人为了不受他人伤害而承诺自己不伤害他人。所以，格劳孔说，在利己本能的支配下，最好是干坏事而不受惩罚，最坏是受了害而无能报复，而所谓正义就是最好与最坏之间的折中。

然而，人人放弃隐身术其实也是理想状态，在人类早期并未真正存在过。历史上长期存在的情形是，极少数人有隐身术，掌握着不受约束和监督的权力，可以为所欲为而不受惩罚，从而使没有隐身术的大多数人毫无安全感，却又无能为力。这种情形就叫作人治。所以，我们必须为建立法治社会而努力。什么叫法治？就是不让任何人有隐身术，权力在法律的约束下公开透明地运作。唯有如此，才能造就一个人人有安全感的社会环境。

2013.3

在全球视野中看文化

本次论坛的主题是“全球视野中的中国文化”，在全球视野中看文化，这是一个好的角度。这个全球视野，我认为不只是关于世界上发生的事情的信息，更重要的是一种开阔的全人类的眼光和胸怀，它要求我们弱化民族意识，强化人性意识和人类意识。你是一个中国人，但首先是一个人，是人类之一员，在看文化的时候，首先要问的是这个东西好不好，而非是谁的出品，只要是好东西，就情不自禁地喜欢和接纳。这其实就是一种平常心，一种健康的精神本能。长期以来，我们对全球视野是陌生的，习惯于相反的角度——在民族视野中看中西文化，做优劣的比较，强调中国文化是好东西，实际上谈的不是文化，而是政治，并且是狭隘的政治。现在中国作为一个经济大国在世界上崛起，这增强了我们的民族自信，但真正的民族自信应该是一种开放的心态。

我认为应该破除文化输出和输入的观念，提倡文化融合的观念。有一个统一的世界文化宝库，凡是能够进入这个宝库的东西，本质上没有国别，属于全人类，也属于每一个人。无论东西方文化，最好的东西必定是共通的，是属于全人类的。那些仅仅属于一个民族的东西，即使是好东西，也只能算次好。正确的态度是，前者可以共享，后者可以欣赏。我学西方哲学，真心觉得从苏格拉底、柏拉图到康德、尼采的思想财富也是属于我的，并不因为我是中国人就不能享受它们。雅斯贝尔斯指出，人类历史上有四大精神伟人，即孔子、苏格拉底、佛陀、耶稣，他们思想的共同内涵是揭示了人类的基本境况，阐明了人类的基本使命。他肯定了孔子的世界性意义，但我想这个意义不在于向世界推广儒家文化，建多少个孔子学院。我们应该让世界各民族共享中华民族的最好的文化，但要有恰当的方式，并且注重真实的效果。当年林语堂的一本英文著作《吾国与吾民》在传播中华文化上效果卓著，在我看来远超过这么多孔子学院。我们今天应该多几个林语堂，通晓中西文化，以平和的态度向世界讲述中华文化的精华。

我还想强调一点：学人之长，补己之短，不但不会损害己之所长，相反能够激活和发扬己之所长。尤其当己之所短严重地阻碍了己之所长的时候，情形更是这样。一个最典型的例子是，中国儒家文化的核心是道德，我们历来以礼仪之邦自豪，可是今天的明显事实是国人的道德素质堪忧，从官员的严重腐败，到普通人在公共场合的缺乏教养，皆有目共睹。原因何在？因为道德不是一个孤立的东西，必须有两个东西来辅佐它，一是要用法治来强化道德的他律，二是要用信仰来强化道德的自律，而法治和信仰正是我们文化传统中的弱项。在西方文化传统中，法治和信仰却是强项，我相信，在这两方面学西方之长，补我们之短，儒家的道德文化才能重新发扬光大。

关于中国文化的未来发展，我只想指出一点：今天的教育状况将决定明天的文化状况，今天我们培养出什么样的人，明天中国就会有什么样的文化。从全球视野看，现在知识、技术、传播手段、生活方式的更新极其迅速，最需要独立思考和创新的能力，而我们的以应试、急功近利和行政主导为特征的教育体制是培养这种能力的严重障碍。因此，教育必须改革，否则中国文化的发展也是堪忧。

（本文为 12 月 31 日在联合国电视中文台举办的中华文化资本论坛上的发言）

2014.12

十字路口的中国改革

——《重启改革议程——中国经济改革二十讲》推荐语

近些年来，中国社会种种现象令有识之士忧虑，也令普通民众不满。一方面，政府权力扩张，国企尤其央企独大，公费消费嚣张，官员腐败猖獗。另一方面，农村强征、强拆肆虐，城市房价飞涨，通货膨胀严重，贫富差距悬殊，各种矛盾激化。原因是什么？出路在哪里？让我们来倾听两位智者的分析。

众所周知，吴敬琏先生是一位具有鲜明改革立场和清晰改革思路的经济学家，改革开放三十多年来，我们经常听到他清醒的声音。现在，在改革进程面临中断危险的关键时刻，他与另一位经济学家马国川用理性对话的形式撰写了这部警世之作，值得每一个关心祖国命运的中国人认真阅读和深思。

有一种观点把当今中国社会种种负面现象归罪于市场经济，作者指出，事实恰恰相反，原因正在于市场经济尚未真正建立起来。本书的一个基本论点是，当今据称已初步建立的“社会主义市场经济体制”实际上是一种半统制、半市场的混合体制，而且政府的统制占据着主导地位，其中隐藏着改革停滞乃至倒退的危险。

市场经济的实质是市场在资源配置中发挥基础作用，而在当今的体制中，政府和国有经济在资源配置中仍然起着主导作用。其表现为：国有经济牢牢掌握国民经济的一切“制高点”，国企在石油、电信、铁路、金融等重要行业处于垄断地位；各级政府握有支配土地、资金等重要经济资源流向的巨大权力；市场经济的法治基础尚未建立，已建立的市场缺乏规则，各级政府官员拥有极大的自由裁量权，通过直接审批投资项目、设置市场准入的行政许可、管制价格等手段多方直接干预企业的微观经济活动，主宰非国有经济的命运。

回顾改革的历程，这种半统制、半市场体制的形成有其历史原因。为了避免社会震荡，中国一开始采用的是增量改革战略，即在统制经济体制下引入部分市场机制，容许私有经济发展。这种政府主导的市场经济模式很受邓小平和大多数官员青睐，而包括吴敬琏在内的一些经济学家则视之为必要的过渡，因此在改革的阶段性目标上达成了共识。在本书中，吴敬琏对此反思说，当时他对中国统制经济和全能政府传统的巨大影响估计不足，也没有充分预见到在这种双轨体制下成长的“特殊既得利益”会成为进一步改革的巨大阻力。后来的事实证明，双轨体制造成了权力寻租的制度环境，而由于政治体制改革滞后，导致行政权力扩张，寻租的制度基础扩大，遂使腐败盛行。也就是说，半统制、半市场的体制使特殊利益集团得以形成，而特殊利益集团一经形成又成了改革的最大阻力，改革因此陷入了困境。

这种情形在最近十来年里变本加厉，统制的成分大大加强，改革在相当程度上陷于停滞甚至出现倒退。政府实行宏观调控以行政调控为主的方针，国资委强调提高国有经济的控制力，许多领域里国进民退已是事实，开“再国有化”“新国有化”之倒车，已准入的民企被叫停，国企收购兼并民企，民企生存处境艰难。尤其是2009年实行“扩需求、保增长”的方针，4万亿元投资、10万亿元贷款主要给了国有大型企业和政府项目，意味着把巨量财富从居民家中转移到了政府手中。央企在能源、原材料、交通、通信、金融等行业建立了强大的垄断优势，国企依托占有公共资源和行政垄断地位获取巨额利润并且自行支配，国有资产实际上变成了部门私产，同时也助长了腐败行为。

另一个大受诟病的现象是土地财政，20世纪90年代初以来，土地成为寻租的重灾区，地方政府低价征地，高价卖出，无偿平调农民财产，规模之大令人震惊。土地财政一方面使地方政府大发其财，助长了政府的奢靡之风和做大项目的浪费；另一方面使大批农民沦为流民，群体事件频发，并且推高了房价，加大了贫富差距。

凡此种种，根由皆是强化了半统制、半市场体制中政府统制的权力。可是，某些人却为此大唱赞歌，把这些年强政府、大国企、用海量投资拉动GDP高速度增长的做法当作成功的经验，誉为“中国模式”。作者分析了东亚的正反面经验，尖锐地指出，如果坚持这种模式，中国就难以避免上演腐败横行、社会溃散的“亚洲戏剧”。

半统制、半市场体制本来就是一种过渡形态，理应向前发展，建立以法治为基础的真正的市场经济。如果把它固化，结果只能是不进则退，政府不断扩大统制的权力，走向国家资本主义，由于少数权贵掌握着国有资产的处置权，很容易通过各种手法将其转化为私产，所以实质上是权贵资本主义。这种情况又很可能引发“极左”力量兴起，利用民愤用“革命”口号误导大众，要求回到完全的统制体制，从而使现代化进程中断。

通过以上分析,我们不能不相信作者的这一警告:中国正站在新的历史十字路口,何去何从,命运攸关。如果听任改革停滞和倒退,中国社会就会陷入新的混乱和溃散。唯一的出路是重启改革议程,坚定不移地推进市场化的经济改革和法治化、民主化的政治改革。

2013.4

GDP光芒背后的另一面中国

——丁燕《工厂女孩》推荐语

在中国东南沿海，中外投资者纷至，工厂密布，各种产品源源销往全球。这里，已经成为世界工厂的主要车间，而东莞是其中最著名的一处。东莞人口千万，八成是外来人口，其中打工者占绝大多数，而在打工者中，女工又占六至七成。这是一个数量庞大的群体，基本来自各地乡村，中国逐年推高的GDP中有她们的汗水和被压榨的青春，但她们本身处于无名状态，她们的生存境况似乎无人关注。

2010年，一个新疆女作家来到东莞，她把目光投向了这个群体。一开始，她试图通过采访来了解她们，很快发现这种方式只能停留在表面，于是决定打破常规的采风模式，隐瞒作家身份和研究生学历，报名做一个打工者，成为女工群体中的普通一员。两百天的时间里，她先后在一家音像带盒厂和两家电子厂打工，依据亲历亲见写出了这部血肉丰满的纪实作品《工厂女孩》。

丁燕的勇气和坚韧令人敬佩。她在接近不惑之年与年轻的打工妹为伍，每天工作十一个小时，在流水线上从事最低级别的工种，承受最单调而又极繁重的体力劳动。她在工厂食堂里排队打饭，吃粗糙的食物，晚上住在简陋、拥挤、脏乱的女工宿舍里。然而，正是因为有这样长时间的亲身体验，她才对女工的生存状态有了真实、细致、具体的感知，这种感知是再细心的旁观者也不能得到的。

自从资本主义大工厂诞生以来，许多经典作家包括马克思都曾指出，现代工厂制度的重大弊端是非人性化，把工人变成了机器的一个部件。作为一个内心需求丰富的人，丁燕对此有最强烈的感受。在带盒厂工作时，她的任务是用钳子剪去半成品上凸起的小塑料棍，这个动作要重复两千次以上，她的感觉是："现在我没有过去，没有未来，只和钳子组成一个整体，我是不存在的，只是钳子的一部分。"在注塑机旁工作，她的体会是："这种工作的恐怖不在惨烈，而在消磨。工人在车间存在的理由，只有一个：重复、重复、重复地干活，让一个简单动作，一万次乘一万次地，重复再重复！最终，工人变得和注塑机一样，一起动作、呼吸、旋转。"在拉线上工作，她的结论是："每个人都是固定的螺丝钉，每个工位都被清晰而准确地规定好身体应该采取的姿势，每个身体都被训练成没有思想的身体。"如果不是亲历，她是不可能有这些认识的。我们不能不想起富士康接连发生的跳楼事件，其实何必费心猜测，原因很显然，人不是机器，当人被当作机器时，结果不是麻木，就是精神崩溃。

当然，作为一个作家，在亲历的同时，丁燕还特别注意观察周围的女工。她具备职业性的敏锐和勤快，每有收获，就躲进女厕所迅速记录备忘。她关注不同个体的经历和命运，本书的主体部分实际上是一个个女工的生动故事，她们进城时怀抱的梦想和在工厂身陷的现实。在中国民工群体中，女性比男性更受雇主的青睐，因为她们比较听话，价格便宜，也更容易适应新的环境。丁燕注意到两代女工的不同，“70后”的梦想是打工攒钱，回乡盖房，为此能够忍辱负重，而“90后”则抱着决不回乡的决心，更注重个性张扬，渴望融入城市生活。然而，在她的笔下，那些已经打工二十多年的女工今天仍然住在贫民窟里，似乎预示了新一代打工妹的黯淡前途。她不得不悲叹：“没有什么人会对女孩子们夭折的青春负责，在她们饱满的躯体内，蕴藏着最荒凉的记忆。”

本书的写法是文学性的记叙，没有太多的议论。但是，读罢本书，我们不能不思考两个重要的问题：其一，在雇用临时工的问题上，法律应该如何保障打工者尤其是女性打工者劳动和休息的权利？其二，在城镇化的过程中，法律应该如何保障农村进城务工者的同等国民待遇？

2014.4

出版要和传媒划清界限

现在流行一个词，叫"浅阅读"，主要指通过电脑、手机等浏览网络上的信息。使用这个词的人往往怀着一种好意，想以此批评阅读的浅层化。可是，以我之见，阅读就是阅读，世上并无浅阅读，所谓浅阅读不是阅读。当然，如果把阅读定义为用眼睛看任何文字的行为，看八卦、段子、微博、短信之类就也都可以包括在内。然而，严格意义上的阅读应该是个人的一种文化生活，是读那些有文化内涵的文字，是进入到这些文字所承载的文化传统中进行思考的行为。能够承担这个功能的，唯有好的书籍，尤其是经典名著。这一点不会因为新技术的出现而改变，纸质产品和数字化产品只是形式不同，关键在内涵，从网络上读孔子和柏拉图与从纸质书上读没有本质区别。不过，事物的形式决定了其主要功能，网络的生存和优势系于不断更新内容，显然更适合于承载快餐式的文字。

由此可以得出一个认识：出版对于阅读负有重大责任，它是严格意义上的阅读赖以存在和延续的支柱，一个时代阅读的水准取决于出版的水准。

谈出版，首先必须划清一个界限，就是出版与传媒的区别。我们的出版是由新闻出版总署和各省新闻出版局管理的，顾名思义，这些机构主要管两件事，一是新闻，二是出版。随着新技术的发展，新闻这一块越来越大、越来越强势，包括报纸、广播、电视、网络，现在统称为传媒。出版和传媒隶属同一个机构，其实性质不同。

如果从中国的竹简算起，出版至少有两千多年的历史了。两千多年来，书籍的出版承担着一个最重要的使命，就是文化的传承。传媒的历史，如果从日报的诞生算起，也就三百多年。新闻业是资本主义的产物，是为适应市场经济对信息流通的需要而产生的，其主要功能是信息的传播。文化的传承和信息的传播，这是二者在性质上的根本区别。由于这个区别，二者在价值定位上也应该有所不同。

传承和传播，第一个字都是“传”，都要流传，第二个字不同，表明了对于流传的不同价值诉求。传承的“承”，继承，是时间性的，文化要在时间中、在历史的长河中流传，追求的是久远的价值，能经得住时间的检验。传播的“播”，播送，是空间性的，信息要在空间中、在广大的人群中流传，追求的是当下的效应，能吸引眼球，有收视率和点击率。出版立足于久远性，传媒着眼于当下性，这是第一个不同。

因此有了第二个不同：出版要讲究专业性，传媒则可以满足于业余性。书籍必须有值得传承的文化内涵，这就要求作者对于所涉及的主题有准确、完整的知识，深刻、系统的思考。但我们无法用这个标准要求记者，记者追随时事不断变换话题，涉及面宽泛，不可能专业。当然，这是总体性质上的区别，不排除局部事实上的出入，比如，有的记者很有文化，其作品最后也就进入了文化的传承，许多书籍只是徒有其表，其下场最后也就像当下的信息一样不见踪影了。

出版和传媒具有不同的性质和价值选择，如果各司其职，本也正常。遗憾的是，我们看到的现实是，在传媒越来越强势的影响下，出版也在追求当下性和满足于业余性，大量出版物毫无文化内涵，加入了推动阅读浅层化、碎片化、快餐化、娱乐化的潮流。出版向传媒看齐和蜕变，放弃文化传承的伟大使命，这是文化的灾难。打一个比方：文化有两个儿子，出版是大儿子，传媒是二儿子。我们不妨让二儿子去做离文化比较远的事，但是，按照长子继承的传统，大儿子的责任是继承和发展文化这个父亲的家产。如果出版也只去做没有文化含量的事，文化就后继无人了。我们今天尚能自豪地谈论祖国历史上文化灿烂的时代，谈论诸子百家、唐诗宋词乃至民国文人，可是，一百年后，对于我们这个时代的文化，我们的子孙能谈论些什么呢？海量的信息、走马灯似的畅销书早已烟消云散，他们只能说：那是一个没文化的时代，一片文化沙漠。

今天整个出版界都已经意识到了传媒尤其网络对于出版的巨大冲击，纷纷寻找对策，比如向数字化产品进军。然而，在我看来，最要命的冲击是在产品的内涵上。你诚然可以去占领数字化市场，但是，如果产品没有文化内涵，你最多是在市场上成功了，作为文化事业的出版却是失败了。所以，面对传媒的冲击，出版的自救之道首先应该是在产品的质量上和传媒划清界限，坚守自身的文化品格，把主要精力用在多出能经得住时间检验的好书上，而不是用在炒作若干年后甚至若干月后就无人理睬的畅销书上。

（本文为 8 月 17 日在上海书展阅读论坛上的发言）

2011.8

坐而论道是为了起而行路

——首届文笔峰会文集序

海南有一个文笔峰，乃明朝道观遗址，树木葱郁，湖水清澈，依据文献新建的庙宇严整壮观。峰主性喜结交，钟情文化，联手腾讯网，于辛卯年中秋呼朋引类，登高赏月，设坛论道。峰之名为文笔，与会者皆舞文弄笔之辈，词义暗合，一语双关，是为首届文笔峰会。

地点是中国名山古观，时间是中国传统佳节，各路文人相聚，话题自然从传统谈开去，而及于当今社会。传统的精华和糟粕，继承和变革，中西传统的异同和优劣，今日中国的现状和发展，遂成题中应有之义。鉴古是为了知今，坐而论道是为了起而行路，因此全部话题实际指向一个最根本也最迫切的问题：今日中国人应该选择怎样的价值观。

价值观似一抽象名词，然其用可谓大矣。质言之，个人的人生之境界，国家的发展之方向，皆由价值观决定。当今社会物欲汹涌，人心浮躁，病因盖在价值观之偏颇。进一步探究，则又不免回到传统之检讨。与会者各抒己见，观点交锋，是非纠结，取舍迥异，乃自由讨论必有之景象。

论道之余暇，文人雅聚，或献技献艺，或说人说事，皆有可观可听之处。如我之辈，无可献也不擅说，唯徜徉山水之间耳。然而，千里相会，得以重逢老友，结识新友，实为人生之快事也。

2011.12

医学是精神事业

——《医院文化 20 年》序

本书是中国 20 年来医院文化建设的一个回顾。关于医院文化的内涵，高金声先生的开篇文章已经说得很到位了，我对此没有研究，只能说一点外行话。

古今中外有一个共识，就是医学是以生命为对象的学科，对生命的关爱和尊重是医生职业的最高原则。在此意义上，中国古人准确地把医学称作仁术。这就意味着，不问国别、意识形态如何不同，凡医生都要有仁爱之心，都应该是事实上的人道主义者。我想，论及医院文化，这个共识理应是一个出发点。

现在人们往往是从企业文化的角度谈论医院文化的，而关于企业文化，则强调具有本单位特色的核心价值观。这当然不错，但是，无论特色怎样不同，只要是医院，其核心价值观中就不能缺了人道主义这个基本内涵，这个核心的核心。医院的管理，医生的培训，最后都要落实到为病人提供高质量、人性化的医疗服务。

在这方面，起决定作用的因素是医生的素质。看一个医院好不好，就看这个医院里好医生多不多，多数医生的素质高不高。医生的素质，则主要体现在医术和医德两方面。唐朝名医孙思邈的名著《大医精诚》，其书名就言简意赅地点明了一个好医生的必备素质，一是医术上精益求精，二是医德上诚心诚意，而二者的出发点都是对生命的关爱和尊重。

医学是科学与人文的最好结合点。在医疗实践中，医生与病人之间绝非技术与疾病的关系。病人不是病，而是有生命依恋和灵魂尊严的活生生的个体。即使从治疗的效果看，医生的教养、态度以及由此造成的病人的心境也会起相当的作用。医德不是抽象的规范，医生自己是人性丰满的人，才会把病人视为完整的人予以关爱和尊重。因此，有必要把人文阅读列为医院文化建设的重要内容。

更进一步说，医学是精神事业，医生职业具有神圣性。在历史上，医疗与宗教有十分密切的关系，这不是偶然的。生病是人生中最脆弱的时刻，如果在遭受病痛的同时还受气，一个人的心境就会沮丧到极点，觉得世界丑恶、人生黯淡。相反，如果得到善待，则不但可能挽救生命，而且可以挽救对世界和人生的信心。通过行医解除人们身体上的痛苦，通过人性化的方式增添人们精神上的信心，不啻是为信仰而行医。

看一个人有没有文化，我不会问他的学历，只需看他待人接物的态度，做事的作风，我心里就了然了。一个没有教养的人，不论他学历多高，我都不认为他有文化。教养是融为血肉的文化，它似乎无迹可寻，却又无时无刻不表现出来。看一个医院也是如此，标语、口号、警句、级别都不算数，真正起作用的医院文化是一种无形的传统、氛围、素质，你走进这个医院，作为一个普通病人是否受到关爱和尊重，你是处处都能感受到的。所以，我的最后一个建议是，在建设医院文化的活动中，应该普遍建立病人评价的机制。

2011.5

车风和人品

我是一个对汽车品牌极其迟钝的人，永远分不清奔驰、宝马、法拉利。我只在一件事上敏感，就是驾车的作风，我能据此敏锐地察知驾车人的品行。

我曾经也驾车，因为无法矫正的深度近视，荒废已久。我主要是作为一个行人来感受各异的车风的。车窗玻璃有色且反光，行人基本上看不清车里的司机，但体量相对庞大的汽车把人的性格和品行放大了许多倍，使我仿佛能够清晰地想象出车内人的模样。

人的性格有动静急慢之分，会在驾车时显现，皆无可指摘。我留心的是司机对行人的态度。相对于行人，手执重器的驾车人处于强势地位，而行人是陌生人，无法识别和记住驾车人，正是在这种场合，最能反映出一个人的真实人品和教养。

人的高贵在于灵魂。灵魂高贵的人因为懂得做人的尊严，一定也是尊重他人的。相反,依仗权财而不尊重他人,正暴露了不知灵魂为何物,于是只能用权财来给自己和他人估价。

下雨,路面积水,我在窄巷行走。一辆车快速驶过,溅我一身水。我对自己说:车里坐着一个没有灵魂的家伙。另一辆车减速慢行,小心翼翼驶过我身旁。我对自己说:车里坐着一个灵魂高贵的人。

常常遇到这样的情况:过马路,一辆左转弯的车冲到你跟前,使劲按喇叭;或者,马路没有过完,绿灯变红灯,横向的车流立即逼近你,喇叭齐鸣。

倘若一辆豪车冲着我狂按喇叭,切断我的去路,我的感觉是一个西装革履的暴徒在我面前大叫大嚷,拦路抢劫。

观察一国文明程度的最佳地点是马路,车风是国民素质的集中体现。什么时候,我们这里也像欧美发达国家那样,汽车自觉避让行人,马路上少有喇叭声,我就为自己是中国人而自豪了。

2012.6

第六辑　生命考试

人生没有假如

王甲请我为他的书取名，读完稿子，这个书名在我脑中油然而生：《人生没有假如——一个渐冻人的悟和行》。

四年前，这个意气风发的青年设计师突然发现自己的身体发生了某种变化，说话和行动越来越困难，不久后确诊为肌萎缩侧索硬化症，英文简称 ALS，俗称渐冻症。随着病程的进展，他眼看着自己的身体机能一步步萎缩，终于到了整个身体只有眼珠能动的地步。

一种概率只有十万分之四的绝症突然选中了自己，怎能不感到委屈和痛苦，但王甲没有沉溺于此，他很快选择了坦然接受这个意外，接受从此和常人不同的命运，接受死亡随时会到来的事实。他的这个态度，既是勇敢的，也是智慧的，令人敬佩。我们都会说命运无常，可是，一旦厄运降临，往往会陷在假如厄运没有降临的思路里，把命运的突变感受为生活的毁灭，丧失继续前行的勇气。然而，人生没有假如，已经发生的厄运，只有面对它，接受它，从而在命运的新的规定下走出一条新的路来。在某种意义上，厄运好比是上帝给凡人出的一道试题，测试其灵魂的品质，王甲以极为优异的成绩通过了考试。他把命运的转折当作一种人生使命来接受，决心把生命中的不同变成属于自己的真正的不同，用独特的姿态行走人生。他是这样想的，也是这样做的。

在王甲的前方，有一个伟大的榜样，就是患同样疾病的霍金。他对自己说："霍金，一个不到七十斤的男人，他支配不了自己的身体，却拥有整个宇宙。"在给他的信中，霍金也勉励他："将您的目光放到残疾不能阻挡的事业之上，并且坚定地将它做下去。"渐冻症患者虽然失去了行动的能力，但感觉、记忆、思维都完好无损，这反而使王甲看世界的眼光更加敏锐而清澈。于是我们看到，他起先用一根手指，在手指也不能动了以后，用眼神的示意指挥助手移动鼠标，设计出了近百件构图纯美、意蕴深刻的作品。其中，有相当数量是为重大事件、活动设计的公益海报、广告、标志，产生了广泛的影响，而获得的报酬大多捐给了慈善事业。在通常的概念中，残疾人只是慈善的对象，王甲代表残疾人颠覆了这个概念。正如他所说，他所创作的小小的图片里包含着大大的梦想，表达了他对生活的热爱，而世界也从中感受到了他生命的温度。

不能不提及的是，王甲在患病之后能够开创新的精彩人生，支撑他的还有一种巨大的力量，那就是爱和感动。许多陌生人关爱他，帮助他，书中讲述的莲姐、虹妈妈在最关键的时刻如同天使出现在他的世界里，使他在黑暗中看到了光明。他说得好："感动是有方向的，感动是美好的，感动是来自心底的。它有颜色，有味道。亦有力量。"这个力量推动他继续传递爱，因为尝到了被赠予的快乐而去赠予，去帮助别的需要帮助的人们。在他的感召下，中国的"渐冻人"群体受到了社会各界更多的关注。有人说，王甲是被上天选中的人，被选中来替这个群体承担更重要的使命。我相信这个判断。

在一首诗里，王甲写道："我本是天空之水，落入凡尘……我被一点点地冻结，寒气使我不能奔流，最后把我冰封成一个在阳光里的冰雕。"我要对王甲说：你的确是天空之水，而天空之水是不会冻结的，我分明看见你的生命依然奔腾在灿烂的阳光里。

补记：写完这篇序的第二天，我在北京的一个寓所里见到了王甲。他靠在轮椅上，而他全身唯一能动的眼睛是那么澄澈、年轻、聪明、充满着喜悦。电脑上已安装特殊的软件，他用眼睛的注视操纵鼠标，与我交谈，表达与我相见的快乐。墙上贴着他生病以前的青春喷薄的照片和优美的书法，以及生病以后的设计作品。这是一个多么可爱的青年。我最强烈的感觉是，倘若人生有假如，假如厄运没有降临他该多好啊，而假如是我处在他的境遇中，我很可能做不到像他这样坦然面对。他说他崇拜我，我听了万分羞愧，我告诉他，他才是值得我崇拜的，他的精彩的生命照亮了许多人，也照亮了我。

2012.5

信仰的奇迹

我把自己关在屋子里，一口气读完了《弟弟最后的日子》这部书稿。六个小时，我几乎没有离座。读到第九章，我再也克制不住眼泪，痛哭失声了。我痛哭，不只是悲伤，更是感动、崇敬，为生命能够如此尊严地面对死亡而自豪。

国忠啊，你的弟弟有一个多么高贵的灵魂，是一个多么伟大的生命。

周国忠的弟弟周家忠，38 岁被查出晚期肝癌，41 岁去世。在本书中，国忠记述了弟弟最后三年的生死历程。他只是如实地记述，从病到死，一幕幕场景，弟弟是怎样表现的，他和亲属们是怎样表现的，不加任何修饰，正因此而有了一种震撼人心的力量。我们读到的绝不是一个通常的悲情故事，自始至终，我们的心被血浓于水的亲情所温暖，也被灵超乎肉的信仰所提升。

一般情况下，家里有人患了绝症，全家便会陷入惊慌和忙乱，病人则会陷入恐惧和绝望。在本书中，我们看不到这种情景。我们看到的是，作为长兄的国忠，虽然手足情深，无比悲痛，但是，在竭尽全力挽救弟弟生命的同时，他一开始就将病情据实相告，兄弟间围绕生死问题经常进行心灵的对话。我们还看到，生病的家忠，始终坚毅地忍受病痛，从容地面对死亡，他的坚毅和从容中充满神性。

信仰是会产生奇迹的。这奇迹，完全不是俗众所祈求的肉体不死，而是灵魂的觉醒。大病不死当然不是不可能，但是，倘若灵魂不觉醒，躲过了一劫的人迟早仍会在必将到来的死亡面前崩溃，这算什么奇迹呢。

"眼睛不能盯在神迹上，要注目在神的话语上，本乎信而守信。我想得很开，人生都很短暂，而神的国永远长存，神的话语是首先应当遵从的，至于一个人活多长、能不能活下去则在其次。在有生之年能够在神的旨意里，做神叫我做的事，就是死了又何妨？"这是家忠在去世前5个月对亲人们说的话。

"这个世界上没有一个人能留得下，医生也一样，都是一茬茬地走，这就是人类的总体结局。其实，想透了，活三年与活三百年也没有什么区别，生命的价值并不在于活得长短，而是在于活得有无意义、有无尊严，是否有内心的平安和永恒的生命。"这是家忠在去世前2个月对同室病友说的话。

"《传道书》里说过，'凡事都有定数，生有时，死有时'，一切听凭神意，我相信我已得救并已永生。所以，你不要哭，也不要再为我担心。"这是家忠生命垂危、最后一次住院前对妻子的嘱咐，距去世13天。

临终那一天，在最后清醒的时刻，家忠说的最后一句话是："大哥，好了，我的重担卸下了。"

我还要继续摘引。家忠的彻悟是全面的，不限于看明白生死之理。请听他谈信仰：

“《圣经》不为你的人生提供地图，它只为你提供一个罗盘，让你用它修正方位，有一个正确的人生方向。

“爱的对象对了，人的前途就稳妥；爱的对象错了，人的前途就一定危险。如果爱世界，那么，短暂的人生只能是眼看看不饱，耳听听不足，永远无法满足欲望，最后死亡而归于虚空。

“宗教要我们‘信而见’，而现实的人们却要‘见而信’。自诩为万物之灵的人，总以为科学是万能的，一切都要看得见摸得着才相信，这种经验主义的思维行为武断地扼杀了灵魂深处无限的感知感应潜力，既是十分局限的，也是十分功利的。科学永远无法发现、求证创造的全部奥秘，这里面存在着创造与被造之间的极度不对称，就像一台机器永远无法知道是谁造了它，为什么要造它，造了它派什么用场一样。”

请听他针砭当今的世态人心：

“人生如浮萍，人们活着却争天夺地，甚至你死我活，好像赢得了一切，又似乎一无所获。稀里糊涂结了账，实在是愚昧！人生一无所有而来，空空如也而去，还是要活得明白，要有信仰的追求，灵魂才有去处啊。

“这个世界就像一个胖子，看上去很壮实，心脏却有毛病。就像我，表面上看起来很健康，内里却有绝症，不知道哪天说没就没了。人类真的要自省，要化恨为爱，珍惜地球这个共同的家园。其实，地球在宇宙中也只是一粒微尘，人类就更渺小。地震、海啸、洪水、泥石流等灾难且不说，一个小小的‘非典’病毒，就已搅得世界惶惶不可终日。所以，强大是相对的，人的渺小、脆弱和人生的短暂却是带有绝对性的。

“唯一的罪是‘不信’。你可以推诿说，那个罪我没犯，这个罪我也没犯，我不赌不嫖不偷不抢不做坏事，但你却忘了，被造者否定创造者的存在就是罪。所有零零碎碎的罪，都是从不信这个罪起头的。大家以为说谎、骄傲、嫉妒、奸淫、杀人、放火都是罪，这当然是罪，但往深里想，这些都是病状，并非病因。”

这些充满真知的话语，岂是我说得出来的，岂是一般学者说得出来的，和文化程度哪里有一丝一毫的关系，它们只能直接出自一个完全觉醒了的灵魂，是一个灵魂已在真理之中的人的言说。我在家忠身上看到的真正是信仰的奇迹，这个普通的农家子弟，中学毕业后一直当电工，经历平凡得不能再平凡了，因为信仰，在死亡面前显出了哲人和圣徒的真形。

在生命最后的三年里，家忠勤奋地研读《圣经》，写了大量心得，并在家庭聚会上演讲。这个家里最小的弟弟，以全新的面貌出现在了亲人们面前，令亲人们肃然起敬。如同国忠所说：“他不但更新了自己，也改变了我们大家，使亲人们明白了爱的真实含义。”国忠对此含义的领悟是：“思考现实的苦难仅是爱的现实关怀，思考生命的不朽才是爱的终极关怀。”厄运的降临不但没有使这个家庭陷入无边的哀怨之中，反而成了全家人最有意义的精神交流和灵魂升华的一个契机。

我没有见过家忠，和国忠是老朋友了，曾经去过他家。这个江南小镇上的普通农家，老中小三代，每个人给我的感觉都是善良、朴实的，家庭的氛围则是和睦、安静的。国忠曾多年在当地任乡镇主要领导，后来调到区里，先后在不同部门任一把手，一度让他当财政局局长，这个别人眼中的肥差，他硬是躲掉了。用他自己的话说，他是误入官场，对于仕途一向淡漠。因为外婆的家传，这个家庭是信基督的，但只是全家人在一起读《圣经》、谈心得，他们信得非常朴实、安静。原本是天性极为善良的人，因此对基督的信与爱的教导能有自然的感应，他们信得也非常真实、本质。这个家庭里哺育出家忠，真是一点也不奇怪的。

信仰是可以有、事实上也的确有不同的形式的，不只是基督教一种。然而，形式可以不同，但人必须有信仰，而一切信仰的共同点是把灵魂看得比肉体更重要，唯有如此，人在活着时才有方向，在临死时才会安详。我相信，本书将会给每个读者以这个启示。

2011.1

可爱的于娟

我是在读《此生未完成》这部遗稿时才知道于娟的，离她去世不过数日。这个风华正茂的少妇，拥有留洋经历和博士学位的复旦大学青年教师，在与晚期癌症抗争一年零四个月后，终于撒手人寰。也许这样的悲剧亦属寻常，不寻常的是，在病痛和治疗的摧残下，她仍能写下如此灵动的文字，面对步步紧逼的死神依然谈笑自若。我感到的不只是钦佩和感动，更是喜欢，这个小女子实在可爱，在她已被疾病折磨得不成样子的躯体里，仍蕴藏着多么活泼的生命力。

于娟是可爱的，她的可爱由来已久，我只举一个小例子。那是她在复旦读博士生的时候，一次泡吧，因为有人打群架，她被误抓进了警察局。下面是她回忆的当时情景——

“警察开始问话写口供，问到我是干什么的，我说复旦学生，他问几年级，我说博一。然后警察怒了，说我故意耍酒疯不配合。我那天的穿戴是一件亮片背心，一条极短的热裤，一双亮银高跟鞋，除了没有化妆，和小阿飞无异。小警察鄙视的眼神点燃了我体内残存的那点儿酒精，我忽的一下站起来说：‘复旦的怎么了，读博士怎么了，上了复旦、读了博士非得穿得人模狗样不能泡吧啦？’”

她的性格真是阳光。多年后，在死亡阴影的笼罩下，这阳光依然灿烂，我也只举一个小例子。在确诊乳腺癌之后，一个男性亲戚只知她得了重病，发来短信说：“如果需要骨髓、肾脏器官什么的，我来捐！”丈夫念给她听，她哈哈大笑说：“告诉他，我需要他捐乳房。”

当然，在这生死关口，于娟不可能只是傻乐，她对人生有深刻的反思。和今日别的青年教师一样，她也面临着双重压力，一是体制内的职称升迁，二是现实生活中的买房买车，并且似乎不得不为此奋斗。现在她认识到——

“我曾经的野心是两三年搞个副教授来做做，于是开始玩命想发文章搞课题，虽然对实现副教授的目标后该干什么，我非常茫然。为了一个不知道是不是自己人生目标的事情拼了命扑上去，不能不说是一个傻子干的傻事。得了病我才知道，人应该把快乐建立在可持续的长久人生目标上，而不应该只是去看短暂的名利权情。名利权情，没有一样是不辛苦的，却没有一样可以带去。

“生不如死九死一生死里逃生死死生生之后，我突然觉得一身轻松。不想去控制大局小局，不想去多管闲事淡事，我不再有对手，不再有敌人，我也不再关心谁比谁强，课题也好、任务也罢，暂且放着。世间的一切，隔岸看花、云淡风轻。

“在生死临界点的时候，你会发现，任何的加班，给自己太多的压力，买房买车的需求，这些都是浮云，如果有时间，好好陪陪你的孩子，把买车的钱给父母亲买双鞋子，不要拼命去换什么大房子，和相爱的人在一起，蜗居也温暖。”

我相信，如果于娟能活下来，她的人生一定会和以前不同，更加超脱也更加本真。她的这些体悟，现在只成了留给同代人的一份遗产。

一次化疗结束后，于娟回到家里，刚十九个月大的儿子土豆趴在她的膝盖上，奶声奶气地唱“世上只有妈妈好，有妈的孩子像个宝”。她流着泪想：也许就差那么一点点，我的孩子就变成了草。她还写道：“哪怕就让我那般痛，痛得不能动，每日污衣垢面地趴在国泰路与政立路的十字路口上，任千人唾骂万人践踏，只要能看着我爸妈牵着土豆的手去幼儿园上学，我也是愿意的。”还有那个也是青年学者的丈夫光头，天天为全身骨头坏死、生活不能自理的妻子擦屁股，说得最多的一句话是“我求老天让你活着，让我这样擦五十年屁股”。多么可爱的一家子！于娟多么爱她的孩子和丈夫，多么爱生命，她不想死，她决不放弃，可是，她还是走了……

我不想从文学角度来评论这部书稿，虽然读者从我引用的片段可以清楚地看到，于娟的文字多么率真、质朴、生动。文学已经不重要，我在这里引用这些片段，只因为它们能比我的任何言说更好地勾勒出于娟的优美个性和聪慧悟性。上苍怎么忍心把这么可怕的灾难降于这个可爱的女子、这个可爱的家庭啊。

呜呼，苍天不仁！

2011.5

死亡是生命的毕业考试

《生命的肖像》是一本很特别的书。德国摄影师瓦尔特·舍尔斯和作家贝阿塔·拉考塔，若干年里深入一家临终关怀医院，用镜头和文字记录下了二十几位受访者生命的最后时光，向读者展示了临终者的众生相。

这里远离新闻，发生在这里的死亡不像战争、灾难、凶杀那样有轰动效应，但因此和我们每个人有更密切的关系。我们中的大多数人可以相信自己不会死于非命，可是，面对普通的死亡，我们就很难不让自己产生不安的联想了。一个残酷的事实是，大多数人都不是无疾而终的，而是在备受某种疾病——例如本书许多受访者所患的晚期癌症——的折磨之后死去。这使得我们在读这本书时好像在被迫做某种预习，既感到分外沉重，又不由自主地陷入沉思。

人们平时总在回避死亡，而通过本书我们看到，即使到了无法回避的时候，人们往往仍继续回避。弗洛伊德说："没有人真正相信自己会死。"一个临终者只要意识还清醒，就仍会对生命的延续抱有幻想。这种对于死亡的否认和拒绝，既是出于求生的本能，也是出于对死亡的恐惧。恐惧也是一种本能，正因为死亡近在咫尺，它就更显得是一个陌生之物，无人能免除对它的恐惧。

不但临终者本人，而且周围的亲人、朋友、探视者，也往往对死亡持回避的态度。通常的情形是，他们言不由衷地鼓励病人与疾病作斗争，预言他会好起来，假装一切正常，跟他谈论一些琐事。这种虚伪的氛围把临终者逼入了彻底孤独的境地，使他越发感到自己和继续活下去的人们之间隔着一条鸿沟，只有他孤身一人绝望地面对着他自己的死。

与临终者交谈的确是一件困难的事。你似乎不能直接谈论死亡，因为临终者仍在本能地拒绝死亡。你似乎又不能一语不发，于是只好说些言不由衷的鼓励话和言不及义的废话了。但是，深入分析，这种尴尬在很大程度上是探视者自己对死的态度造成的，如果你是一个勇于正视自己的死的人，你在与临终者交谈时就不会刻意回避死亡话题了。

事实上，虽然心怀恐惧，临终者更不能忍受的是虚伪。出乎本书作者意料的是，所有的受访者都愿意谈论死亡，而这个话题一直是来探视他们的亲友避之唯恐不及的。临终者内心是矛盾的，一方面恐惧和拒绝死亡；另一方面知道自己必死，不接受也得接受。诚实的谈话会有助于改变两者的比重，帮助他们达成人生的最后一项成就——平静地接受死亡。在本书中，不乏这样的例子。一位受访者自己拟定了讣告的文字："在某年某月某日，我回家了。"她告诉作者："只需要添进去日期了。"另一位受访者把死亡称作"生命的毕业考试"，她谢绝了任何延长生命的技术，为葬礼预付了钱，然后安静地等待死亡来临的那个时刻。

近三十年来，在发达国家，临终关怀运动和姑息镇痛医学成了重症濒死病人的福音。在这方面，我们差距甚大，有待改善。按照我的理解，其中起支配作用的是一种观念，就是当生命确实不可挽救时，无论病人、亲属还是医生，都应该坦然面对死亡，目标不再是延长生命，而是使病人在生命的最后日子里得到人道的关怀，减少肉体的痛苦，能够以尊严的方式死去。所以，我要用临终关怀医院的首倡者希思黎·萨德斯的一句话来结束这篇序言："只有当我们不再把死亡当作禁忌，我们才能建立起一种与自己的死亡之间的人性的关系。"

2011.5

南丁格尔的中国传人

——《天使的微笑》序

5 月 12 日，国际护士节。这个全世界护士的节日是根据南丁格尔的生日确立的。世上没有南丁格尔，就不会有护士节，甚至不会有护士这个职业。

一百多年前，南丁格尔诞生于一个英国贵族家庭。她天资聪慧，受过良好教育，精通多种语言，博览群书，擅长音乐和绘画。可是，比这更令人印象深刻的是她的善良天性，虽然家境优裕，她却偏喜欢与穷人为伍，少女时代就频繁地出入于穷人的茅屋，给他们送衣送食，为他们护理病人。仿佛负有一种使命，她心无旁骛，一往直前，把一生献给了护理事业。

在南丁格尔之前，护士不成其为一个专业，护理工作由临时工担任，毫无专业训练，全无职业章法。是南丁格尔创立了世界上第一所护士学校，建立了护理教育制度，她因此被公认为现代护理事业的创始人。她还撰写了大量理论专著，把护理建立成为一门科学，其中最著名的是《护理札记》，至今是护士必读的经典之作。

人们常说，护士是白衣天使。南丁格尔是上帝派到人间的第一个白衣天使。在她之后，医院里才真正有了白衣天使。天使的心是善良的，把病人的疾苦感受为自己的疾苦。天使的微笑是温柔的，如同冬日的阳光把病人的心照暖。天使的手是灵巧的，病人的身体在它的触摸下康复，或者，倘若生命不可挽救，在它的触摸下安息。人都会生病，人生病的时候多么希望身边有一个天使。

然而，护士也是人，也需要温暖和关爱。只有在全社会尊重、理解、关怀护士的氛围下，医院里才会出现许多天使般的护士。当今中国医患矛盾突出，除了医疗体制上的原因之外，来自病人及家属的误解、挑剔、任性也是重要原因之一。因此，有必要通过各种方式包括文艺创作的方式增进人们对护士生活的了解。

林海鸥编剧的大型电视连续剧《天使的微笑》就是这样一部作品。在这部作品的开头，我们看到的是一位获得南丁格尔奖的老护士长，她在抢救一个患者时因为被传染不幸病逝。在我看来，这如同一个象征，为全剧奠定了一种南丁格尔精神的基调。主角是两个年轻的女护士，一个是老护士长的女儿，另一个是老护士长救活的那个传染病患者的女儿，在她们之间、在她们与其他角色之间，发生了曲折而动人的故事。我的解读是，这是一个南丁格尔的中国传人的故事，在今年国际护士节来临之际，它提醒我们，在天使的微笑之中，有爱，有善良，其实也有艰辛和眼泪。

2014.4

医患共识：医学的局限性

中国医患矛盾突出，原因是多方面的，其中之一是对医学的局限性缺乏共识。

医学在19世纪，尤其是20世纪获得了巨大进步。从内科看，自古以来，微生物（细菌、病毒）感染性疾病曾是致死的主要原因，由于磺胺类药物、抗生素和抗病毒剂（疫苗）的发明，使得这类疾病的多数得到了控制，其中杀伤力最大的鼠疫、天花、麻疹、伤寒、结核、白喉、脑膜炎等已基本绝迹。从外科看，外科在欧洲曾经是理发匠的手艺，一直用刀、锯子做手术，用烙铁止血和防止感染，由于麻醉、消毒、无菌技术的发明，外科才真正成为医学。医学进步的最有力证据是全球人均寿命极大地增加。

但是，医学在进步的同时也凸显了其局限性。首先，细菌会对抗生素产生抵抗力，抗生素本身也会对机体造成损害。其次，新微生物的出现，导致诸如艾滋病、埃博拉等新的感染性疾病流行，迄今尚未研制出有效的抗病毒剂。最后，癌症、心血管疾病、器官衰竭、老年性痴呆等退化性疾病，以前因为人均寿命短而未及显露，现在已取代感染性疾病成为死亡的主要原因。

当然，医学还会继续进步，某些今天不可治的绝症，有一天也许会被医学攻克。但是，上帝永远会给医学出难题，把新的不治之症撒向人间。人终有一死，规定了医学的根本局限性，有其不可逾越的界限。医学不论怎样发展，都不可能让人免于最终必然到来的死亡。人们常说医学的使命是救死扶伤，其实救死是暂时的、有限的，不是永远的、无限的。死亡会以不同的方式降临，而疾病是最普遍的方式。在某种意义上，退化性疾病是死亡的一种基本形式，医学只能延缓其进程，不能根治。可以断言，医学无论先进到什么程度，永远会存在它征服不了的疾病。应该据此来确定医学的边界和目标，就是治可治之病，对于不可治之病，则重点放在改善生命质量，而非苟延生命长度。医生和病患对此要达成共识。

从医生这方面来说，不可有意无意地给病患制造医学万能的错觉，助长此种幻想。这种情况是存在的，其原因可能是对病患及家属的同情，可能是职业的虚荣心，而最应警惕的是出于获利的动机，肆意扩张医学的边界。后者具体表现在：一、过度诊查和过度治疗，造成医源性伤害。相当数量的癌症病人很可能是提前死于化疗之类所造成的医源性伤害。事实上，和一般家庭相比，医生及家属服药最少，在疾病不可治的情形下也最能明智地放弃过度治疗。二、把生活医学化，正常的生理过程，如生、老、死、女人的怀孕和分娩皆被视为病，被置于医生的控制之下。三、在诊治上独断专行，病患完全没有发言权。治病是病患最切身之事，有权了解可供选择的不同方案并表达意见，如果不可救治，有权了解实情并做好精神准备。

从病患这方面说，也要认识到医学的局限性，破除医学万能的幻想。病患抱有此种幻想，一是因为对医学无知，二是出于对死亡的恐惧。中国人缺乏宗教信仰，有很深的生死迷惑，即使大限临头仍盲目地拒绝死亡，这种精神状态导致相当一些病患和家属宁愿高估医学的能力，随之而来的是医治失败后对医生的苛责和愤恨。

鉴于医学的局限性，我们今天有必要调整对医学性质的认识。古代医学是哲学，希波克拉底、盖伦、阿维森纳同时是哲学家，并主张医生必须学习哲学，中医也是《易经》在医学上的运用。其特点是整体论，强调人与自然是整体，人体是整体，身与心是整体，疾病源于三者的失调，治疗则力求恢复其协调，所面对的是整体的人而非单一的疾病。现代医学是科学，力求通过各种技术精确地确定疾病的病理，制订治疗方案，其利是能够比较有效地治疗许多单一的疾病，其弊是丧失了整体观。应该恢复医学的哲学品格，在充分发挥现代医学科学的优点的同时，更多地着眼于病人的整体状况包括精神状况，把病患当作整体的人，确立以患者整体生命质量和心理感受为中心的治疗目标。

美国医生特鲁多的墓志铭已是医界名言："有时去治愈，常常去缓解，总是去安慰。"我认为这句话永远不会过时。医学无论多么进步，始终存在不能治愈只能缓解的疾病，而疾病无论可治不可治，安慰是永远需要的。安慰，即医患之间人性化的交流和合作关系，能够使可治之病的治疗效果更好，也使不治之病人获得最后的尊严。

（本文为 8 月 16 日在中国医院论坛上的发言）

2014.8

第七辑　书林风景

一个可爱的老人

——读周有光《拾贝集》

在高楼林立的北京，在一栋没有电梯的普通居民楼里，有一间小小的书室。书室仅九平方米，只有一扇朝北的小窗，终年不见阳光，一个大书架、一张小书桌、一个沙发占满了全部空间。在这间陋室里，二十余年如一日，一个可爱的老人过着简单而又充实的生活。

周有光今年106岁。虽说“人生七十古来稀”的标准早已过时，但百岁仍是绝大多数人可望而不可即的目标，而超过百岁就必须说是奇迹了。周老对此幽默地说：“是上帝糊涂把我忘掉了。”更大的奇迹是，在这样的高龄，他依然头脑敏锐，思维清晰，求知若渴，活力四射，其生命和精神状态之好，是许多年轻人也望尘莫及的。他每天读书看报，关心天下大事，分析时代现象，有了心得，便记录成文。有趣的是，这位“汉语拼音之父”在耄耋之年学会了电脑，他的作品都是在电脑上用他自己创建的汉语拼音敲出来的。于是，在《朝闻道集》后不久，我们又读到了这本新的结集《拾贝集》。

作为杂文、笔记、访谈的合集，本书内容广泛，可圈可点之处甚多。在这篇推荐语中，我想着重提示两方面的内容。

其一是对以往经历和现在生活状态的自述，我们从中可以领略周老的人生智慧。他经历了清朝、北洋政府、国民党政府、新中国四个时期，坦言百年间诸多风浪，最漫长、最艰难的是八年抗战和十年“文化大革命”。可是，听他回忆他认为最苦的“文化大革命”时期，我们有时仍会忍俊不禁。比如在“五七干校”，他和林汉达奉命夜守高粱地，两个语言学家便躺在土岗上讨论起了“未亡人”“遗孀”“寡妇”这几个词的区别，还就这个话题开起了玩笑。“我们谈话声音越来越响，好像对着一万株高粱在讲演。”读到这里，我心想，知识分子而能纯粹是多么可爱啊。周老叙述现在生活状态的口吻是平静而喜悦的。人家说他的书室太小，他说：“够了，心宽室自大，室小心乃宽。”他谈读书的快乐，说他是一个终身自学者，而“学然后知不足，老然后觉无知，这是老来读书的快乐”。物质生活上简单，精神生活上丰富，这是周老的人生观，我相信也是他不求而得的长寿秘诀之一。

其二是对全球化时代文化的见识，我们从中可以领略周老的全人类眼光。针对“三十年河西，三十年河东”东西方文化轮流坐庄之论，他指出：在全球化时代，世界各地传统文化包括东西方文化并非孤立不变的，而是相互接触和吸收，其中有普遍价值的部分融入国际现代文化，同时各地传统文化依旧存在，但要不断自我完善。由此，全球化时代是“国际现代文化和地区传统文化的双文化时代”。这个“双文化论”真是举重若轻，把学界长期纠缠的东西方文化之争一下子说清楚了，一下子解决了。他还进一步指出：作为地球村的村民，我们要进行自我教育，学习地球村的交通规则，亦即那些业已融入国际现代文化的普世价值，成为世界公民，这才是真正的“入世”。比如民主这个东西，不是一个国家的创造，而是自古至今人类政治智慧的产物，因此不是什么人要不要的问题。这些见解通情达理，在今天却仍是振聋发聩的，出自一位既饱经沧桑又生机勃勃、既睿智又勇敢的老人之口，宜乎哉。

2012.4

济群著作推荐语

济群法师是我特别敬重和欣赏的当代僧人，他于我真正是亦师亦友，我受教良多，默契也良多。他人品正，悟性高，所以心态好。在佛门中，他是——用他自己的话说——一个自由主义者，超脱具体佛事，过着闲云野鹤的生活。在人世间，他却又是——用我的话说——一个理想主义者，然而是关注现实、惦念众生的理想主义者，孜孜不倦地传播人生的真理。他善于用日常的话语说透精妙的佛理，有拨云见日之效。在今天的时代，他的声音值得每一个被欲念和烦恼所困的人倾听。

2012.10

风景是永恒

看马建华的风景油画写生作品，我感到亲切、温暖、喜悦，然后是一种仿佛久违的宁静。城市里的喧闹和浮华突然消失了，我回到了一个本质的世界。我惊喜地发现，那个世界并未被毁弃，也没有力量能把它毁弃，它始终存在着，并将永远存在。

我的心中回响着里尔克的诗句："风景是严肃，是重量，是永恒。"是的，人会媚俗，风景不会，时尚会轻浮，风景不会，朝代会覆灭，风景不会。在一切绘画题材中，风景画似乎是最远离时代的，因此难以成为时代的宠儿，但也因此能在任何时代拥有一个安静的位置。

在今天这个急功近利的时代，一个画家仍然潜心于画风景，似乎是要耐得住寂寞的。不过，这只是外人的推想，我知道，对于画家本人来说，其实是性情使然，乐在其中。他注视农舍、木屋、田间的草垛、村口的小店、老街的石板路，心中无比踏实。他观察风景在季节变迁、气象变化中的微妙差别，心中充满感动。于是他拿起了画笔，那是他向生命感恩的仪式。

据我观察，一个好的风景画家，往往有一颗孩子般单纯的心。所以，他本能地亲近单纯的事物，那就是自然和风景。也所以，他能够用单纯的眼光看事物，看见了在红尘中打滚的人熟视无睹的美。

我和马建华曾在同一个县城生活。那是三十多年前了，我大学毕业分配到那里，他还在读中学吧，留在印象里的是一个安静的少年，遇见时朝我含笑点一点头，不说话。七年前，我去桂林出差，偶然相遇，自此有了交往。他依然是安静的，每次见面话不多，我问他的工作，他轻描淡写地说画一点儿画。现在看到他的画竟这么好，我颇感意外，但正所谓意料之外，情理之中，他是那样一个单纯的人，画出这么好的风景画是丝毫不奇怪的。

2011.11

“俯拾是瓷，仰看成诗”

方鸣收藏古瓷经年，以宋代五大名瓷为最，且探究之，赏玩之，歌咏之，随时用手机录下心得，结集成这本小书《曾是洛阳花下客》，嘱我写序。我于收藏不但一窍不通，是个外行，而且无意问津，是个外人，在今日的收藏热中，行家里手有的是，他为何偏要我来写这个序呢？我只找到了两个理由。第一，我是他三十年的好友，虽不懂古瓷，但了解他这个人，而在他看来，读他这本书，知人是比识物更重要的。第二，他写的不是专业书，而是美文，因此更乐于听一听像我这样一个普通读者的感想。那么，我就作为一个朋友和一个普通读者写一点读后感吧。

据我臆测，今日的藏家大抵有三类人。一是文人。博洽好古，原是中国文人之韵事，历代不衰，逢乱世萧条一时，其后又会复兴，现在或许正其时也。文人之于文物，重在鉴赏，鉴其年代，赏其形制，看重的是历史价值和艺术价值。这诚然有赖于学识和情趣，今日能有此纯粹文人识趣者，即使有怕也不会多吧。二是商人。商人之于文物，真正看重的只是买卖之间的差额，所谓升值空间，只是钱和利润，收藏不过一投资行为耳，与炒股、炒房并无二致。当然，他们也乐意借此装点门面，附庸风雅。今日的藏家中，想必此类人居多，文物市场因之兴旺。三是达人。我这是借用网络词汇，此类人在相关领域虽属业余，但见多识广，尤能凭借三寸不烂之舌在媒体上蹿红，于是成为收藏明星或者学术明星、养生明星，等等。

然而，方鸣似乎不属于上述任何一类。读他的美文，你能感觉到他对古瓷尤其是宋瓷的钻研之深和辨识之精，但文人这个类别仍不足以概括他与古瓷的关系，我必须另找三个词来说他。

一是情人。对于心仪的某代、某窑、某款、某件古瓷，他真个是怀着情人的心情，魂牵梦萦，朝思暮想。他的寻宝过程犹如一场充满激情的恋爱。他心目中的宝物是有生命的，而且往往是女性的生命，而他也的确常常用描绘女性的语言来描绘它们。他不只是在猎艳，因为他说出了如此真情、发人深省的话语："收藏是要收到手里，藏在心上。如同对心爱的美人，拥有不仅仅意味着占有，更要懂得一颗芳心。藏家比的不只是物力，更是心力。"

二是诗人。如果爱情不以占有为目的，就进入诗的境界了。方鸣的这些咏瓷美文篇篇诗意盎然，如同他在观台上体验到的："俯拾是瓷，仰看成诗。"他对古瓷的充满诗意的爱从何而来？我发现来自童年。父亲书案上的一只哥窑梅瓶是他对古瓷的最早记忆，他从此对世界有了一个纯真心影。他从小喜欢偷偷收藏家里的"宝贝"：姐姐小学一年级的水粉画，父亲的恋爱日记，母亲的莱卡相机，父母的结婚证书……这些可爱的细节有力地印证了收藏本身的诗意。诗人何为？

无非是要用诗来留住——也就是收藏——人生中的美好经历和感受，使之不随时光流失。诗是最纯粹的收藏，而纯粹的收藏就是诗。

三是哲人。方鸣不但爱古瓷，咏古瓷，而且在寻访古窑遗址的漫漫旅途上体悟人生真谛。通过古瓷，他走进了历史深处，历史也进入了他的灵魂深处，从而体味到了一种超越个人躯体和当下时代的存在。天地苍茫，时代更替，留存到今天的古瓷已不仅仅是收藏的对象，更是生命的物象，天地的神迹。星移斗转，一切皆流，无物永存，又唯因魂牵梦萦，一切回归，无物消逝。所以，他体会到的人生的大哲学是：归去来兮。

在我的记忆中，三十年前的方鸣，是一个情种，写泰戈尔风格的诗，读许多哲学书。不曾料想，三十年后的今天，他的这三种爱好都聚集在古瓷上了，可真是人间的一桩趣事啊。

2011.6

“有个小小的姑娘”

李文是一个奇异的女子。她好像长不大，永远是少女心情，永远生活在梦幻之中。她说话的表情语调也呈少女态，若在别的女子身上，你可能会觉得年龄错位，她不同，你立即感到，上天就是把她造成这样的，这是最真实的她，注定如此，理应如此。第一次见她，我就是这个感觉。八年后，当她带着她的诗来找我时，我仍是这个感觉，而她的诗也验证了我的感觉。

李文的奇异也许缘于幼时的一次神秘的心灵经验。五岁那年，她放学遇大雨，突然出现一个老爷爷，撑一把古伞，把她从学校接走，一直送到家门口。此后，她经常在天空看见这个老爷爷，并且同他说话。这是她的幻觉吗？我不这样认为。我相信，世上一定有神秘，我不能因为自己没有经历到就否定它的存在。

在李文的诗里，我读到了对这件事的记载：

我知道
年幼时
那场疾风骤雨
为我而来
神秘的老爷爷
拉着我的手走
躲避过一场天灾
……
自此
我凭爱生活
因爱存在
……
五岁女孩
我
——是爱

（《我是爱》）

那个神秘经验给予她的是爱的启示。我看到，爱正是她的诗的主题，她吟咏爱的坚贞和绝望，渴望和恐惧，离别和孤独。我还看到，在她对爱的吟咏中，弥漫着深深的忧伤，而从忧伤中升起的则是梦幻。

请看这首《不能相识的爱》：

很久以前的时光
有个小小的姑娘

因为整日整日地倾听
迷恋上围墙里的歌唱

可是，这是一座没有门窗、没有尽头、高耸入云的围墙。于是，

小小的姑娘有了
小小的忧伤
她的眼泪
打湿了太阳的目光
一条长长的彩虹
飞上了围墙
虹桥上站着
小小的姑娘

这首诗概括了诗人心目中爱的特征：可望而不可即，只能用童话和诗去接近它。

对于现实中的爱，诗人似乎是逃避的。爱的临近使她畏惧：

这个世界上
发生了不幸的事
从未有人
对我如此凝视……

（《他用双手捧着我的脸》）

她还害怕界限模糊的情感，向怀有这种情感的友人不告而别：

不要问我
为什么走开
所有告白
都会对你构成伤害
不要问我
会不会归来
空中阁楼
盛不下太多的友爱

（《辞行》）

可是，诗人对爱又是如此执着：

你轻轻地拥我入怀
眼睛里写满千言万语
却掉头而去
从此
我化为一滴
蓝色的泪
镶嵌在你的
每一片记忆里
寻找
寻找我的婚礼

（《我的婚礼》）

诗中的“你”，是实有其人，抑或仍是梦？不知道，也不重要。只知道爱是如此脆弱又坚韧，永远在逃避和寻找之中，如此可望而不可即，永远在梦想和回忆之中。

诗人自己明白，她的情怀“无缘凡尘”（《钟楼女孩》），她的降生只是为了梦想和诗歌。在今天的功利世界里，这样的一个女子几乎必定会孤单而不幸。然而，李文是幸运的，当她在诗的国度里梦游之时，始终有一个人“用慈父的目光”（《重返故乡》）守护着她的娇弱的身躯，守护着她的爱的追寻，也守护着她的梦和诗。我要为李文庆幸，也要向这个人献上我的感动和尊敬，他是我的一位多年好友，我不必说出他的名字，在这本诗集里，我处处都读到他的存在。

2011.11

遇见诚实，所以惊喜

田军曾经给俏江南34家门店做室内设计，现在他把图照汇编成《叁拾肆》一书，嘱我写序。我这个设计盲之所以敢斗胆从命，首先因为他和张兰都是我的老朋友，和两位老朋友以这个特别的方式欢聚是一件有趣的事。同时，田军对哲学、美学、艺术问题有广泛的兴趣，我很乐意通过解读本书的文字部分来揣摩一下设计师的心灵奥秘。

给人们心目中的高档餐厅做设计，最绕不开的是时尚。可是，我发现，田军对时尚似乎相当不屑。他直言：时尚、潮流、前卫是“最不值得信任的”，因为它们“转眼即逝，翻脸不认人”。我本人把时尚定义为物质浪漫，物质浪漫未必不好，但倘若没有精神内涵，浪漫就成了低俗，仅流于表面的华丽和热闹。田军说：“华丽是因为害怕平庸，热闹是因为恐惧荒凉。”说得对，如果资质本不平庸，心灵本不荒凉，则何惧之有？所以，关键还在有没有底气。没有底气的设计师，生怕自己不时尚，于是刻意经营表面的华丽和热闹，用田军的话说，他们只是在和这个平庸的时代调情罢了。我要补充说，有底气的设计师，就是这个平庸的时代里依然寻求真爱的人。

在田军的审美思考中，始终贯穿着关于生活价值的哲学思考。今日时尚场所最讲究舒适，他激烈地抨击那种把舒适感作为终极目标的设计师，说他们的这种审美引导特别可耻，是在用没有灵魂的精致环境强制人们，使人变得脆弱、矫情、丧失自我。有一首诗写得非常好，我忍不住要全文抄录：“曾经把珍宝视为华丽，原来真正的华丽，是水泥森林中飞舞的蝴蝶。曾经把华丽视为奢侈，原来真正的奢侈，是冰天雪地里点燃的篝火。曾经把奢侈视为高贵，原来真正的高贵，是朝圣路上笃信的微笑。”这首诗生动地揭示了物质浪漫和精神浪漫的区别。

田军引梭罗的名言：“一个人若生活得诚恳，他一定是生活在一个遥远的地方。”真正的艺术家必定与当下的世俗保持距离，他的故乡在别处，那是一片永恒的精神国土。其实这片国土就在艺术家的心中，是他对生命真谛的领悟，从而使他的创作有了一个“内求的方向”。田军如此定义设计：“设计犹如舞台，通过这个舞台，寻求每个人生命中戏剧性的真实和不真实的存在，探讨短暂和寂寞的生命过程。”我很欣赏这个定义。好的艺术，包括好的设计，内核一定是哲学性的，是对生命之现象和本质的探究。有了这个“内求的方向”，艺术上的诸多难题就不再令人困扰了。

比如形式与内容。对于艺术来说，形式至关重要，贝尔因此把视觉艺术界定为“有意味的形式”。然而，形式要有意味，不能只在形式上做文章，有意味是“内求的方向”在形式上的自然呈现。所以，在设计一个作品时，田军总是把所要表达的某个生命主题渗透到这个作品中去，而决不刻意营造某种具体入微的形式感。他崇尚节制，但也不是极简主义那种形式上的节制——在他看来，那还是太在形式上做文章了——而是他称之为禁欲主义的精神上的节制，就是“把和你的生活没关系、只是附庸在他人价值观上的欲望去除掉”，“把世俗中多余的热情、兴奋挤压出去”，“防止过于渲染，过于煽情，过于人文，过于膨胀”。如此得到的节制，给人的感觉是真实、干净、自信，既不哗众取宠，也不故弄玄虚，诚如他所说，是“最具力量的设计语式”。

又比如西方文化和中国传统。这个世纪难题笼罩在现代中国几乎一切文化领域，设计也不例外。常见的情形是在西化和复古之间挣扎和跳跃，或者是两者的机械拼凑。田军则以平常心待之，在他看来，中西之间不是一种文化压倒另一种文化、一种情怀改变另一种情怀的关系，二者没有前后高低之分，只需要创造机会让它们自然而然地相遇，在相互干预的基础上从容共生。在最后产生的作品中，二者的界限是模糊的，说不清什么是中国的，什么是西方的。对极了，只要是好作品，管它是中国的还是西方的。有了这种平常心，我们会发现，让人百般纠结的中西之辨原来是一个伪问题。

最后，我要从本书文字中挑出两个词来概括田军的美学。艺术品最佳的接受效果是什么？田军的回答是：惊异。他说：“好的空间真正触动我们的，是置身于其中的惊喜感、诧异感。”其实不只好的空间设计如此，一切好的艺术品都如此。这是发现了人性的新的可能性的感觉，这种可能性是前所未知的，所以我们诧异，这种可能性本来又是属于人性的，只是好像久违了，所以我们惊喜。当代艺术家最应该具备的品质是什么？田军的回答是：诚实。他一再表示：在这个消费主义时代，在华丽而虚妄的噪声中，艺术家一定要发出自己诚实的声音。

然而，诚实谈何容易，精神富有者才有诚实的本钱和勇气，所以田军如是说：每个空间都在等待惊喜，但最期待的等待是——诚实。而当我们遇见了这珍贵的诚实，我们也就感受到了最大的惊喜。

2013.5

童年记忆和时代变迁

——“那年那月小时候”系列作品总序

每个人都曾经是儿童，都有过用儿童的眼睛看世界的时候。儿童的眼睛好奇而纯净，能见成人所不能见，在平淡中见有趣，在平凡中见真理。长大以后，我们几乎不可避免地失去了这种眼光，但多少会记得当年用它看世界的印象，它们是我们心灵中永远的财富。

每个人心中都藏着珍贵的童年记忆。童年是人生的黎明，万物在晨曦里闪放着迷人的光辉。这光辉并未消散，在我们的记忆中，它永远笼罩着我们的童年岁月。所以，一个人无论到了什么年龄，回忆起童年岁月，心中都会有莫名的感动和惆怅。

每个人的童年记忆又是非常个体化的，并且必然会染上时代的色彩。在不同年代度过童年，童年生活及其留下的记忆会很不同。对于同一个年代，儿童和成人的视角也会很不同。映照在儿童的眼睛里，相关年代的社会场景和风俗会呈现丰富而有趣的细节,从而为历史记录提供了一个特殊的角度。

基于上述理由,我对这套书的创意颇为欣赏。主编挑选了九位作者,年龄依次从 20 世纪“10 后”到“90 后”,时间跨度近百年,请每人写一本童年回忆。作者都是在北京度过童年的平凡人,回忆的也是一些平凡事,文字皆朴实,求的只是一个真。把这九本回忆连贯地读下来,我们既可感受到不同年代儿童相同的童真和童趣,又能看到同一个北京从军阀混战、民国、新中国成立初直到“文化大革命”和改革开放近百年变迁的轨迹。打通个体童年史和区域社会史,用童年记忆呈现时代变迁,我认为这个尝试是这套书最有价值的地方。

2012.7

从根源入手匡正世风

曹国炳先生是一个忙人，身负重任，日理万机，但又似乎是一个闲人，微博和微信几乎天天更新，频频发表人生之感悟和时事之评论。仿佛如此仍不足以抒发心中之块垒，他便秉笔著书，于是前有三字经体的《炳悟人生》，今有这本散文体的《拾贝人生》。

我尝自问：曹先生所写之文字，与他的本职毫无关系，他何以对写作情有独钟？以他的职务和年龄，当然不可以一个业余文学爱好者视之。我的答案是，他有一种使命感。根据我的接触，我看到他身上有两个特质。一是勤于思考人生问题，有自己明确的人生观。二是心忧天下，有强烈的社会责任感。这两个特质结合起来，使他发现，要匡正当今社会的世风道德，唯有从根源入手，便是启迪人生的智慧，明白做人的道理。我相信，他著书的初衷即在于此。

我本人也认为，讲道德不能局限于道德，道德只是一个人的整体人生观在人际关系上的体现。在很大程度上，贪婪、暴戾、仇恨都是糊涂，佛家称为“无明”。一个想明白了人生道理的人，在道德上一定能够自律。倘若社会上多数人都看重自己人生的品质，内心有明确的准则，而不是盲目地受环境支配，社会风气一定会好。曹先生是一个对人生道理做了系统思考的人，我希望他的这本书能够推动读者也从自己的角度做这样的思考。

在本书中，曹先生从立身、处世、进德、修业、持家、为学、审美、怡情八个方面，选取一百个关键词，徐徐讲述人生的道理。乍看这八个题目挺传统的，但是，看一下相应的关键词，你就会发现颇有新意。比如说，立身以尊严为首，处世须有情商和慧眼，进德是灵魂的事情，修业重创意和实绩，持家第一要务是家教（家教则须考虑影响儿女生命全程的要素），为学的基础是母语，审美要懂得错落和残缺之美，怡情的境界为从容、淡定、逍遥。一百个关键词带出一百篇散文，文中列举了大量古今中外名人的逸事嘉言，也有许多当今社会现实中的事例和自己的亲身遭遇，洋洋洒洒，借事说理，读来毫不枯燥。曹先生是下了功夫的，愿功夫不负有心人，读者们会喜欢。

2014.9

中国当代农村现实的一个缩影

三年前的一个秋日，田江水叩开了我的门，他那时还在当镇长，一落座就滔滔不绝说他当镇长的所见所思所为，我听得入迷。在中国社会转型时期，农村的矛盾错综复杂，而镇长正是一个矛盾聚焦的岗位，当镇长何其难也。可是，眼前的这个中年汉子，却似乎游刃有余，既能深入其中，东奔西突，短兵相接，又能出乎其外，做一个观众和认知者，看舞台上的活剧。我相信，这两种身份的并存互补，正得益于他的写作爱好。

江水喜欢写作，平时就有写日志的习惯，他曾经把若干篇发给我看，写工作中遭遇的事件、难题和思考，文字也讲究，是很认真写的。这些日志成了他文学创作的素材库。现在，他的第一部小说《爆春》出版了，由八个短中篇组成，多半贯穿着一位镇长的视角，将之联结成了一个整体。作者当了八年镇长，小说的题材正是这个时段里农村最尖锐的矛盾焦点，包括征地和拆迁、城中村改造、村委会直选，以及由此引起的上访和截访。这些都是他天天面对的现实，而他是有文学才华的，善于捕捉和构思富有戏剧性的情节，把故事叙述得跌宕起伏，很能抓住人心。难怪已经有制片人和他商谈，要把小说搬上银幕。

在中国农村，当镇长是最难的，难就难在夹在官和民的中间，真正处在矛盾的焦点上。在农村基层目前的县、镇（乡）、村三级治理结构中，村委会由村民直选，村长可以不听镇长的，但镇长由县（市）政府任命，必须听县（市）的。因此，当县（市）的指示与农民的利益发生冲突时，镇长就难免两头不讨好，两头受气。一方面，上级决策的推行及其后果，其责任直接压在了第一线的镇长身上。毋庸讳言，近些年来，相当一部分决策侵犯了农民的正当利益，镇一级无法从根源上解决问题，但从那根源发生的无数具体纠纷，镇长必须去阻挡、补救、解决，怎能不疲于奔命呢？另一方面，镇长直接面对村委会和村民，必须应对农民的两面性，农民的利益诉求不管合理不合理，都要给出一个答复。在农民眼中，镇长是上级政府最看得见摸得着的代表，一旦诉求受挫，镇长就成了第一罪人。于是，一个忠于职守而又有良心的镇长，内心往往不断经受着官场压力与乡亲感情的纠结。在基本体制没有改变的情形下，诸多矛盾的解决方式也许就只能是折中、妥协、和稀泥了。

在这部小说中，我们可以读到对上述情形的生动描述。然而，作为一个农民出身的镇长，作者对农民怀有深厚的感情，他熟知农民落后的一面，但更能切身地体谅现行体制下农民的无力、无助和无奈，因而立志通过文学创作来为农民代言。书中多篇小说是围绕拆迁和城中村改造所导致的各种冲突展开的，而在故事的叙述中，作者明确地警示，问题的症结在于城乡二元体制中农民的不平等地位，而且这种不平等事实上在扩大，政府往往只在经济补偿的多少上做文章，不尊重农民的心理感受和精神诉求，农民失去了赖以生存的家园，可怕的恶果将是精神的颓废和心灵的荒芜。他沉痛地指出，农民生活在社会的最底层，什么时候他们的目光里没有了可怜的乞求，面庞上不再是冷漠和麻木，“三农”问题才是真正得到了解决。

这部小说为读者展示了中国当代农村现实的一个缩影。这是从一个镇长的视角所看到的现实，而这恰恰是一个最能反映农村复杂现实的视角，其价值不容置疑。江水是一个有心人，他当了这么久的镇长，真是文学的幸运。我可断言，在全国的镇干部中，没有几人能给这个阶段的中国农村留下一份如此真实的记录。我期待随着改革的深化，中国农民将获得真正平等的地位，这个阶段会成为历史。唯其如此，这一份真实的记录就更加宝贵了。

2013.12

可爱的尽孝方式

《老妈》主角是一个普通的农村妇女，在她86岁之年，她的也已年届57岁的儿子，即本书的作者周光荣，在全家发起了一个“特别行动”——为“老妈”立传。为此祖孙三代人忙得不亦乐乎，采访、记录、拍照，各人写回忆文章，陪老人家到早年生活的久别的村庄寻找童年和青春的记忆，最后成就的便是这一本特别的传记。

在读这本书的时候，我心中充满感动。这真是一份非常别致的爱的献礼。我们都会说孝敬父母，父母年迈之时，我们也都会意识到时日不多，于是产生尽孝的迫切心情。可是，一般来说，人们所做的大抵是殷勤探望、伺候起居之类，这诚然也是在尽孝，但其中更多的成分是在尽责任，把老人仅仅看成了一个需要安慰和照顾的对象。很显然，在作者看来，这远远不够。他如此表述促使他写这本书的那种内心情感：“在年轻时，母亲就是我们子女眼中挡风挡雨的一堵墙，现在年纪大了，老了，母亲就成了我们子女心中的一个‘宝’。写母亲，是为我们周家留一份‘财富’，这财富，应该比一幢楼、几亩田、几万元钱更有价值呢！”在他眼里，“老妈”的“老”，不只意味着“弱”，因而需要照顾，更意味着丰富的人生阅历，因而是一个“宝”，需要开发和留住她心中的“财富”。这就超越了传统的“孝”的境界，不是单纯出于生养之恩而感报，而是用一种人性的眼光看“老妈”，把她作为一个独特的生命个体予以尊重。这种立足于尊重的爱，才是暖入人性根底的大爱。

在这个浮躁的时代，人们都生活得很匆忙，人和人之间鲜有心灵的沟通，彼此越来越成为仅仅脸熟的陌生人。这种情况其实也发生在家庭之中，夫妇之间、亲子之间的知心谈话能有几多？即如面对年迈的父母，有几多人会想到去抢救他们的记忆，去倾听他们的人生心得？往往是直到老人逝世，子女对父母的了解仍然是并且将永远是零散而模糊的。所以，我完全能够想象，在这本书的创作过程中，当子女们围着“老妈”问长问短、刨根问底的时候，她一定感到自己是世上最幸福的“老妈”。当然，作为一个普通的农村妇女，她的经历的确很平凡，和别的年龄相仿的农村妇女有诸多相似之处，但是，亲历的变故、艰辛、苦难和幸福又唯一地是属于她的，而在所有这些经历中呈现的坚忍、善良、达观的品质确实是她赐予子女的宝贵财富。

周光荣是一个真性情之人，淡泊名利，珍惜情感，他用这么可爱的方式来尽孝，我觉得真是再自然不过了。

2012.12

从女性视角探究情爱

汪洋的《洋嫁》是一本好看的小说。她很会编故事，情节跌宕起伏，常常出人意料却又合乎情理，人物形象和性格皆栩栩如生，鲜明而有特点。她也很会讲故事，叙述从容紧凑，语言流畅活泼，常常还透出一股快人快语的泼辣劲儿。

顾名思义，小说讲的是“洋嫁”的故事，具体地说，是三个在洛杉矶的中国女人试图靠婚姻获取美国绿卡但终于都陷入悲惨境地的故事。围绕着这三个女人和她们周围男人们的遭遇，作者生动地描绘了美国华人世界一个小角落里的生存状态和众生相。

由我的观点看，以获取绿卡为婚姻的目的本身就是一种扭曲，成功了不值得夸耀，失败了似乎也不值得同情。不过，面对这些沦落天涯的、处境艰难的女人，你就不忍做这种居高临下的评判了。尤其是本书的主角谢桥，一个依然对人生怀着纯正梦想的大龄女文青，在寻求“洋嫁”的过程中，她的终极目的不是绿卡，而仍是爱情，为此不要瓦全，宁愿玉碎，其遭遇真正令人扼腕叹息。我相信，正是在她身上，作者寄托了自己对情爱的感受和思考。这方面的内容超出了“洋嫁”的表层主题，深入到了普遍人性的层面，是从女性视角对性、爱情、婚姻之关系的探究。

其一是性与爱情的关系。小说中有相当篇幅的情色描写，称得上大胆，但作者的态度是诚实的，不矫情也不煽情。谢桥在美国经历了两个男人。第一个是秦淮，出国前通过婚介所结识，双双堕入爱河，到美国就是来投奔他的。可是，他其实是婚介所的托儿，专凭美貌引诱女人们上当。又可是，他真的爱上了谢桥。更可是，谢桥在满怀性爱期待之夜发现，他是一个性无能者。秦淮倾诉自己的爱，谢桥在心中狂喊：你拿什么爱我？作者显然认为，没有性，男女之爱就无以成立。第二个是律师萧雨山，为咨询居留事宜而相识，两人因相同的文青情结产生好感。然而，决定性的因素是性，是一段撼人心魄的情色之旅，是这个小淫魔兼大情圣如此彻底地打开了谢桥封闭多年的身体。她因此而明白：“许许多多的女人，在遇到自己的真命天子之前，都以为自己是性冷淡。”她因此而懂得：自己这个美丽的身体“不但可以看，更可以被人用也用别人”。她因此而得出结论：“男女间，爱与不爱，凡是能对人说出口的理由都不是理由。任何世人所能看到的恩爱与争吵也都是表象，只有关上门，俩人裸裎相对，你的身体才告诉你爱不爱。”是不是绝对了一点？但我欣赏作者的偏激，人们常常宣称或默认，女性在爱情中只看重爱不在乎性，对于这种把女性伪浪漫化、实质上是男性中心主义的论调，这是一剂痛快的解药。

其二是爱情与婚姻的关系。萧雨山有妻子，谢桥是一个小三儿。今天普遍的情形是，偷偷出轨，不影响家庭，作者尖锐地讽刺道：“对方不知情的出轨是一种仁慈，一种忠贞。”讽刺中似乎包含着真理，因为出轨者力图避免配偶痛苦，这是仁慈，力图避免婚姻破裂，这是忠贞。当然，常常也有瞒不下去的情形。萧雨山则是因为对谢桥动了真情，终于和妻子田小麦闹翻和离婚，并且和谢桥结婚了。过后不久，田小麦被发现怀孕，然后生下了一个可爱的女儿。在这以后，萧雨山为这个小生命柔肠寸断，心思放在了女儿身上，也因此和田小麦复苏旧情，周旋在两个女人之间。在小说中，田小麦的挟孩子而令孩子的父亲，萧雨山的左支右绌，谢桥的失落，皆写得很精彩，活脱是我们周围经常在上演的故事的缩影。如果说性是男女之爱的必备要素，那么，孩子是婚姻的必备要素。孩子幼小之时，其在婚姻中的力量甚至超过爱情。“田小麦失了婚姻，却仍是正宫娘娘，谢桥转正了，却仍是一个小三儿。”谢桥企图靠造子翻身，但造子不成，明智地退出争宠之战，不要婚姻也不要绿卡，打道回国了。

在读这本小说的时候，我觉得像在看一部上好的电视连续剧，吸引人一幕幕往下看。是的，它是很适合于改编成电视剧的，而值得庆贺的是，真的有影视公司把改编权买去了。我的期待是，改编成的电视剧不只是讲故事，而且也能传达出作者的思考。

2012.12

画坛上的一朵莲花

——《郑勤砚书画艺术》序

看郑勤砚的书画，你决不会想到它们是出自一个小女子之手。见到郑勤砚本人，你就更会为她和她的作品之间的反差之大感到惊讶了。她体质有些柔弱，面容姣好，话语天真，爱笑，像一个稚气未脱的女生。可是，正如韩启德先生所言，她的书画如此老到，具有金石味。你难以相信，凭她的年龄，她是如何炼成这番原本需要长久岁月打磨的传承古法的功夫的。诚然，她用笔刚劲中透着秀美，古奥中透着清新，你从中仍可约略感受到一个年轻女性的气息。然而，在当今这个浮躁的时代，一个年轻女性锲而不舍地在中国传统书画领域里寂寞探索，这岂不是更令人惊奇而且佩服了吗？

为了探寻这个传奇的源头，我们不妨回溯她的人生历程，其中有两点最值得注意。其一，她出生在一个热爱艺术的家庭里，自幼受到良好的艺术教育，一是音乐，学习钢琴、二胡、长笛、小提琴等乐器，且能歌善舞，二是书法，从六岁开始练习，持之以恒。音乐培育丰富细腻的情感，书法锤炼宁静淡定的心境，使她的艺术生涯有了一个纯正的精神起点。当然，书法童子功还为她日后在书画领域的发展打下了扎实的功底。

其二，她生于新疆，长在甘肃，在西部一直生活到硕士生毕业。这个经历对于郑勤砚是非常重要的，她自己对此也有清楚的认识。在她的记忆中，热情善良的维吾尔族人民，日复一日转动经轮的藏族老妈妈，茫茫无际的戈壁滩，大漠上的红柳、胡杨林和沙枣木，沐浴在晨曦和月色中的莫高窟，莫高窟里的佛像和壁画，永远是天下最美丽的风景。西部记忆奠定了她的人生和艺术的方向，如她所言，生命中难舍的是那份真、那纯净的日子，是那块土地上人们难得的单纯，而她的艺术信仰则是戈壁沙漠上的绿洲。

郑勤砚对敦煌情有独钟。她如此诗意地表达自己的感受："通往西域的路上，佛光普照。如果你曾在敦煌的三危山下感受旭日夕阳，暮鼓晨钟，你会感受到佛的心跳和呼吸。"读研究生期间，她多次去莫高窟临摹壁画，倾倒于其强大的艺术力量。她尤其酷爱敦煌写经，把隋唐人书的《妙法莲华经》摹写了无数次。她书写《心经》不下百遍，也经常书写《金刚经》的段落和章句，不但在宣纸上写，还在贝壳和叶脉上写。前不久，她用娟秀的小楷把《金刚经》五千言全文写成了长卷，当她向我徐徐展开这个长卷时，我仿佛真的感受到了佛平静有力的心跳和干净芬芳的呼吸。她在书写的同时更在感悟，从佛经中吸取人生智慧。我觉得她的感悟既质朴又独到，比如《金刚经》开头部分叙述了佛在舍卫国乞食、饭食、洗足、答须菩提问法的过程，她感叹道："这真是一本最平实的经典，佛像普通印度人一样，光脚走路，踩了泥巴还要洗脚。生活是那么严谨，那么平淡，而且那么有次序。在最平凡中，建立了一个非凡神圣的境界，平常就是道，真理是在最平凡之间。”

通过书写佛经，郑勤砚体会到佛告诉我们的是正确使用心的方法。我们看到，正是在这一点上，她的人生感悟和她的艺术追求统一了。在书画创作上，她看重的也是“师心”，强调心的修炼，然后在作品中让心性自然流露。因此，面对形式上求新的绘画界和艺术品市场，她十分淡定，坚定不移地走自己的路。她名勤砚，而她人如其名，勤奋地耕耘在笔砚旁。然而，她对自己的名字有一妙解：“我的砚是船，勤就是帆，笔是航线，还有一个心的罗盘。”的确，她名中没有心字，似乎表示心是看不见摸不着的，却是她的艺术的灵魂，使她的勤有了动力，她的砚有了方向。

最后，我还要说到她让我惊奇而且佩服的一点，就是她的专业是美术教育，而且对理论研究和教学实践都非常投入，书画创作仅是业余所为，作品量却如此之多，实在精力过人。许多大师曾谈及理论与创作之间几乎不可调和的冲突，我也深以为然，但她好像游刃有余，自言一方面通过理论思考拓宽了视域，促进了创作；另一方面呢，“一个好的艺术家不一定是好的艺术教育者，但好的艺术教育者首先应该是一个好的艺术家。”至少从她在两个领域都成绩斐然看，我相信她所言不虚。

郑勤砚爱画莲，赞美莲花淡定而高贵，朴素而优雅。在我眼中，她就是画坛上的这样一朵莲花。

2012.6

有哲学气质的魔幻艺术家

Yif 站在我面前，翩翩一少年，腼腆，安静，话语不多。在朋友们的要求下，他即兴变了几个近景魔术，皆不可思议，有人低声惊呼，有人倒吸凉气，有人陷入沉思，而他依然是腼腆，安静，话语不多。我和他的父母是好友，见证了他的幼年，后来他随父母迁居巴黎，见面就极少了。现在，看着这个气质不凡的青年魔术师，我不禁对他的成长经历充满好奇。我多么想知道，他是怎么走上这条超级小概率的专业道路的，又是如何达到现在这个近乎化境的神奇境界的。

想从他口中获知谜底几乎不可能，他最多给你三言两语，然后就仿佛回到他自己的特异世界里去了。未曾想到，这个内向的青年却自己拿起笔，写了《梦幻的星星》这本书，非常诚实地叙述了自己的从艺经历和心路历程。在这本书里，上述我最想知道的两个问题都有了答案。

Yif 的性格是内向的，对外部世界心存畏怯，身处异国环境的孤独感更加重了这个“弱点”。童年的他极其自卑，走进面包店买一个面包也会发抖，上课老师提问，全班只有他知道答案，他也不敢举手。然而，“弱点”的另一面却是优点，他因此而喜欢独处，耽于幻想，总是编故事自娱。事实上，这里面已经显露了他的天赋，不过他自己不知道。天赋的唤醒需要机遇，而对于具有某种天赋的人来说，相应的机遇迟早会到来的。七岁半的一天，他看见一个小摊贩变魔术，把一枚硬币变没了，顿时受到震撼。多么简单的戏法，可是耽于幻想的他别有感受，他发现幻想不只是幻想，一切皆是可能的。

从此以后，他对魔术产生了浓厚的兴趣，开始勤学苦练，效果甚佳，小小年纪就被众多年长的魔术师刮目相看。当然，最大的激励来自同龄的孩子们，他们羡慕他，对他的本领发出惊叹，他发现自己不用再当一只躲在角落的丑小鸭了。最初的动力似乎是虚荣心，为了证明自己和获得肯定。但是，Yif 说得好，自卑和自信是一对孪生兄弟，两者的合一成就了与众不同。我也认为，性格无好坏，“弱点”可以成为根据地，只要你把与这“弱点”紧密相连的优点发挥到极致，就能成就你的独特的优秀，从自卑中生长出牢不可破的自信。

兴趣是可靠的向导，天赋一旦被唤醒，便一发而不可收。Yif 极其执着，他研究理论，请教大师，练习技巧，精益求精，这些自不必说。我最欣赏的是他在艺术道路上的顿悟，从而实现了境界的飞跃。受电影《剪刀手爱德华》触动——如果不是这部电影，我相信他一定也会有别的机缘受触动——他开始思考一个问题：当你拥有别人所没有的能力时，你用它来做什么？把魔术当作武器，用它来炫耀自己，证明自己比别人厉害，这个境界太低了。他认识到了意义很重要，从人生角度来思考魔术应该达到什么境界了。

Yif 把美国魔术大师 Armando 视为“唯一的榜样”，说自己的方向因为他而明亮了，这个方向可以从他给这位大师所下的定义中看出——一个有哲学气质的魔幻艺术家。在 Yif 身上，我分明看到他在朝这个方向走。好的魔术不只是娱乐，而是艺术，而好的艺术一定是有哲学内涵的，因此能够感动人，在人性的深层次上引发战栗和共鸣。用他崇拜的另一位魔术大师 David Copperfield 的话说，人心中原本就有梦幻和惊奇的火种，它被社会经验埋藏在下面，魔术师的工作就是点燃这个火种，让它熊熊燃烧。

任何艺术都有技术的层面，但若停留在这个层面上，还不成其为艺术。魔术对技术的要求格外高，技术也可达到出神入化的地步，使你在观众眼中仿佛成了超人，观众彻底放弃了解开秘密的企图，相信你有魔法或特异功能。事实上，看 Yif 的表演，我就有这个感觉。但是，他认为这绝非魔术的最高境界，唯有通过魔术的形式创造美感，魔术才成其为艺术，其中最重要的是创造有意义的画面，这个画面能够唤醒回忆和憧憬，像一部好电影一样使观众感动。为了达到这个境界，Yif 可以说是做了呕心沥血的工作，包括自身的修养，也包括对观众心理的研究。通过后者，他摸索出了一个有效的方式，就是在观众中选定一个主角，把魔术的神奇效果聚焦在这个主角身上，自己做效果的旁观者。我亲历过他用这个方式表演魔术，真觉得好像在看一部精彩的电影，那个临时被选定的主角是演员，而他这个导演却仿佛只是一个放映员。

在阔别许多年后，Yif 作为一个魔术师站在我的面前，我的直觉告诉我，他是一个纯粹的艺术家。读了这本书，我的直觉得到了证实。

2013.11

性情中的“哲学大使”

——《从石库门走出的驻德大使》序

卢秋田先生从事外交工作半个世纪，先后出任驻卢森堡、罗马尼亚、德国大使，是中华人民共和国的一位资深外交官。可是，在我眼中，他首先是一个智者，一个性情中人。

我和卢大使相识于八年前，那时他已从驻德大使任上退下，在担任中国外交学会会长。第一次见面，是他主动约请我，只因为喜欢我的书。望着眼前这位外交界的大人物，听着他说每次出差都把我的书带在身边，我心中惊讶又感动。我心想：这么一个公务繁忙又见过许多大世面的人，怎么会有“闲心”来读我写的“闲书”呢？

接下来的交谈更使我惊讶了，但也似乎解答了我心中的疑问。他问我：“你的思想有时也很出格，是否遇到过麻烦？”我说：“基本上没有，因为我关注的是精神层面的问题。”他点头称是，总结道：“你的成功，一是因为这个原因；二是因为你没有野心，不想当官，与人没有利害冲突。”又说，“你的作品受欢迎，一是靠你的文字，用文学表达哲学；二是你谈的是人人都面临的问题。”他还问我，“你这样成功，在单位不被人嫉妒吗？”我笑答：“这是难免的，不过我不在乎。”从这简单的交谈中，我知道他有知人之明，对我的理解非同一般，对世态人情也有相当的洞察。

后来接触多了，他在我眼中的形象不再是一位官员，每次见面，真正是好朋友、老朋友相聚的感觉。他当然是一位出色的官员，一位出色的外交家，处理外交事务游刃有余，那么，我相信，在公共舞台上，他的个人魅力也发挥了重要作用。他有人情味，待人诚恳，喜交也善交朋友，这样的性情是一定给他的外交工作加分的，使他的朋友遍天下，其中既有普通人，也有政府首脑。他身上还有一种书卷气，一种儒雅的学者风度，我不只是指外表，更是指内在的气质。我喜欢听他谈话，他说话语速不快，真个是娓娓而谈。他的谈话，第一是理性的，思路十分清晰，有条不紊，善于归纳和总结。第二也是情感的，回忆十分生动，谈往事和见闻栩栩如生，善于抓住有趣的细节。由这些私下的谈话，我能想见他在外交场合的娴熟的谈判艺术，也能想见他在演讲时的风采。据说听他的演讲，全场时而肃静，时而爆笑，我对此丝毫不觉得意外。

卢大使自述，他在少年时就对宇宙和生命的奥秘充满好奇，喜读天文学、生物学、哲学、宗教书籍，渴望找到谜底。当外交官之后，他对哲学的兴趣并不消减，因此在外交界获得了一个“哲学大使”的美称。据我亲见，他的确是一个葆有童心、充满好奇心的人，每次相聚，我们的话题会不由自主地落在哲学上，谈一些宇宙和人生的大问题。有一次，谈及生死，我引了一句德国谚语：Das Leben ist ein Mal kein

Mal（人生只有一次等于一次也没有）。他熟知这句谚语，感慨不已。还有一次，谈及性爱，他引了一句德国谚语：Sex ohne Liebe ist normal, Liebe ohne Sex ist unnormal（无爱的性是常规，无性的爱是例外）。我初闻这句谚语，叹为精准。酒逢知己，微醉中谈玄论道，实在是人生一大快事。

用哲学的眼光看世事，一个人就能够保持平和的心态，卢大使就是这样。在本书“作别德国”一节中，记录了他卸任驻德大使时在使馆的一段讲话，讲得真好，我建议读者认真地读一读。讲话的中心意思就是保持平和的心态，为此“要看透，不要看破”，要看透的一是人在宇宙中的位置何其渺小；二是人在历史中的位置连一段插曲也谈不上；三是在人生中做官是一时，做人是一生。他讲的正是一种哲学的人生态度。

本书是一位资深外交官的传记，然而，我们读到的不只是一些外交事件和花絮的回顾，更是一个活生生的人丰富有趣的人生经历。这首先得益于传主自身就是这样一个活生生的人，充满生活的情趣，而且有极好的记忆力和口述能力。同时，请汪洋来写这本传记，也是找对了人，她把纪实性和文学性结合得很好，写出的是一部引人入胜的文学作品。

2014.6

情感世界的风雨

友人之子云松，见过不多几面，身材高大，一脸稚气，感觉是一个阳光的大男孩。忽一日，他说写了一些文字，想请我看一下。我看了颇意外，好些篇都是愁肠百结，忧思千重，和见人的感觉呈鲜明反差。不过，对于这样一颗敏感而且有些脆弱的年轻的心，我倒丝毫不感到陌生，因为我想起了我自己的少年时代。

我常用一句话自勉：把弱点当作根据地。所谓弱点，是用社会的眼光衡量的，许多这样的弱点，用文学的眼光衡量却是优点。敏感就是如此。不论哪一代的青少年里必有一些格外敏感的心灵，情感世界的一阵小风会使之战栗，一场小雨点会留下深深的印记。和同龄人相比，他们有许多隐秘的欢乐，同时有更多隐秘的痛苦。你说他们太经不住风雨？不是的，正因为存在这样的心灵，情感世界的风雨才有了价值，没有浪费在无声无息之中，而是催放出了诗的花朵。

云松是多情之人，对于亲情、友情、爱情皆有敏锐细致的体验。我觉得写得最好的是亲情，作为一个晚辈，写自己对姥爷、母亲、父亲的观察，写彼此间浓郁又微妙的感情，寓情于事，通过叙事传达心情，读来有血有肉，感人至深。他又是多思之人，对于所经历的情感事件，对于其中的细节和自己的心情，常常反复思考，沉浸在对它们的充满不同可能性的分析之中。这使他的写作很像是一种旁若无人的自言自语，自由挥洒，莫知所止。因此，就目前而言，我把他定义为一个主观的抒情诗人。

据我所知，相当一部分大文学家的成长是从主观开始的，以抒发“小我”的情感为主，心中积压万千情绪，一吐为快。随着阅历的增长，便逐渐向客观发展，把目光转向外界，注意观察人和物，描摹世间的百态，歌德称为漫游时代。再进一步，到了彻悟人生实质的年龄，又会回归主观，但这时候的“自我”已经不是经验的“小我”，而是与生命本体息息相通的“大我”，用尼采的话说，它是从存在的深渊里发出呼叫，象征性地表达了世界的心声。我不是要为云松的写作指一条路，真正说来，适合于各人的路是不同的，我相信他既已精神饱满地起程，一定会走出唯独属于他的一条路的。

以名喻人，云松是一棵松，但现在还是一棵风雨之中的小松，被情感世界的小风小雨捶打着。有一天，这棵松会长得高入云霄，领略天空之辽阔和大地之苍茫，长成一棵真正的云中之松。

2014.12

第八辑　自序辑录

朗读的魅力

——有声读本《周国平经典哲理美文》序

朗读曾经是书籍传播的重要方式之一。在印刷业落后的年代，书籍是珍稀之物，人们聚集起来听一人朗读，这种方式极大地扩展了有限资源的受益范围。今天，新型技术已经使得纸质图书和数字化读物呈泛滥之势，人们不再苦于无书可读，反而是苦于应接不暇，唯因如此，朗读又有了重新提倡的价值。

读书之读，原本就是读出声来的意思。一段文字，是心中默念，还是读出声来，效果大不一样。我自己就有这样的体会。我的一些读者因为喜欢我的书，自己举办朗读会，有的还录下音来，其中有一张碟送到了我手中。我听的时候十分惊讶，觉得那些文字好像不是我写的，声情并茂的朗读使它们有了一种全新的含义。

当然，看文字图书总归是阅读的主要方式。不过，有声读物确有不同于文字的魅力。好的声音能够产生一种氛围，直接调动人的情感，使人立刻进入到所传达的文字之境中。当我们通过好的声音谛听好的文字之时，我们会觉得自己仿佛刹那间远离了尘嚣，心中宁静而喜悦。

现在，广东大音音像出版社出版了我的第一套有声读本，共四辑，每辑的篇目是我自己选定的。感谢专家的好声音为我的作品增色，同时我也要请读者原谅，在出版社的鼓励下，我在每一辑中用不好的声音各朗读了一篇，但愿瑕不掩瑜。我希望，这套有声读本也会给读者带来对我的作品的新的感受。

2012.9

高贵是精神血脉的传承

——《周国平论教育：传承高贵》序

华东师范大学出版社于2009年7月出版《周国平论教育》一书，迄今已五年。现在该书再版，出版方嘱我把其后关于教育的文字也整理出来，另出一册，两册书的副题分别为《守护人性》和《传承高贵》。守护人性，传承高贵——这两个短句概括了我对教育之使命的认识。在前一册的序里，我已对“守护人性”做了阐释，这里着重阐释“传承高贵”的含义。

关于教育的使命，可以有种种不同的表述。但是，在我看来，无论怎么表述，出发点都应该是对人类生活和个人生活目标的定位。在谈教育之前，我们首先要确定，对于人类和个人来说，怎样的生活状态是值得追求的。做这个判断当然不是根据某种抽象的理想，因为我们已经拥有几千年的人类文明史，而对某个值得追求的目标的不懈追求是这部文明史中的事实。人类历史上曾经产生过一些伟大人物,不论他们属于哪个民族,共同的目标是人性的进步,使人性中的高贵成分得到发展,使人类臻于美好和完善。借用《圣经》中的比喻,上帝是按照自己的形象造人的,那么,在自己身上守护上帝的形象,让人的精神性得到印证,便是人的职责。这就是高贵,而高贵是一种精神血脉的传承,教育的使命——使命中的本质部分——即在其中。

天生万物,唯独人有能思考真理的头脑,能感受美和崇高的心灵,能追求至善和永恒的灵魂,因为这些精神性的品质,人才成为万物之灵。为了生存和发展,人需要改变外部世界,从事物质生产,因此积累了实用性的知识。在教育中,知识的学习是一个必要部分。然而,如果脱离人类精神性品质的传承,只是传授实用性知识,这样的教育就是把人引向与万物之灵相反的方向,使之成为万物中平庸的一员,至多是生存技能高超的一个动物罢了,因而不配称作教育,只配称作谋生训练。真正的教育理应使人在知识面前保持头脑的自由,在功利世界面前保持心灵的丰富,在物质力量面前保持灵魂的高贵。

这就对学校和教师提出了很高的要求。我们总是在考核学生,英国哲学家怀特海说得好:首先应该考核的不是学生,而是学校。要在学生心中传承高贵,必须让他们经常目睹高贵,因此一所学校必须拥有相当数量的教师,他们身上真正体现了高贵。他们的作用,一是作为高贵的榜样,对学生发生潜移默化的熏陶;二是在教学中善于把知识的传授和文化的传播结合起来。教师自己应该是一个有文化底蕴的人,不论他教什么课,都能把文化底蕴带入所传授的知识中。事实上,一个没有文化底蕴的教师,他讲课一定是单调刻板的,在知识的传授上也是效果甚差。在这方面,学生是最公正的裁判,他们本能地喜爱有激情和想象力的老师,讨厌照本宣科的教书匠。你自己充满对精神事物的热情，才能在学生身上点燃同样的热情。

有两个传承高贵的圣殿，一是优秀教师的课堂，二是摆满大师作品的图书馆。那些伟大的书籍记录了人类精神追求的传统，通过阅读它们，你就进入了这个传统。所以，一所好的学校，第一要有一批好的教师，第二要给学生留出自由时间，鼓励和引导高质量的课外阅读。其实这两点是互相联系的，一批好教师往往能带出良好的阅读风气，而唯应试是务的学校就必然剥夺学生的自由时间。对于学生来说，后一种情况是灾难，这种灾难在今天已呈普遍之势。倘若有聪明的学生来问我怎么办，我只能说，没有人能够真正阻止你去读那些伟大的书籍，而你一旦从中领悟了高贵的魅力和价值，就会明白一切代价都是值得付出的。

2014.6

我就是这么一个认真的人

——《幸福的哲学》等二书序

近一二十年来，做讲座似乎成了我的工作中重要的一部分，这是我未尝想到的。客观的原因是社会上讲坛文化的兴起，学校、机关、企业、图书馆、市民讲堂、公共论坛纷纷来约请，我自知不是讲演之材，谢绝了大多数，但累计下来数量也相当可观了。回过头看，通过做这项我不擅长的工作，我也收获良多。比如说，因为约请方的要求，我讲得多的题目是人文精神、人生哲学、幸福问题等，这就促使我在这些题目上做比较系统的思考，而在重复讲同一题目的过程中，根据听众的互动，我自己会做进一步的思考，不断调整内容使之臻于完善。过去我在这些题目上的思考是散见在单篇文章里的，现在把相关讲稿整理出来一看，竟有点儿像是小型的专著了。这使我发现，做讲座与写作未必全是冲突，像大学教授们那样在讲课的基础上写专著，其实不失为一个好方法。

不过，整理讲稿真是一件麻烦事。和大学里的讲课毕竟不同，做讲座每次面对的是不同的听众，不但同一题目所讲的内容会有变化，而且不同题目所讲的内容也会有交叉，因此，在材料的取舍上，怎样做到既保持各篇的连贯性，又尽量减少互相的重复，就不免大伤脑筋了。2013 年年底，回顾一年的成绩，我惊讶地发现，基本上只是完成了这个讲演录。朋友问我：为何不把整理工作交给助手做，何必花费你的宝贵时间亲自操劳？我无话可说。没有办法，我就是这么一个认真的人。这件我自己做起来也相当艰难的工作，我怎么放心交给别人做呢。令我欣慰的是，通读整理好的稿子，我相信我的宝贵时间没有白费。

讲演录按照时间顺序分为两集。第一集收录 1996 年至 2006 年上半年的讲演，取名《人文精神的哲学思考》。第二集收录 2006 年下半年至 2012 年的讲演，取名《幸福的哲学》。这两个书名，只是反映了两个时期讲演的不同重点。事实上，两集中的话题也是有交叉的，但重点话题的不同却是清晰可辨的。

2014.5

记忆永远是改写

——《侯家路》序

在我现在的记忆中，有一个朴素的小本子占据着牢不可破的位置。那是当年小学生用的小32开的练习本，我把它从中间截为两半，做成了两个小本子，把其中的一本随身携带。我相信当时我五岁，刚上小学，会写字了，便经常在这小本子上记一些孩子气的事情。比如说，父亲带我去亲戚或朋友家做客，主人会拿出糖果、点心给我吃，这对于当时的我是难得的快乐，我心想：今天吃了，过几天忘了，不就白吃了吗？于是就在小本子上记下日期和所吃的食品，因此感到一种满足，似乎把得到的快乐留下了。我把记忆中的这个举动确定为我自发地写日记的开端。

这个写着稚拙字迹和可笑内容的小本子早已不知去向了。它真的存在过吗？我真的是从五岁开始写日记的吗？我无法向自己证明。

然而，我毫不怀疑并且不需要证明的是，我确信我很早就有了一种意识，便是人生中的一切经历都会流逝，我为此惋惜甚至惊慌，一定要用某种方式把它们留住。正是为了留住岁月的痕迹，人类有了文字，个人有了写作。

我自觉地写日记是从高中一年级开始的。那年我十四岁，考入上海中学，第一次离开父母，成为一个寄宿生，又正值青春期来势凶猛，身心涌动着秘密的欢乐和苦闷，孤独而内向的我只好向日记诉说。我写得非常认真，几乎天天写，每天写好几页。我清晰地记得高中第一个日记本的样子，小32开的异形本，装订线在上方，本子很厚，纸很薄，每一页写满了密密麻麻的小字。我的这个记忆确凿无疑，因为是我亲手把它毁掉的，毁掉之后无数次地思念它，一个人对于亲手毁掉的珍贵之物的记忆决不会失误。

1968 年 3 月，我上北京大学的第五个年头，“文化大革命”中两派斗争趋于激化，武斗有一触即发之势，我所住的宿舍楼即将被对立派占领。最令我担心的是床底下的那一个纸箱，里面满装着从中学到大学的全部日记和文稿。当时学校里查抄“反动日记”成风，如果我的文字落入对立派之手，从中必能找出罗织罪名的材料。时间紧迫，来不及细想也来不及挑选了，我狠心做了一件日后使我永远悔恨的事情。

讲述这个经历是为了说明，当我回忆童年和少年往事之时，我的手头没有任何可资借鉴的当年的文字材料。不幸中之小幸，在离开北大到广西一个小县工作之后，寂寞的岁月里，我曾凭记忆写过一篇简略的回忆，为二十年后的写作提供了追忆的线索。可是，即使在写那篇东西时，许多细节已经遗忘，许多思绪已经湮灭，情随景迁，一切触景生情的感触都找不回来了。我设想，如果早年的文字还在，我写出的就不是回忆而是另一种东西了。它也许是成年的我对在早年文字中呈现的儿时的我的一种审视和关照，彼此的一种问候和对话。我多么渴望通过当年的文字真切地看见那个活生生的儿时的我，而不只是在依稀的记忆中追寻他的影子啊。现在我的唯一依据是记忆，而记忆永远是改写，不可避免地会经受现在的我的心灵棱镜的过滤和折射。那么，倘若人们从中认出了现在的我的表象乃至本质，应该是毫不奇怪的了。

我于 2004 年出版《岁月与性情——我的心灵自传》一书，其中第一部《儿时记忆》是对童年和少年的回忆。现在这本小书，是由这部分内容扩充而成的。我的童年是在上海老城区的一条小路上度过的，那么就用这条小路的名字做书名吧。

2014.8

马克思的思想依然是一个宝库

——《人性的哲学探讨》首次出版序

本书是我的硕士论文，完成于1981年，距今已33年了，现在是初次出版。虽有种种缺憾，我决定不做修改，保持其原貌。

我于1978年考入中国社会科学院研究生院，是“文化大革命”后第一届硕士研究生，专业方向为苏联当代哲学。在学习期间，我经常浏览苏联科学院哲学研究所的机关刊物《哲学问题》，也读了一些苏联出版的哲学书籍，注意到在当时的苏联哲学界，研究人、人性、人道主义问题是一个热门，而这又是世界范围内哲学关心人的问题的大趋势的折射。不过，我很不喜欢苏联哲学家们依然太浓重的意识形态色彩，以及那种充满废话的冗长文风。因此，第三学年写硕士论文时，我决定不受专业方向的限制，基本上撇开苏联哲学，直接研究人性问题。我以前上大学时就对人性问题有浓厚的兴趣，趁写硕士论文的机会做一番系统的探讨，也算是了却一个夙愿。

现在重读这篇论文，我不免感到惭愧。主要缺点有三。其一，资料准备不足。全书相当单一地以马克思著作为思想资源，在这方面下了一点功夫，而对于整个西方哲学史上的人性理论，当时的我仅是一知半解。尤其是西方当代的学说和观点，我基本上是从苏联学者的批判和别的第二手资料中得到一星半点的了解。其二，立论中的独断论倾向。这尤其表现在对除马克思之外的西方哲学家的评论上，即使有所肯定，也都要加上批判的尾巴。其三，文风干涩。有太多的引经据典，太多的逻辑推理，因此在现在的我看来，仍是有太多的废话。

也许可以把这些缺点看作那个时代刻下的痕迹。改革开放之初，由于长期的文化禁锢，一方面，西方古典哲学著作的译本还相当少，更不用说现当代的了。一个显著的例子是，我当时对尼采的了解仅限于读到某些书本中摘译或引用的片段。另一方面，在国内理论界——当时就是这么称呼的，这是一个恰当的名称，那时候的确没有严格意义上的学术界——对马克思主义的教条式理解占据着主流地位。我虽然有意要从这种理解中突围，为此不得不大量引证原著来为我的观点辩护，但实际上也就受着当时那种话语模式的支配，即设定一个绝对真理，把它当作不容置疑的终审法官。

20 世纪 80 年代初，国内理论界围绕人在马克思主义哲学中的地位问题展开了激烈的论战。结合硕士论文的课题，我也发表了几篇谈马克思的人性理论的文章，因此被列为一派的代表人物之一。那场论战实质上是在争论思考人的问题的合法性，一派以马克思的名义宣布其不合法，另一派也以马克思的名义申辩其合法。其实，我本人对那种引经据典的论战方式和寻章摘句的写作风格很不满意。引证马克思是为了打开一个禁区，可是，世上本无禁区，庸人自设之。按我的性情,我是宁愿去尝神设的禁果,而不是去闯人设的禁区的。因此,不久以后,当我“结识”了尼采之时,我真正感觉到了一种解放的欢快。我对自己说:我和他们争论思考人的问题是不是合法,这多么可笑,我直接去思考就是了。宝库就在这里,何必和他们在门外瞎折腾,我径直走进去就是了。一旦回到事物本身,意识形态的壁垒就不复存在了。

毫无疑问,如果我现在来写这个题目,面貌一定很不同,至少我会比较公正和完整地利用整个西方哲学史上的思想资源。但是,我相信本书仍有其价值。为了写这篇论文,我毕竟比较系统地研读了马克思著作中关于人性的论述。我至今认为,马克思不愧是一个属于西方优秀精神传统的伟大思想家,他的思想依然是一个宝库。

在中国当时的理论界,只要谈到人性,人们就必定搬出马克思关于人的本质是“一切社会关系的总和”的论断,据此把人性归结为社会性,又搬出毛泽东关于阶级社会里一切思想“无不打上阶级的烙印”的论断,据此进而把社会性归结为阶级性。一种普遍的论调是说,在阶级社会里,阶级性是唯一具体的人性,除去阶级性就只剩下了抽象的人性,甚至只剩下了动物性。当真有人质问:如果抽掉了性爱、母爱的阶级属性,人与动物在这些事情上还有什么本质区别?这等于是说,在做爱或哺乳时,人与动物的本质区别便是怀着阶级感情做这些事的。如此可笑的论点,却是出自当时的理论权威之笔下。针对这种误解或曲解,我在本书中着重阐述了以下三个论点:

第一,人性的完整性。人性是在人的活动中形成的人所特有且共有的生物属性、心智属性和社会属性的综合体。其中,心智属性包括理性与非理性,非理性即个体的情绪和情感体验也是人性的重要组成部分。在人的发展的各个阶段上,人的自然本性人性化的程度,人的社会本质深刻化的程度,人的心智生活丰富化的程度,三者是互相制约而一致的。个人同样如此,一个人某一方面需要的满足程度和能力的发展程度,受制于并且体现了他的整个个性的发展程度。个性是人性理论中的一个重要概念,所表达的是具体个人占有完整人性的程度及其方式的独特性。

第二,人的社会性的丰富内涵。从横向看,同时代的社会关系不但有阶级,而且有民族、国家、职业、家庭等,它们都有阶级所不能取代的特殊内涵,在人身上形成相应的社会规定性。此外,还有小环境水平上的个人交往,如自己所敬佩的师长、知心的朋友或爱侣等,这种交往对于一个人的成长往往会发生重要的,有时甚至是关键性的影响。从纵向看,还存在着历史继承的社会关系,即个人同历史上流传下来的文化的接触和对它们的接受。在分析知识分子的社会属性时,尤应考虑这一点。同时,在研究社会关系和人的社会本质的发展过程时,不但要看到社会制度和阶级类型的更替,更要看到社会关系的发达化和人的社会本质的深刻化这一更重要的方面。人们仿佛故意忘记马克思一再强调的资本主义在这方面所造成的巨大历史进步,即乡界、省界、国界均被打破,个人越来越成为世界公民,或者用马克思自己的话来说,"狭隘地域性的个人为世界历史性的、真正普遍的个人所代替"。

第三,自由活动是人的本质。人的活动区别于动物的生命活动的本质特征是自由,即以活动本身也就是能力的运用和发展本身为目的和最高享受。在此意义上,可以把自由活动规定为人的真正本质,它是人的价值和使命之所在,也是人类社会发展的目标。最大限度地保证一切个人自由发展其能力的社会,才是合乎人的本性的社会。然而,在迄今为止的历史中,对于人类大多数成员来说,活动始终被贬低为维持人的肉体存在的单纯手段了,这就是异化。其原因主要是生产力低下，物质生产不可避免地占用了人类绝大部分时间。但是，在马克思看来，资本主义的生产力已足以使这种情况不再必要，唯一的障碍是资本主义的生产关系，他因此才得出了所有制革命的结论。按照他的设想，在生产力高度发展而又消灭了私有制的共产主义，人的自由发展就能取代物质生产成为历史的主要内容了。由此可见，在以自由为最高价值这一点上，马克思完全是忠实于西方精神传统的，他与自由主义思想家的分歧更多地是在实现这一价值理想的途径上。

上述三个论点，我现在仍是认同的，而细心的读者一定会在我后来的思想与这些论点之间觉察到一种内在的联系。

2014.2

热闹网络上的安静角落

——《愿你的生命从容》序

这本书的编选者不是我，在很大程度上也不是出版社的编辑。是谁编选了这本书？本书编辑姜应满在《编后记》中如是说——

> "作为读者与编辑的双重身份，我有个心愿，我想与万千读者互动，我想看看历经岁月流变、时代变迁，一代代读者喜欢的周国平又有多少重叠。我开始各种搜索，查看读者评论、读后感、分享数与推荐数，从而甄选出了58篇周国平文章，收录豆瓣、人人、百度、新浪、网易、腾讯等亿万网友感动和推荐最多的篇目。该书选篇非作者自选，也非编辑个人选择，而是众读者的选择。"

非常有意思。我知道我的文章常被网友转发和评论，但我自己没有时间去查看，而现在通过小姜的辛勤工作，我仿佛看到了类似海选投票的结果。我嫌我的作品选本已经太多，对于出版新的选本总是十分犹豫，可是这个选本很特别，我决定开绿灯。好比烹饪，点菜率高反映了某种普遍的口味，把这些品种集中起来，专开一间餐厅，对于人们未尝不是提供了方便。

网络是一个热闹的地方，这个热闹的地方也有一些安静的角落，我的作品也许就是在这些安静的角落里流传。这是一个快节奏的时代，人们仿佛被裹挟着匆忙前行。大家喜欢匆忙吗？不会的，好像是身不由己吧。但是，身不由己——这本身就是问题，人怎么可以放弃对自己身体的主权，任其完全被外界的因素支配呢？我相信，那些喜欢我的作品的读者和我有同感，他们宁愿和人世间的各种竞争保持距离，让自己的生命从容。

让你的生命从容——我认为，这个标题准确地概括了本书所选文章的主旨。你真正爱你的生命，就要照看好它，让它有一个好的状态。一个人太看重外在的功利，就会顾不上照看自己的生命，对它的状态忽略乃至麻木。生命不应该是用来获取别的东西的手段，它本身就是目的，你所做的一切，其价值归根结底要根据对你的生命状态的作用之好坏来评判。也许有人会问，从容是唯一的好状态吗？不错，你还可以让你的生命精彩，去创造辉煌，扬名天下。精彩当然也很好，但是，据我所见，真正活得精彩的人一定不是急于求成之辈，其共同点是对自己的兴趣和能力有足够的认知，知道自己的路在哪里，因而能够从容地走在这条路上，也从容地享受途中的收获。所以，从容是基本的好，有了它未必精彩，没有它肯定不精彩。

人年轻时不容易从容，因为什么都想要，却又不知道真正想要的是什么，于是内心焦躁，行动忙乱。从躁乱到从容有一个过程，在其中起作用的诚然有阅历的增长，但仅此还不够。有的人阅历倒是增长了，经历了一些挫折，明白不可能什么都要，却仍不知道自己该要和能要的是什么，结果不是变得从容，而是变得沮丧和消极。真正重要的是，第一知道你应该要什么，人生中什么是重要的、值得争取的，第二知道你能够要什么，做什么事最适合于你的性情和禀赋。前者是正确的价值观，后者是准确的自我认识，在我看来，二者是让你的生命从容的关键。那么，在本书出版之际，我就把这作为对青年朋友的希望，与你们共勉吧。

2014.12

我的日常写作

——为再版散文和随感系列写的“作者的话”

我的写作分两种情况。一种可称为专项写作，即围绕某个主题，写一个比较大的作品。这样的作品并不多，主要是学术著作和纪实文学两类。另一种可称为日常写作，亦包括两类。

一类是散文。或有感而发，或应约而作，写一些篇幅长短不一的文章，随时发表在报刊上，现在也发表在网络上。每隔若干年，文章积累到了一定数量，我就把它们结集出版。迄今为止共有 5 个散文集，即《守望的距离》（1996）、《各自的朝圣路》（1999）、《安静》（2002）、《善良·丰富·高贵》（2007）、《生命的品质》（2010；增补本，2012）。

另一类是随感。突发的感触，飘忽的思绪，随手记在纸片上，后来则是记在电脑的一个专门文档上。这样的东西以前是不发表的，现在会在微博上选登一些。也是积累到一定数量，我就加工整理，把它们结集出版。迄今为止共有 4 个随感集，即《人与永恒》(1988)、《风中的纸屑》(2006)、《碎句与短章》(2006；后更名《内在的从容》，2009)、《把心安顿好》(2011)。

其实，我最早出版的散文集是《只有一个人生》(1992)，迄今已 23 年，其内容后来收在了《守望的距离》里。《人与永恒》的确是我出版的第一个随感集，迄今已 27 年。出最早的集子时，我何尝想到，它们会有后续，各带出了一个小小的系列。是的，小小的系列，20 多年的日常写作，成绩不过如此，实在是应该惭愧的。

然而，更想不到的是，我的这些很平常的作品会受到读者如此热情的欢迎，20 多年里不断地再版。其中，《守望的距离》和《各自的朝圣路》出了 8 版，《人与永恒》出了 10 版，当年的读者已经和我一同步入壮年乃至老年，而今天的年轻一代依然喜欢它们。对于一个作家来说，没有比这更令人欣慰的事了。当然，我清楚并不是我的作品有多么好，我能找到的唯一原因是，我所思考的人生问题和精神生活问题其实是每个人都面临的问题，时代变了，这些问题仍然存在，在某种意义上甚至显得更为迫切了。

在图书市场上，我的作品有多种不同的选编本。但是，按照时间顺序结集的完整版本只有这个 5 册一套的散文系列和 4 册一套的随感系列，有了这两套书，我的日常写作的作品就一网打尽了。这或许是它们第 n 次再版的一个理由吧。

2014.12

第九辑　访谈辑录

应试体制下好教师的责任

——答《教师博览》

问:每个教师都渴望成为好老师。您心目中的好老师是怎样的?您记忆中教过您的好老师能否列举一二?

答:我心目中的好老师,最主要的是两点。一是他本身热爱智力生活,热爱知识,有学习、思考、钻研的习惯,亦即具备良好的智力品质。二是爱学生,拥有广博的"父母本能",真正把学生当作目的,能把学生的进步感受为自己的重大人生成就并为之欣喜。这样的老师,因为第一点,学生敬佩他,因为第二点,学生喜欢他。老师好不好,学生最清楚,一个受学生敬佩和喜欢的老师就是一个好老师。

我读中学时,老师大多比较敬业,有才有德的不少,此刻在我的记忆中闪亮的形象不止一二人。那时学校环境比较宽松,不像现在用应试标准一刀切,有思想、有个性的老师往往遭到逆淘汰。

问：您曾经说过，现行教育体制不尽如人意，但即使在这样的体制之下，一个教师同样可以有所作为。能否请您具体谈谈，该怎样作为？

答：应试体制的硬指标具有迫使教师和学生就范的巨大威力，但是，任何体制都不可能把个人的相对自由完全扼杀掉。同样的体制下，是积极贯彻并以此为己牟利，还是认清并力争减轻其弊端，不同的态度会导致不同的结果。我认为，一个好教师的责任和本事在于，一方面帮助学生用最少的时间、最有效的方法对付应试，另一方面最大限度地拓展素质教育的空间。当然，这是一个很高的要求，这样做的教师在现行体制中很可能会吃力不讨好。没有办法，许多时候我们只能凭良心做事，不计个人得失。要有一个信念：良心的评判高于体制的评判。

问：在中国人目前的精神生活中，教育本应该发挥出扭转世道人心的力量，社会各界均寄予厚望。您如何看待教育特别是中小学教育在一个人生命成长方面的功用？

答：在一个人的精神生长中，中小学无疑是关键阶段。早期的生长总是更重要、影响更深远的。此时心灵如遭扭曲，以后矫正起来就很困难。这些都是常识，可惜现在人们为了逐利已经顾不上常识了。

问：现在中小学教育界大力提倡专业发展。如果一个老师在专业发展上做不到优秀，那么他是否还可以成为一个优秀老师？教师专业发展和师德师风的培养会有矛盾吗？如果有，该如何协调？

答：中小学教育是基础教育，不是专业教育。因此，提倡教师的专业发展，不应该是要求教师对于所任课程的知识达到专家水平，而只应该是在基本原理方面的通晓和熟练。基础教育是一种通识教育，中小学教师应该是通识之才，有广泛的知识兴趣，如此才能够把所任课程的教学做得生动活泼，使学生也产生兴趣并易于领会和接受。我认为脱离通识能力强调专业发展是片面的，不符合中小学教育的规律。

问：作为家长，如果您的孩子在个人兴趣特长与学校应试升学体制产生严重冲突，您会怎么做，才能兼顾到孩子个人的生命感受和升学发展？

答：尽量兼顾，真正发生了严重冲突，我宁可让升学前途向孩子的兴趣和快乐让步。

问：有一位中学生委托我向您提问："'80后'作家韩寒以思想独特、语言犀利著称，但我最喜欢他是因为他说青少年最好不要学他，也不要被他影响，要有自己的思想，而日本作家村上春树却说小说家的任务就是给读者传递精神力。请问周老师，您以一位作家的身份来说说，一位作家应不应该用自身的价值观来影响读者？"

答：两位作家的说法其实不矛盾。我理解韩寒的意思是，不要把他当作偶像，学他的外在路程和个别言论。一个好的作家并不把影响读者当作自己的目标，他通过作品探究人生，思考社会，贯穿于其中的精神力、价值观自会对读者产生影响。

问：另有一位学生问您："读了您的《读〈圣经〉札记》感触很深。《圣经》和哲学教材同样深刻，却更有趣，经过您的解读也变得更易懂了。但是，关于'有人打了你的左脸，你应该把右脸也送上去'的说法，我仍然很不认同。有一句名言是'如果你不弯腰，别人也不能爬上你的背’。虽然以暴易暴不被提倡，但对抗暴力至少也应该像甘地那样采取非暴力抵抗的方式啊。请问周老师，您是如何评判非暴力抗恶的？”

答：我对耶稣这句话的解读只是一个角度，取其不在得失的层面上计较的含义，其实也是非暴力抗恶的一种方式。“把右脸也送上去”的姿态可以是谄媚的，可以是屈辱的，也可以是高贵的，后者是对“有人打了你的左脸”的彻底解构。

问：我们很喜欢看您的书，感觉您很懂生活。在《宝贝，宝贝》中，您的女儿很可爱，您也很爱您的女儿。您不厌其烦地记录女儿的成长故事，同时在其中探讨人生，真的很令人感动。我们有点困惑的是，在这个糟粕与精华共存、前卫与传统交锋的时代，一个人在心灵的朝圣路上，如何一直保持自己的纯真美好？如何知道自己所坚持的是对的？这是一个理想主义远去的时代吗？如何让自己善良、丰富、高贵？

答：一个人拥有自己的明确的、坚定的价值观，这是一个基本要求。当然，这需要阅历和思考，并且始终是一个动态的过程。价值观完全不是抽象的东西，当你从自己所追求和珍惜的价值中获得巨大的幸福感之时，你就知道你是对的，因而不会觉得坚持是难事。理想主义永远不会远去，它在每一个珍视精神价值的人的心中，这是它在任何时代存在的唯一方式。

问：众所周知，您是著名的哲学家。在教育教学生活中，哲学可以发挥什么样的作用？中小学教师应该阅读哪些哲学书籍？

答：哲学是人生的总体性思考，关于它与教育的关系，我曾如此写道:“人生问题和教育问题是相通的,做人和教人在根本上是一致的,人生中最值得追求的东西,也就是教育上最应该让学生得到的东西。我的这个信念,构成了我思考教育问题的基本立足点。”历史上最伟大的教育思想家都是哲学家,如洛克、卢梭、康德、杜威、怀特海。首先读一读这些哲学家的教育论著吧。

问:我们还知道,您是一位具有强烈自由精神的公共知识分子。您认为,一个优秀教师和一个公共知识分子的关系可以转换吗?怎样转换?

答:不要在乎身份。一个优秀教师,当他按照正确的理念从事教育实践,用行动与错误的教育体制相抗争之时,他已经是一个对重大社会问题表明其鲜明态度的公共知识分子了,根本无须转换。

2011.2

做一个有精神目标的人

——答浦发银行刊物《卓信》

问：您是否听说过“男不可不读王小波，女不可不读周国平”这句话？这句话从一个侧面反映了女性对您的推崇（您说到了她们的心坎里），也在一定程度上会让人以为，您的读者以女性为主。您对这个说法是什么看法？

答：老有人对我提到这句话，当然知道啊。我的确有许多热心的女读者，对此我只感到愉快，丝毫不觉得难为情。我揣测，女性之所以喜欢我的书，原因可能有二。第一，我比较能够欣赏女性并体会她们的心理，谁不喜欢听中肯的恭维呀。第二，女性离功利战场比男性远，心比较静，又看重情感生活，容易与我的价值取向产生共鸣。不过，我的读者未必是以女性为主，我也有许多男性读者，并且和其中一些人成了朋友。

问：您身上有很多标签，哲学家和作家这两个身份，您更喜欢哪一个，更愿意把哪一个当作主业？或者说，它们是如何有机地融合到一起的？

答：我完全不在乎标签和身份，随人们怎么称呼，我无所谓。我一向认为，在精神领域是不存在严格分工的，文史哲本是一家。就我自己而言，我自小喜欢想哲学问题，也喜欢看文学书籍，因此，在后来的写作中，用文学的方式写哲学的内容，就成了一件自然的事，我觉得这样做最舒服，和我的性情最吻合。

问：您是一个非常多产的作家，请问您是如何做到几十年如一日地笔耕不辍？能简单给我们描述一下您写作的状态吗？（需要怎么样的环境，每天能写多少，会有灵感枯竭的时候吗，那时怎么办等等。）

答：我不算多产，你们看到我出了许多书，其实大多是旧作的重版或选编，新作品不多，严格意义上的新书，一年有一本就不错了。我基本上天天都在工作，包括阅读和写作，因为我喜欢，乐在其中，不让我工作我反而会非常难受。不过，我写东西比较慢，平均一天也就写几百字。当然也有写得快的时候，情绪饱满，思路顺，一天两三千字。灵感枯竭怎么办？很简单，不要硬写嘛，硬写出来的东西一定糟糕。我会停下笔来读书，在读书的过程中，我自己的思绪、灵感、积累会被唤醒，就又有了写作的冲动和题材。

问：是什么让您能够将生与死、灵与形、爱与孤独、执着与超脱、苦难与幸福等问题思考得如此深刻？这需要忍受常人无法忍受的某些精神上的压力吗？换言之，您为之付出了哪些代价？

答: 其实, 对于我来说, 你提到的这些人生大问题完全不是抽象的, 它们都是我的生活中和灵魂中的问题。因此, 我不是刻意去想这些问题, 而是无法回避, 必须开导自己, 为自己解除困惑。我不认为我的思考有多么深刻, 事实上, 许多困惑仍在, 我做到的只是比较真实罢了。既然是我自己的问题, 我就不能骗自己, 给自己一个虚假的解决。我不觉得这个过程给了我多大的精神压力, 或让我付出了什么代价, 问题已经在那里, 你不去想, 它们成为隐痛, 更受折磨, 不如坦然面对它们。

问:有人说,您的文章更多地关注自身修炼而非家国大事,就停留在“修身、齐家、治国、平天下”的“修身”境界。您对这个说法怎么看?诚然,这个社会存在这样那样的不如意,假如您是手握手术刀的医生,您会从哪个方面开始治疗?

答: 儒家把修身看作齐家、治国、平天下的前提和基础, 是有道理的, 不过这个修身不能局限于道德修养, 应该深入到灵魂的层面, 关注人生觉悟和精神素质的提升。现在的问题是, 关注这个层面的人不是多了, 而是少了。今天的中国知识分子太热衷于在治国、平天下方面一展抱负, 恰恰不重视灵魂层面上的修身, 在这一点上还不如古人。一个内心没有精神目标的人, 他对社会问题的关注, 在内涵上会是肤浅的, 在动机上可能是功利的。其实我也并非不关心社会问题, 你们看一看我近些年的文章和讲演, 对此多有涉及。我一直强调的观点是, 在转型时期的中国, 我们最缺少、最需要的东西, 一是信仰, 二是法治, 没有精神文化转型和社会秩序转型的配套, 经济转型决不可能孤立地成功。

问：刚刚得知您有博客的那一瞬间有点惊讶，一直觉得您是喜欢将自己藏在幕后的（不知道这个判断是否失准）。为什么会想起开博客？想通过博客和博友们交流些什么？现在保留着怎样的一种更新频率？

答：我的博客是新浪主动给我开的，至今已有五年多，最近新浪和腾讯又给我开了微博。我和大多数开博客和微博的人不同，并没有频繁地把自己的日常生活和瞬时感受曝光。我绝不会这样做，这倒不是因为我喜欢将自己藏在幕后，主要的原因是，我觉得随时向人报告自己的鸡毛蒜皮的事情和想法是特别无聊的，而对于一个写作者来说，沉默中的酝酿十分重要，在公众面前频频亮相几乎是一种自残。在多数情况下，我只是从我已写的文字中挑选一些贴在博客和微博上，大致一周更新一次。我认为效果是好的，一是扩展了我的读者面，许多人是通过这个渠道读到我的文字的；二是能够很快得到读者的反馈，这对我的思考和写作是良好的激励。

问：您说过，“要读那些永恒的书”，什么叫永恒的书？现在社会节奏很快，人们留给书籍的时间越来越少。一些赫赫有名的世界名著，竟然很多都被束之高阁，甚至有些孩子连中国四大名著是什么都不知道了。作为一个哲学家，您对这种现象怎么看？作为一个作家，您是否担心自己著作的明天？

答：我说的永恒的书，是指古今中外的经典名著。经典之为经典，就在于其中凝聚了对人类基本境况的观察和思考，因而具有永恒的价值。现在社会上急功近利的风气和网络媒介的强势对于阅读经典的确造成了巨大的冲击，我认为是很可悲的。不过，事实上，经典作品仍在源源不断地出版，证明它们仍拥有基本的读者群，火种仍在传承，绝不会熄灭。至于我自己的作品，我不关心它们明天会怎样，今天拥有众多读者就可以了。我从来不认为我的作品有传世的价值，因此也绝不追求这个目标。我一再说，我的作用仅在于把读者引到经典作品面前，我不会无知和自信到认为我的作品能成为经典。我二十多年前的作品现在仍有许多人喜欢读，这个情况已经大大超过我的期望了，为此我既感到满意，又感到惭愧。

问：您最近都在看什么书？我注意到您博客上最新的更新是关于读《务虚笔记》的。如果要您给现代人开一个书单，您一般会推荐他们看哪些书？

答：我读书分两种情况，一是根据我的研究和写作计划比较系统地读，二是随便翻翻。博客上那篇读《务虚笔记》的文章是旧文，因为史铁生去世，所以重新发表。顺便说说，在我看来，中国当代作家中如果有人可称伟大，唯史铁生一人而已。我从来不给人开书单，因为我认为，读书是个人的精神生活，适合于每个人的书必是不同的，必须自己去寻找。我的建议只有一条，就是多读经典作品。

问：哲学总给人虚幻、遥不可及的感觉，但您的哲学很生活，通俗易懂，仿佛都是身边小事，很容易让人感同身受。您是怎么做到这一点的？

答：认为哲学虚幻、遥不可及，这本身是一种误解。许多大哲学家的书写得也相当通俗易懂，而且生动活泼。我写作时有一个基本态度，就是尽量写自己真正感受到和想明白的东西。除去那些非常专业的著作，有些人的文章之所以晦涩难懂，一个重要的原因是他们在写自己没有感受到和想明白的东西。

问：现在看哲学书的人比以前明显少了，人们都一股脑儿涌向那些容易就业、收入不菲的专业、行业，对于哲学的这种“没落”，希望听听您的见解。

答：我的文章曾经多次谈到这个话题。在今日社会急功近利的总体氛围中，一般考生把就业前景树为选择专业的首要标准，因此，毫不奇怪，不但文史哲一类人文学科，而且数理化一类自然科学基础学科，都在不同程度上成了冷门，而财经、法律、计算机等实用性强的学科则成了显学。不过，我一向认为，一个国家不需要有许多以哲学为专业的人，就像不需要有许多数学家、理论物理学家一样。更确切地说，不是不需要，而是不可能，作为一门学科的哲学具有高度的抽象性和思辨性，对之真正有兴趣和能力的人是决不会多的。但是，这决不等于说一个国家不需要哲学。作为对世界和人类根本问题的思考，哲学代表了一个民族在精神上所站的高度，决定了它能否作为一个优秀民族在世界上发挥作用。真正令人忧虑的是我们民族今天所表现出来的严重世俗化倾向，对于物质财富的热衷和对于精神价值的轻蔑。如果青少年中智商较高的人都一窝蜂地奔实用性专业而去了，我们就很难再指望哲学人文科学会出现繁荣的局面。其实，即如经济、法律等似乎偏于实用的学科，从业者若没有哲学的功底，也是决不会有大出息的。不过，如果广义地看哲学，哲学在商业社会的处境是矛盾的，一方面，追逐实利的普遍倾向必然使它受到冷落；另一方面，追逐实利的结果是精神空虚，凡是感受到这种空虚并且渴望改变的人就可能愈加倾心于哲学。所以，我曾经说过：哲学既是这个时代的弃妇，又是许多人的梦中情人。

问：应该有不止一个人说过您看上去比您的实际年龄年轻吧，大家都很好奇，也很想知道，您是怎么做到这一点的？有什么养生秘诀？希望您与我们分享一下关于年龄、成长和衰老这个话题。

答：曾经有人问我的养生之道，我说是抽烟、喝酒、熬夜。这当然是半开玩笑，虽然我说的是事实。我始终认为，人的身体是受心灵支配的，心态好是最好的养生。怎么做到心态好？我的体会是，一定要有自己喜欢做的事，快乐的工作是养生的良药。当然，也不妨有一些健体的运动，但心态要放松。我敢肯定，一个人太在乎自己的身体，这个身体一定会出毛病。在今天的中国，打着养生旗号的骗术最容易成功，往往骗倒一大片。在图书畅销榜上，也是养生书独占鳌头，经久不衰。我推测许多人的心态可能是，没别的事可关心了，或者关心了也没用，就关心自己的身体吧。可是，把注意力都集中在养生上，养生几乎成了人生的全部目的和意义，这么紧张兮兮的一种心态，真的能把生养好吗？

问：现代社会十分看重财富、名利等物质的东西，而且往往以这些来衡量一个人的价值。也不是不知道这是不对的，但社会就有一种力量推着你不得不遵从这样的价值观。这种悖论，要怎么逃离？

答：不得不遵从？为什么？关键是你是否确立了自己清晰而坚定的价值观，如果确立了，你就不会被社会潮流推着走。在我看来，人在世上活的就是一个价值观，不同的价值观造就了不同的人生。因此，在价值观的问题上，一个人必须认真思考，自己做主。当然，现在许多年轻人都面临着巨大的生存压力，我不主张清高，生存问题不解决，是清高不下去的。但是，内心要清醒，要有自己的精神目标，有没有是大不一样的。有精神目标的人，他在解决生存问题时即能保持一种内心力量，不致被贫困压倒，也不致被诱惑败坏，而当他解决了基本生存问题之后，就能及时地走上自己的人生追求之路，不再是为谋生而工作，而是真正拥有自己的事业。

问：我们都在追寻着幸福，在您看来，什么是幸福呢（大众版）？您个人的幸福又是什么？

答：好，说一说我的大众版的幸福观。在我看来，一个人若能做自己喜欢做的事，并且靠这养活自己，同时能和自己喜欢的人在一起，并且使他（她）们也感到快乐，即可称幸福。用这个标准衡量，我可以算是幸福的。现在我的生活基本上由两件事情组成，一是读书和写作，我从中获得灵魂的享受；二是亲情和友情，我从中获得生命的享受。人最宝贵的两样东西，生命和灵魂，在这两件事情中得到了妥善的安放和真实的满足，夫复何求，所以我过着很安静的生活。

问：《钢铁是怎样炼成的》里那段名言大家都很熟悉，我借它来问您一个问题，您觉得人的一生应当怎么度过，才不枉来这世界走一遭呢？

答：如果在一生中已经尽我之能品尝了人生的美好，也承受了人生的苦难，就可以说不枉来这世界走一遭了。然而，正因为如此，只走一遭未免太少了。一个好的人生留给人的既是最大的满足，又是最大的依恋。

问："痴情"这个词语向来是在爱情中出现，但当我们听到您被冠以"最痴情的父亲"时，几乎没有人会觉得这个词用错了。讲讲您对两个女儿的爱吧，为她们写书是您向她们表达爱的一种方式吗？爱的喜悦和悲伤都需要与人分享吗？妞妞和啾啾在您的生命中占据着怎么样的一个位置？

答：至高无上的位置。其实，这是人之常情，我相信每个有爱心的父亲和母亲都有同感。我写书，不是为了向孩子表达爱，因为我的表达在和孩子共同生活时早已天天在进行，也不是为了与人分享这爱，因为从根本上说是无法分享的。最主要的动机是，把我人生中最珍贵的经历记录下来，不让它们被岁月湮没。

问：能否向我们透露一下，目前正在准备什么书吗？（如果有的话，为什么想写这个？）

答：我有许多写作计划，但往往只能完成很少一部分，致使大多数计划不断地往后推延。所以，我不好意思透露了，完成了一个说一个吧。

2011.2

功利化教育与其中的学生

——答北师大《京师学人》杂志

问：近日一名高二学生在国旗下演讲时把老师“审核”后的讲稿偷换成了自己撰写的“檄文”，炮轰教育制度，称学生是人而不是考试的机器。你如何看这名学生的举动？

答：我很赞赏这位学生的勇气。事实上，现在的教育制度把学生不当人而当成考试的机器，这几乎是所有学生的同感，他只是把这个同感说了出来而已。但他说的方式令人敬佩，换了别人也会发牢骚，可是在正式场合往往会说一些言不由衷的套话，而他偏偏选择了一个似乎庄严的场合说真话，把似乎庄严变成了真正庄严。

问：身在中国，高考在所难免，您会让您的女儿走这条路吗？您是如何帮助您的女儿应对考试制度的，在其中怎样平衡应试教育和素质教育呢？您和您的女儿有代沟吗？您认为家庭教育和学校教育如何实现良性互动？

答：现行高考制度的主要弊端有二，一是一锤定终身，二是偏重课本知识而非独立思考。因此，解决的办法，一是减轻这一锤的威力，把平时的综合成绩也列为录取的重要依据；二是在考题类型上和面试时侧重考查独立思考的能力。但是，高考改革困难重重，进展缓慢。我的女儿是否走这条路，到时候由她自己决定吧。不管她以后怎样决定，现在我都鼓励她把精力更多地用在提高素质上，对考试持平常心。考试本身已是压力，家长不应该再加压，至少要在心理上给孩子减压。每次考试前，我都会对她说：考咋样就咋样，考砸了也没关系。我觉得我们之间没有代沟，很平等，彼此能畅所欲言。家庭教育是一种潜移默化的熏陶，这一点是学校教育难以做到的。当然，关键是家长的素质，做父母意味着上帝向你提出了更高的要求，你必须提高自己的素质。好的家庭教育对于学校教育的作用有二，一是给素质教育加分，二是给应试教育减负。

问：高校招生中出现了不少学校间恶意抢生源的现象，特别是名校抢高考状元的竞争异常激烈，有人说这是学校的“面子工程”，也有人认为这给了中小学教育“以考为本”的不良示范，您怎么看这一现象？生源对于一个学校是至关重要的吗？

答：在我看来，名校抢高考状元是对自己的羞辱，因为这说明它们已经意识到了自己尽失昔日光彩，只能靠这种低级炒作来给自己贴金了。好生源当然重要，可以使大学教育有一个扎实的基础和较高的起点，但是，现在的所谓好生源是用应试成绩来衡量的，未必真好，很可能淘汰掉了一些真正有培养前途而未必擅长或愿意花力气应试的人才。衡量大学教育的水平，标准不是招进了什么样的人，而是培养出了什么样的人。我很担心，在大学尤其是名牌大学急功近利的现状下，好生源也会被教坏了。

问：教育部表示就业率连续两年低于60%的专业应减招直至停招，怎么看高校成为职业培训所的趋势？在就业率与专业命运挂钩的形势下，冷门专业的学生应如何应对？

答：这当然是极其近视的政策。最基础的学科都是非实用的，但在人类知识的发展中起着决定作用，如果把学科的命运交给市场支配，这类专业都只能关闭。冷门专业的学生应如何应对？我觉得没什么好办法，就看你对这个专业有没有真兴趣了，有就坚守，没有就改行吧。

问：目前考研、做科研都越来越功利，甚至“保研路”成为一个尴尬而“深陷”黑幕的名词，这样的社会氛围之中，我们如何保护“学术”的“贞操”？

答：学者、教授的堕落是最触目惊心的，也是最卑鄙的，应该用法律狠狠地整治黑幕后的那些家伙。作为学生，应该自重，如果别无选择，就宁可不读研。你想一想，跟一个卑鄙的人又能学到什么。人生有两种选择，一是做人的选择，二是做事的选择，两者发生冲突时，做事服从做人。当做事是做学问时，就更应该如此，因为做学问最要紧的是做人。人的最大自由就体现在做人上，哪怕普天下男盗女娼，你仍可以做良男贞女。

问：而今学术论文的数量成为大学老师评职称的硬性指标，一讲师坦言：“如果一个老师的论文不能达到一定的数量，犹如一个人什么都好就是没有钱一样，无法生存。”怎么看待这种现象？学术的评价标准能够“量化”吗？

答：学术评价标准不能量化是一个常识，量化是教育和学术机构行政化的必然结果,因为行政当局不能评价学术,量化是唯一的也是最方便的办法。所以,关键在于去行政化,回归教育和学术机构的学术性质。

问:如今许多高校都一致追求"高、大、全"的一流名校定位,在建筑规模上扩大校区,在院系上极力扩展,甚至高校间的兼并,您认为这样有利于高校发展吗?

答:一个大学有真正懂教育的一流校长,能够感召和团结一定数量有真才实学的一流教师,从而培养出相当数量青出于蓝而胜于蓝的一流学生,这才配称为一流名校。如今竞相通过圈地、盖楼和扩展院系来创一流名校,这只能说是中国教育的丑闻和笑柄,这足以说明现在许多校长不但不是一流的,而且根本不入流。

最后,我要向你们这些提问的小记者表示敬意。你们都是低年级本科生,但所提的问题很有水平,问题本身已表明了你们对现行教育体制的清醒认识。我祝愿你们在上学期间坚持独立思考,不被环境同化,做自己命运的主人,而你们的坚持本身就会成为改善整体环境的一种力量。

2012.7

哲学和艺术在精神世界相遇

——答《南都周刊》

问：最早怎么接触到周氏兄弟的作品和他们本人？他们给你的初始印象怎么样？如何评价他们本人？

答：我是一年多以前通过朋友偶然认识周氏兄弟的，此前并不知道他们和他们的作品。印象很好，是单纯朴实的人。也喜欢他们的作品，也有单纯朴实的特点，很大器。真正的艺术家是孩子，玩得开心，所以玩出了名堂。

问：对他们作品的理解是否经历了一个过程？

答：仍在过程中，也许永远如此。好的抽象绘画经得起反复看，让你不断有新的感受和发现。

问：怎么看待周氏兄弟在西方以及在市场上的成功？

答：首先，他们有足够好的天赋和训练，是优秀的艺术家，这是一个前提。我一直认为成功应该是优秀的副产品，他们的事例符合我的价值观。其次，他们的作品把个性与人类性统一得很好，用独特的形式表达了人类某些共同的体验。在很大程度上，这得益于他们早期学习原始岩画所下的功夫，其影响贯穿了他们后来的全部作品。中国当代艺术家往往靠两个符号博取国际艺术界的眼球，一是中国传统文化的符号，二是中国当代政治的符号，他们的作品中没有这两个符号，我对此甚为欣赏。最后，当然，他们的成功也是因为他们运气太好。

问：作为一个哲学家，参与到和自己领域完全不同的跨界对话中，初衷是什么？就你的个人理解，哲学家和艺术家在哪些方面是相通的？

答：我参与这些跨界对话纯属偶然，没有什么初衷，无非是互相认识了，印象不错，彼此就萌生了对话的愿望。我同意尼采的见解，在终极的层面上，哲学家和艺术家是相通的，都是要对世界和人生做出一种解释，当然方式不同。相对而言，艺术家比较感性，哲学家比较理性。但是，只是相对而言，那种认为哲学家仅仅依靠理性思维的看法十分无知，如果一个哲学家自己没有丰富深刻的感性体验，他对艺术作品不可能产生任何理解，而且我断定他在哲学上也不会有多大作为。当然，艺术家的感性也并不限于外部的感官印象，他必须有深刻的内在精神生活，这个精神生活是一种综合的存在，其中包括他自己未必自觉的理性思考。无论是哲学著作，还是艺术作品，其核心都是某种精神内涵，哲学家和艺术家在那里相遇。

问：在此之前，你也曾和崔健以及摄影家王小慧做过对话，能讲讲你在这些艺术家身上的发现吗？

答：有两本书在，请自己去看。共同特点是：一、对自己的领域既充满热情，又极为认真，对细节精益求精；二、兴趣不限于自己的领域，精神能量越界发射，而这本身丰富了想象力，自己的领域也因此受益。

问：作为一个哲学家，你的日常生活是如何和艺术发生关系的，艺术在你的日常生活中扮演了什么角色？

答：我这个人很笨，没有任何艺术特长。不过，如果广义地看艺术，看作一种敏锐活泼的感受能力，或者一种重内心体验、轻外在功利的生活态度，艺术就是我的工作和生活中的守护神之一。

问：能否回忆一下，在你的精神结构形成过程中，哪些艺术家和作品起到了关键作用？

答：恐怕没有。起这个作用的主要是哲学家和文学家及其作品，比如古希腊哲学家、歌德、尼采、蒙田、托尔斯泰等。我主要是在文字的王国里形成自己的精神结构的，这是我的优势，也是我的局限。

问：就你个人的理解，对于哲学和艺术来说，当下的时代是一个好的时代还是坏的时代？

答：好的哲学和艺术是超越时代的，它们不理睬时代的好坏。无论在好的时代还是坏的时代，都产生过好的哲学和艺术，也都产生过坏的哲学和艺术。凡是埋怨时代不好所以做不出好作品的人，都是坏的哲学家和艺术家，他们即使在好的时代也做不出好作品。

问：如何看待哲学、艺术与时代和政治的关系？

上面已经回答了。哲学和艺术并非不关心时代与政治，但立足点是精神价值，在某种意义上，时代与政治只是他们从事精神性工作的素材之一。当然也可以直接表达对时代与政治的认识，但我认为这属于比较低的层面，如果只做这样的事，就有理由怀疑此人作为哲学家和艺术家的能力。

问：在教育孩子时，你会选择以什么样的方式让他们和哲学、艺术亲密接触？

答：顺其自然，不要刻意。尽我所能为他们提供尝试的机会，看他们是否真有兴趣，如果没有，绝不勉强。

2013.11

翻译著作的价值

——2013 年傅雷翻译出版奖访谈

问：您喜爱阅读译著类作品吗？为什么？

答：喜欢，在我的全部阅读中占 80% 以上，其中主要是西方人文、社科、文学名著，因为其内容印证并拓展了我自己对人性的体验和对世情的观察，我觉得容易读，读起来很享受。

问：比较不公平的是译者通常被人遗忘。请问您对此有何思考？

答：好像未必。人们不会忘记傅雷、朱生豪、叶君健，我相信马振骋也会被人们记住。关键是译著要好，好的译者迟早会走进人心的。

问：您曾经翻译过艰深的哲学著作，尤其是尼采的作品。在您看来，是否有难度太大、无法翻译的作品？

答: 理论上不存在无法翻译的作品。难度大原因有二: 一是文字古奥或艰涩, 这是技术问题; 二是内容深奥或晦涩, 这是理解问题, 碰对了人应该都可解决。我翻译尼采基本上没有遇到这两个情况, 或者斗胆开个玩笑, 是碰对了人。

问: 在您看来, 为什么阅读译著类的作品具有重要性?

答: 前提是原著的重要性, 人类文化宝库的绝大部分不是用汉文书写的, 只读汉文原著无疑是坐井观天。如果我是通晓一切语言的天才, 我才不读译著呢。

问: 您最喜爱哪一位法国作家?

答: 蒙田。可是我必须说还有圣 - 埃克苏佩里。我喜欢诚实, 不管它化装成一个狡黠的乡绅, 还是一个忧郁的圣徒。

问: 您最喜爱法国历史的哪一部分?

答: 18 世纪, 因为有伏尔泰和卢梭, 也因为当时法国舞台上演出了世界历史最惊心动魄的剧目, 留下了无数最感人或最吓人的故事。

问: 您对中国未来怀有的期待是什么?

答: 成为一个现代文明国家。

问: 您的枕边书是哪一部?

答: 没有固定的枕边书, 经常换。

2013.11

德鲁克经典五问：我的回答

——应《费加罗杂志》之约

1. 我是谁？

千古疑案，至今迷惘。

什么是我的优势？

就是知道自己没有优势。

我的价值观是？

做自己喜欢的事，和自己喜欢的人在一起。

2. 我在哪里工作？

天地之间，独处之时。

属于谁？

上帝、女人和孩子。

是决策者、参与者还是执行者？

都不是。来这个世界走一趟，算是一个感受者、思考者、记录者吧。

3. 我应该做什么？

我没有使命感，会问自己想做什么、能做什么，而非应该做什么。

会对社会有什么贡献？

让听到我的声音的人安静下来。

4. 在人际关系上承担什么责任？

尊重他人，亲疏随缘。

5. 后半生的目标和计划是什么？

弄清我是谁。

2013.5

语文教学的功能

——答《北京晚报》

问：数日前您和诸多学者在"中国教育三十人论坛"首届年会上，就当前语文教学问题发声。您说现在的语文教学与人文教育差距太远，那么二者最本质的差距在哪里呢？

答：语文教学的主要功能是良好的母语训练，引导学生通过阅读最好的母语作品，对母语产生热爱之情和敬畏之心，同时学会正确地读、想、写。语言是民族的基本特征和主要文化纽带，在某种意义上，爱母语是最根本的爱国，一个受过良好母语训练的人，无论走到世界的什么地方，他在文化上是有根的，他都会有作为中国人的民族意识和自豪感。在教材的选择上，标准有二，一是语言艺术，二是人文内涵，因此，好的语文教学有两个效果，一是母语训练，二是人文教育，鉴于后者，我说语文教学是人文教育的重要途径之一。我认为现在的语文教学在这两方面都有很大的欠缺。

问:您称自己的文章经常被用作语文测试的卷子,但对于诸如分析文章的主题思想、段落大意、解析某句话背后的意思,您自己都无法作答,说这种考试方式极为可笑,极为荒唐。可是拿分析段落大意来说,其实不就是在考查一个人的概括能力吗,这种考查真的全无意义吗?您不认同分析、解析式地学习语文,本质上是不赞成语文学习的哪种方式呢?

答:我反对这种教学和测试方式的主要理由有二。一、着重点错了。主题思想、段落大意的概括把文本简化为一些观念,最重要的东西——语言艺术和人文内涵——遭到了严重的忽视。二、好的文本并无一个固定的意义,或者说,它的意义是开放的,可以做不同的解释。阅读是一个积极的对话过程,用现代解释学的话来说,是文本的视野与接受者的视野的融合。在这个过程中,接受者的相关经验得到调动,对文本会有自己独特的理解。现在这种方式把阅读过程中这个最生动美好的因素扼杀了。

问:那么在现行的语文教育环节里,据您观察是尚有可取之处呢,还是几乎一无是处呢?

答:我没有做调查,只是从所接触的教师和学生那里得到一些印象,所以不能下整体性的论断。

问:我们听到一些声音,说今后学理工科,语文好不好似乎没什么关系,您怎么看这种观点?

答:正确地读、想、写是基本的文化素养,理工科学生也必须具备,因为第一,理工科在专业范围内同样存在正确地思考和表达的问题;第二,你终归是一个人,在社会上生活,要和人打交道,因此也必须有这个素养。

问:您曾说,语文教学和通识课程不一样,一个人的高等教育可以有不同的专业之分,但是基础性的都是正确的读、想、写。是否可以理解成语文在您的定义中不局限于科目,而是一种基本的能力?

答:语文教学的第一功能是母语训练,第二功能是人文教育,而通识课程的功能就只是人文教育,这是二者不同的地方。我认为,不论专业,母语能力和人文素质都应该是必备的。

问:我看过您早期的文章,谈到如果您是中学语文老师,您会注意培养学生对书籍的兴趣以及鼓励学生写日记,即您反复强调的阅读和写作。但事实上很多老师、家长已然颇为重视孩子的阅读和写作,比如经常给孩子买书,要求学生写日记、周记等,可孩子还是对语文缺乏兴趣。您觉得问题可能出在哪儿呢?换句话说,要怎样才能培养孩子对阅读和写作的兴趣呢?

答:你不能只是给孩子布置任务,那样实际上是在繁重的作业之外又增加了作业。关键是要让孩子真正感觉到阅读和写作的乐趣,为了做到这一点,我的体会是家长自己的参与非常重要。选择一本孩子可能喜欢的书,你自己也读,和孩子谈论书中的内容。孩子遇到一件有意思的事,你鼓励他写成一篇日记,你做评点。如此等等。总之,你要参与和投入,不能当工头,没有人喜欢在一个工头的命令下做事,孩子更是如此。

问：您认为语文教学的改革太必要了，那么如果请您来设计这个改革，您会从哪些方面进行呢？

答：第一是理念；第二是教材，标准是语言艺术和人文内涵，把不合乃至违背此标准的课文全部删除；第三是方法，课文练习着重理解和欣赏，写读后感，作文可以不命题，提倡多写，把自己最得意的文章交上来。

问：有学者表示，自己理想中的大学是20世纪三四十年代的大学（比如西南联大）。您是否也有比较欣赏和认同的教育年代、模式、教师，等等？能否请您描述一下，理想中的语文课、语文教学是种怎样的状态？

答：民国时期教师的素质普遍比较好，第一是单纯，对所教课程有真兴趣；第二是有个性。现在这样的教师太少了。教师有真兴趣、有个性，教学就会有理想的状态。

问：您曾在微博里表述，"我们教育的狭隘是全方位的，智力教育限于应试和谋职，心灵、心性、智慧教育完全没有，代之以意识形态灌输。"您这里讲到的"智慧教育"具体为何？

答：智慧教育就是真正意义上的哲学教育，引导学生独立思考世界和人生的重大问题。

问：站在哲学角度看教育，您认为教育的本质为何？

答：我赞同卢梭和杜威的说法，教育就是生长，就是让受教育者的智、情、德各项精神属性得到健康的生长，成为真正意义上的人。这就是我对教育的本质的理解。教育是生长，不是培训，培训是按照一个实用的目的灌输知识和训练技能。现在我们基本上只有培训，没有教育。

2014.12

我的教育梦很古老

——答《上海教育》杂志

问：您认为在教育国际化的发展中，该如何坚守和弘扬民族优秀文化，增强价值观自信？

答：在教育国际化的发展中，我们首先应该具有世界眼光和人类胸怀，坦然取他人之长补自己之短，这样才能激发和保持自己之长的生命力，这才是真正的价值观自信。

问：在您的个人成长中，哪些因素起了决定性的作用？

答：阅读和思考。写作是我的思考的一种手段和方式。内在的自我借此而生长，越来越比外在的自我强大，并且把它的一切经历变成自己的财富。

问:在您的记忆中,哪项学校的教育活动对您的成长产生过重要影响?

答:比如说,初中时上海在中学生里举办的“红旗奖章读书运动”,使我确知读书是光荣的,坚定了我的阅读习惯。

问:在您的记忆中,哪位老师对您的影响最大,是否能举例说明?

答:很遗憾,没有。我觉得我一直是自学的。从中学到大学,课外阅读是我的主课。在大学里,一个同学对我影响极大,因为他更是自学的。

问:在您看来,未来社会需要怎样的人才?需要怎样的教师?需要怎样的学校?

答:我们最需要的是人,人才倒在其次。教育是人的成长,是真正的人的形成。背离此,就不会有人才,只会有工具之才。

问:请您描述一下您心中的教育梦。

答:我的教育梦很古老,先秦的诸子百家、古希腊的哲学家学园是样板。

2014.12

第十辑　编外三篇

悲智具足南普陀

——电影《南普陀寺》解说词

[东海。五老峰。南普陀寺山门。横匾:鹭岛名山。对联:广厦岛连沧海阔,大心量比五峰高。大悲殿太虚题联:云影波光天上下;涛音松籁海中边。]

中国东南沿海的岛城厦门,相传古时为白鹭栖息地,素有鹭岛之称。鹭岛南侧,在挺拔秀奇的五老峰下,在云影波光、涛音松籁的环绕之中,一座寺庙错落有致地依山面海而筑,它就是闻名海内外的闽南古刹南普陀寺。

今天的南普陀寺,庙宇规整,园林优美,信众和游人如织。人们很难忆起,在历史上,它曾历尽沧桑,几度易名,几度兴废。史书记载,南普陀寺始建于唐末五代,初称泗洲院,北宋僧人文翠改建,易名无尽岩。宋人滕翔诗云:“海翻波浪绕群峰,无尽崖前此界空。不是灰心求佛者，片时难在寂寥中。”可见它在宋代还只是海边荒山上的一座野寺。元代寺庙遭废毁，明洪武年间（1385年），诗僧觉光断臂明志，发愿重建，成绩可观，殿堂院舍齐备，住僧常达百余，易名普照寺。

[明万历《泉州府志》：“普照院……五代僧清浩建，洪武乙丑僧觉光重建。”洞壁上的觉光和尚石刻：息心断臂。]

明末清初，普照寺毁于兵乱。清康熙年间（1683年），靖海侯施琅收复台湾后驻镇厦门，捐资修复旧观，并增建大悲阁，奉祀观世音菩萨，比照浙江普陀山观音道场，更名南普陀寺，沿用至今。

[大悲殿外景，殿内的千手观音。]

此后二百余年间，经多次重修扩建，至清末民初，形成三殿七堂俱全的禅寺格局，已是厦门岛上第一名刹。

[中轴线的主体建筑，依次为天王殿、大雄宝殿、大悲殿、藏经阁。]

然而，中国境内，寺庙无数，名刹百千，格局大同小异，建筑各有千秋。南普陀寺之所以闻名海内外，不在它的硬件，而在它的软件。南普陀寺最精彩的篇章是在近代书写的，这就是闽南佛学院的创办。

[牌匾：闽南佛学院。讲堂。]

辛亥革命后，中国南方省份思潮持续涌动，人心思变，厦门虽地处一隅，也受到感染。1924年，当时的住持转逢和尚毅然做出决定，把二百多年来一直是禅宗临济宗喝云派子孙道场的南普陀寺改为十方丛林，也就是把师徒相传规制改为开放式的选贤规制，同年会泉法师被推选为首任方丈。第二年，这两位有新思想的和尚即在寺内创办闽南佛学院，建立了东南沿海第一所新型佛教高等学府，会泉兼任院长。其实，这只是一个过渡，两位法师早已瞄准了一个最佳办学人选。1927年，会泉任期刚满，转逢和尚就专程往上海礼请一位高人来厦门继任方丈和院长，他就是当时中国佛教界的领军人物太虚大师。

［采访闽南佛学院现任副院长、教务长传明法师。］

传明法师：转逢和尚是这个子孙庙的后代，子孙庙是私有制，这个地方历史上是个偏远的小渔村，保守封闭，能够把这个庙变成十方丛林，需要胆量和远见。他是一个关键的人物，没有他就没有南普陀今天的局面。他有政治智慧，第一自己不当方丈，第二使用了技巧，让庙里的子孙来当，就是会泉和尚，平稳过渡，然后就找了太虚大师。

太虚就任时 37 岁，但已经是一位“革命老将”了。他以出家人之身活跃在中国思想界，建社团、办刊物、开讲座、著书立说，是中国近代佛教革新运动的倡导者和理论家。

［太虚大师肖像。《海潮音》月刊。印顺主编《太虚大师全书》六十四册。］

太虚十分重视佛教教育，此前曾创办武昌佛学院、重庆汉藏教理院，皆困难重重，未能坚持。转逢和尚到上海请他，正是因缘相恰，使他的佛教教育理念有了用武之地。他带来大醒、芝峰、寄尘诸位高僧负责教务，自己也经常开讲席，并对学制和教学内容进行改革，增设研究生部，任职两届共六年，把闽院建设成了近代中国佛教教育的重镇。从 1925 年创办至 1937 年因抗日战争爆发而停办，闽院在十二年间培养学僧二百多人，日后有许多人成为著名高僧，如今天仍健在的台湾经论大师印顺长老、马来西亚佛教领袖竺摩法师。

［采访传明法师。］

传明法师：太虚大师在武昌创办佛学院不到三年就失败了，搬到重庆去，也是失败的，这是一个前因。真正的成功是在闽南佛学院，有六年的时间，应该说是黄金时间。他当时在国内很具影响力，带来了很多人才，因为大师所在的地方，一佛出世，千佛护持，自然而然人才就汇集到这个点上来了，这是近代史上的精彩部分，对现代的影响也是至大的。由于闽南的地理位置，这边的师父去南洋传法有一个基础，从某个角度看也把南普陀推向了世界。学院是这个寺庙很特别的一方面，假如没有这个学院，即使子孙庙转变成十方丛林又怎么样，这样的寺庙太多了。

正是在闽院期间，太虚提出了他的影响深远的人生佛教思想，主张学以致用，佛教徒应以充满佛化的慈悲、智慧加入社会活动和实际生活，建设适合时代及人生需要的新佛教。对于时代的症结，太虚有精辟的分析，指出现代人类通通集注于物质的经济财产方面，贫者怨愤不平，富者穷奢极欲，这条路已走穷，出路在由物质而进到精神，当在精神上求得身命之安全，而佛法在这个转换中能起积极的作用。哲人已逝，但哲人的训导在今日物欲膨胀的时代愈显其警示意义。

［五老峰峰顶的太虚台，石碑上丰子恺所作太虚造像。寺中丰子恺所作太虚雕像。］

自太虚任职闽院起，还有一位高人也和南普陀寺结下了深缘，他就是中国近代史上的传奇人物弘一法师。弘一法师，俗名李叔同，用好友夏丏尊的话说，他先后是翩翩之佳公子，激昂之志士，多才之艺人，严肃之教育者，30 岁成为戒律精严之头陀，以此为人生的归宿。赵朴初用两句诗评价他的一生，前半生是“无尽奇珍供世眼”，后半生是“一轮圆月耀天心”。

弘一法师多才多艺，诗文、词曲、话剧、绘画、书法、篆刻无不精通，出家后万般皆放下，唯有书法仍勤耕不辍，有求必应，以此广结善缘。在今天的南普陀寺，人们仍能看到弘一法师留下的字迹。

[法堂上的弘一题词：皆得妙法，究竟清净；广度一切，犹如桥梁。寺藏弘一书法：平等行世间，一心求佛智。寺藏弘一亲书《佛说阿弥陀经》。]

在闽南居留十年期间，弘一法师几度入住佛学院。他参与整顿学院教育，增办佛教养正院，为学僧讲解所专攻的律学。他和太虚共同为闽院创作院歌，由他作曲、太虚作词的《三宝歌》传唱至今。他手书的《悲智》训语至今仍是闽院的院训。

[《悲智》训语："有悲无智，是曰凡夫。悲智俱足，乃名菩萨。我观仁等，悲心深切。当更精进，勤求智慧。智慧之基，曰戒曰定。依此智慧，方能利生。"]

1985年，在停办将近半个世纪后，闽南佛学院复办。说起闽院的复办，就不能不重墨叙写当年南普陀寺的住持妙湛老和尚。

如同国内大多数寺庙一样，"文化大革命"期间，南普陀寺钟鼓沉寂，僧徒星散，但妙湛仍坚守在寺内，虽被迫身着俗服，却始终内持梵行，一心向佛。改革开放伊始，时任中国佛教协会会长的赵朴初居士亲自登门，恳请妙湛重新剃度，再任住持。后来赵朴初赋诗追忆了当年请他复出的情景，诗曰："十年浩劫后，我初至厦门，公犹衣俗服，端容坐空庭。殷勤劝公起，续燃焰灭灯，答云有宿愿，重荷亦堪任，唯求不干扰，许公扬臂行。"妙湛出山，除了提出不干扰僧人治庙的条件外，这个教师出身的僧人还恳切要求复办闽南佛学院，得到了赵朴初的大力支持。

[采访传明法师。]

传明法师：妙老重披僧装有条件，一是寺庙重回僧人手中管理，二是恢复闽南佛学院。我来的时候还没有佛学院，当时恢复比较艰难，但是他胆量大，请赵老题了闽南佛学院的牌匾，先挂了起来，开始招生，然后才报批。这个人有一种坚韧的精神，而且亲力亲为，一日不作一日不食，不断筹谋寺庙的发展。同时把我们看成自己的孩子，恨铁不成钢，当时在这里读书的人没有一个不被打过的，我在这里当班长就被他打了三次。他是南普陀中兴的关键人物，他的人格魅力影响了我们这一代人。

复办后的闽院，分设男女两个院部，在全国佛教院校率先招收尼僧学员。和老闽院相比，新闽院规模更大，制度更健全，教学更系统。两部各设预科班、本科班、研究生班，各个层次学习科目和教学大纲明确。学院定期出版《闽南佛学院学报》，后改名为《闽南佛学》。男部有太虚图书馆，女部有紫竹林寺图书馆，典藏丰富。今天的闽南佛学院已是全国僧教育的重点学院。

[男女两部上课的场景。《闽南佛学》等刊物。学僧在图书馆内阅读的场景。]

除了复办闽院，妙湛在任时还做了一件大事，就是在 1994 年 12 月创办中国大陆第一家佛教慈善机构——南普陀寺慈善事业基金会。这一重大举措把南普陀寺二百多年前初命名时作为观音道场的定位落到了实处。今日南普陀寺以佛教教育和慈善为两大主要事业，这个基本格局是妙湛一手奠定的。

[牌匾：南普陀寺慈善事业基金会；慈善基金会义诊院。大悲殿。镇寺之宝：明代何朝宗所塑白瓷观音雕像。]

慈善会创办一年后，妙湛老和尚圆寂。圆寂之前，他还创办了一个义诊院。临终之际，他写下“勿忘世上苦人多”遗训，嘱咐后辈继续办好慈善事业。

[后山妙湛和尚舍利塔。题词：勿忘世上苦人多。]

妙湛的弟子们不负所托，十多年来，慈善会越办越兴旺，越办越扎实，立足本省，面向全国，开展赈灾救急、扶贫解困、助学助教、安老慰孤、义诊施药、资助病残六大慈善项目，并建立了严格的管理和审计制度，2007 年被授予中华慈善事业突出贡献奖。

［采访慈善会办公室副主任正兴法师。］

正兴法师：我们的慈善会是中国大陆第一家佛教慈善组织，也是中华慈善总会的创始会员。南普陀是观音道场，做慈善应该说是义不容辞。我从慈善会一成立就在做这件事。刚成立时资金有限，经验不足，从 6 个 100 做起，资助优秀教师、贫困学生、特困户、残疾人、孤儿、鳏寡老人各 100 人，一步步扩大到今天的规模，从厦门走到本省、走到全国，资助对象遍布全国各地。义诊院是我们的一个特色，除了在寺院里为大众义诊，还到边远贫困山区义诊施药，或者帮助建设医院。慈善单位最重要的是财务，我们工作人员的办公费绝不动用慈善基金，会员的会费和募捐百分之百投入慈善，收支透明，通过会刊和网站公布，信誉很好。我们不带宗教色彩，我们的目的是让你上得起学，看得起病。我帮助你，你就来学佛，我们从来不说这个话。佛教的宗旨是无缘大慈，同体大悲，慈悲济世是无条件的。

今天来南普陀寺观光的游人还会发现，这里是真正的清净之地，寺前的街道和小广场上看不见商铺、摊贩，你甚至找不到售票处。是的，这个风景优美的佛教名胜向你完全敞开门扉，无须购票就可进入，在寺内还有义工免费为你导游。从 2011 年 3 月 22 日起，南普陀寺正式取消了已经实行多年的门票机制，这在全国寺庙是开风气之先的举措。

［南普陀寺取消门票告知会录像资料，方丈则悟和厦门市官员共同取下“售票处”指示牌。采访则悟方丈。］

则悟方丈: 现在我们基本上实现了三个零。一是零门槛, 全部免费开放。二是零商业, 前面一条街原先有八十多个铺子, 现在基本上清零, 一条街干干净净。三是零经济, 寺里面不收一分钱, 导游全部是免费的。门票取消的沟通花了很长时间, 本来只有三元钱, 有人建议涨到十元钱, 十元钱也不贵啊, 收入就很可观了, 但我们不但没有涨, 还取消了。南普陀寺每年有 500 万的客流量, 每个人三元就是 1500 万元的收入, 有人说把这个钱拿来做慈善不是很好吗, 为什么要取消? 我说取消本身就是做慈善, 把这些人服务好是一样的道理, 为什么要从这些人身上收一些钱, 然后在另一些人身上做慈善呢? 有人说我们的寺庙理念很新, 我说我们的理念是很古老的, 不是创新的, 我们是向佛祖学习, 回到佛教的本源, 世界各地的宗教圣地都不收费, 在改革开放以前中国寺庙也没有收门票的。取消完了, 游人增加很多, 管理怎么办? 我们就加强义工队伍的建设。其实信众非常配合, 寺庙内外的秩序比原来还要好, 这首先是一种感动。

"悲智具足"——这是弘一法师在《悲智》训语中的教导, 概括了大乘佛教的根本教法, 就是以智慧上求佛道, 以慈悲下救众生。其实, 人生的伟大真理是相通的, 以智慧寻求心灵的觉悟, 以慈悲解救人间的苦难, 是人类的永恒追求。孔子曰: "知者乐水, 仁者乐山。" 知, 就是智慧; 仁, 就是慈悲。智慧, 如水一样空灵; 慈悲, 如山一样坚实。南普陀寺临水依山, 合当悲智具足。佛学院和慈善会如同一对双璧, 闪耀着佛法的光芒, 闪耀着人类普遍真理的光芒。

[东海。五老峰。南普陀寺由近及远。]

2012.8

张晓刚的艺术与现代性中的记忆问题

一、记忆的信物和艺术的乡愁

几乎每一个成功的艺术家都有一段不成功的“前史”，这段“前史”往往很少被人们包括艺术家自己提起，在成功的耀眼光芒下，它仿佛是一个业已昭雪平复的屈辱，理所当然地被遗忘在岁月的角落里了。可是，这里有一位艺术家，他在当代中国和国际画界的名声如日中天，作品屡屡拍出天价，而他偏偏拒绝遗忘，用出版书信集的方式公开了他的“前史”。

读到《失忆与记忆——张晓刚书信集（1981-1996）》，我心中充满亲切的感动，这些书信把我带回到一种熟悉的时代场景和个人情怀之中。20世纪80年代上半叶，这个从四川美院毕业的年轻人历尽坎坷，工作单位长久没有着落，一度在玻璃厂建筑工地当临时工，终于落脚在昆明市歌舞团当团里地位最低的美工。他仍听从内心的召唤，执着地画画，但作品无人购买，开个展更是幻想。在前途迷茫的逆境中，在令人窒息的孤独中，他和艺术圈的好友通信，自然也会倾诉心中的苦闷和压抑，但更多的是谈人生，谈艺术，互相提醒不要变得虚伪和麻木，勉励自己要永远保持单纯、专注、真实和敏感。

1986 年调回四川美院任教以后，张晓刚的处境有了改善，并且逐渐和当时活跃的新潮美术有了接触，但是，直到 1994 年其作品在圣保罗艺术展走红之前，他在中国仍是一个名气不太大的边缘画家。这个时期的书信尤其值得注意，其中有大量对艺术的深入思考。当时的氛围对于一个渴望成功的画家无疑是巨大的诱惑，事实上也有相当多的画家表现得十分急躁，急于靠文化时尚和洋人青睐获取成功。然而，正是面对这种可疑的成功，张晓刚一贯的艺术信念更加清晰而坚定了。无论是在 20 世纪 80 年代后期涌动的“文化潮”中，还是在 90 年代前期兴起的“商业潮”中，张晓刚都不是一个弄潮儿，反倒是一个怀旧者，常常怀念 80 年代前期那段充满精神痛苦的岁月。回过头去看，那段岁月的确是张晓刚人生中的一个关键时期，通过苦思苦读，形成了他明确的人生观和艺术观（对于他来说，这二者是一回事）。很大程度上，对那段岁月的记忆已经成为他艺术的乡愁，他始终带着它行走，走出了一条唯独属于他的艺术之路。

1989 年年初，张晓刚到北京参加“89 现代艺术大展”。这是新潮美术的一场狂欢，他那幅后来创造了中国当代艺术作品单价纪录的《生生息息之爱》也是参展作品，但无人关注。面对“那些急躁的同行”“那些简单的‘破坏者’”的疯狂表演，他当时最强烈的感觉是孤独，与大展的总体氛围格格不入。正是在这次北京之行后，他开始经常回想“昆明‘塞纳河’边的痛苦经历和那些日日夜夜的体验、思考、搏斗”，反省“当初执意要做一个艺术家的心态”，从而坚信自己走的路是对的，要一如既往地走下去。他鄙夷那些靠“观念更新”引人注目然后昙花一现的人，那些“为了某种自己设置的文化历史的需要”而从事艺术的人，说他们“更像是在参与一项活动”。对于张晓刚来说，根本问题始终是“为什么要画画的问题”，亦即艺术与人生的关系问题。艺术是心灵的需要，是自救的行为，是要给生活一个意义，因此是超越于世俗的成败的。“如果搞艺术像一场战争一样，或成功，或失败，或忍辱负重去争取更大的胜利，都使我感到陌生而恐惧。”

从20世纪90年代初开始，商业潮席卷全国，由于国际画商把目光投向了中国，艺术界更不例外。在这个时候，张晓刚又一次陷入一种“非常怀旧”的心境，缅怀80年代初那些年的经历是“最纯粹、最透气的”“已深深地烙在心灵深处，影响着我们的一生”。他冷眼旁观那些搞艺术如同在国际市场下“赌注”的人，自勉并且勉励友人说：“对这些始终如一走过来的老哥萨克来说，明天仍如以往，既已走过来，自然地就走下去，只因为从一开始，他们就认定了一个真理，所有的意义都早已包含在其中。”他还清醒而有些悲观地预言，“随着经济大潮的涌来，将来也许大家都难逃被某个画商分别包干买断的结局。”物质生活进入了“小康”，同时所有的精神价值包括“抗争”“悲剧”“苦难”“宗教感”“荒诞”等“都成了一种商标被精心包装，与那些媚俗风格的作品摆在一个货架上出售……也许这就是当代艺术的归宿”。

坚定的信念使得张晓刚既能淡然面对艺术界的浮躁和自己的受冷遇，也能淡然面对终于到来的“成功”。1994年他一夜成名，对此他说“自己只是交上了一点好运而已”。在那之后，他好运连连，作品不断拍出天价，他的反应是一句脱口而出的“这世界疯了！”在他看来，艺术品市场上的炒作和他已经完全没有关系，“我是画家，我不是炒股票的”，他能力范围内的事情只是画出好作品，以此证明自己仍然是一个艺术家。

作为画家的张晓刚同时也是一位写作者，写下了大量书信和手记，这是值得庆幸的。在失忆业已成为普遍生活方式的今天，这些文字如同记忆的信物，其中既铭记了一个艺术家的心路历程，也折射了一个时代的场景和氛围，对他本人、对当代中国的文化史都弥足珍贵。如同德拉克洛瓦的日记和梵高的书信一样，他的文字作品具有独立的文本价值，同时也和他的绘画作品相得益彰，使人们更能理解他在艺术上的追求。在回忆自己20世纪80年代初在小山村糯黑的早期艺术创作时，张晓刚写道：“每一个艺术家是否应该在心灵深处寻找、保留一块像糯黑那样小小的圣地，以使我们身处在快速变化的时代中，不致轻易地迷失呢？”我相信，每一个好的艺术家心灵中都有这样一块圣地，它未必是地理上的一个地点，而是精神上的一个出发点，他由此踏上了艺术的朝圣之路，随着在这条路上越走越坚定，对那个出发点的记忆就变得越来越神圣，那个出发点就成了他的圣地。

二、从生命体验到内心独白

对于自己的艺术创作，张晓刚有十分清楚的自我认识，这显然得益于通过写作不断自省的习惯。他把自己定位为一个“内心独白式”的艺术家，而与那种关注重大社会问题的“文化型”艺术家或关注作品风格样式的“科研型”艺术家明确地区别开来。他的这个定位，既是基于对自己的个性特质的认识，也是基于对艺术与生命及心灵的关系的认识，而这二者原本是有着内在联系的。

关于自己的个性特质，张晓刚如此概括："相信直觉胜于观念的阐释；依凭体验胜于借助知识；注重情感而又仰慕理性的光芒。"他时常陷入冥想，觉得这是"最具魅力的时刻"。他品尝过苦难中的孤寂的欢乐，幸福时的深邃的孤独，发现"我们赖以生存的理由和意义全都融在了这一切的矛盾之中，再没有什么得失可言"。生命的意义就在于这种微妙的内在体验，它是超越于得失的。耽于内心生活，珍惜心灵体验，是他的个性的基调。那么，这样一个人从事艺术创作，其艺术的基调就不能不是内心独白式的了。

艺术家个性各异，当然不可能也不应该都是内心独白式的。但是，在张晓刚看来，有一点是共同的，就是艺术与人、与生活、与我们对生命的感悟和体验的紧密联系。没有这种联系，艺术就失去了源泉和价值。对于一个艺术家来说，他所从事的艺术理应对他自己的生活发生精神上的意义，如何去从事"艺术"，亦即意味着如何"活下去"。你可以是一个性格外向的人，未必专注于内心生活，但是，如果你对生活没有深刻而丰富的体验，你就不可能是一个好的艺术家。事实上，唯有通过内在体验，外在生活中的经历、观察、感受才能转化为你的心灵财富，从而真正属于你，成为你自己的生活。内在体验是艺术创作的前提，其深度、广度和独特性决定了创作者对世界的感悟素质，张晓刚把它形容为"心灵深处的音乐"，界定为"内在形式的冲击"。在这个前提下，创作者的功夫体现在绘画手段的选用和控制，亦即"外在形式的把握"。好的艺术品是内在形式和外在形式的最佳结合。

在张晓刚的艺术创作中，内心体验是主要的源泉，而记忆问题是连贯的主题，这使我很有兴趣来探讨一下记忆与体验的关系。我们将会发现，它们在相当程度上是重合的。记忆是存活在心灵——包括意识和无意识——中的生活。生活不只是外在经历，也包括内心生活，二者之间发生着相互作用。内心生活绝非外在经历的机械反映，这里是主体的精神能动性的空间，阅读、思考、冥想、艺术欣赏等都会做出重要贡献。在记忆的形成中，心灵状态的作用更为关键。记忆并不是简单地记录事实，它必然有所选择和修正，其中融入了主体的态度，而态度又受心灵状态的支配。心灵也是一种现实，两个心灵迥异的人，即使生活在似乎相似的外部环境里，事实上在过着完全不同的生活，因此也就会拥有完全不同的记忆。人是注重意义的存在，一种经历唯有让主体感受到正面或负面的意义，才会长久存活在记忆中。在我看来，记忆的选择性和可修正性是记忆的精神性的明证。

柏格森曾经区分两种不同的记忆，一种以形象的形式唤起对往昔的回忆，另一种以习惯的形式指导当下的行动，二者之间存在着互相抑制的关系。我们可以把前者称作内省式记忆，把后者称作习惯式记忆。习惯式记忆是实用的，无个性的，隶属于社会功利生活。内省式记忆是不实用的，个性化的，组成了个人心灵生活。在很大程度上，内省式记忆就是个体生命体验的总和，充满有意义的细节，富有情感色彩。另一个区别是，习惯式记忆类似于条件反射，是通过不断重复而形成的，而内省式记忆的显著特点是时间性，往昔不可重复，因此回忆总是令人惆怅，而往昔的意义在回忆中得到了美化。

在不同的人身上，两种记忆所占的地位很不相同。所谓艺术气质，无非就是内省式记忆占主导地位，因此常常忽略当下行动，宁愿让自己沉浸在回忆和遐想之中。我们不妨设想一下相反的情形，一个习惯式记忆占主导地位的人做了艺术家会怎么样，想必会习惯于针对当下情境快速采取行动，用最便捷的方法来获取成功吧。归根结底，内在体验的品质规定了一个艺术家在创作上的可能性，如果在这方面比较欠缺，也许就只好在非艺术的方向上开动脑筋了。

张晓刚是一个性格温和的人，可是这个温和的人也常常忍不住要抨击美术界的一种时髦，就是标榜艺术家的所谓“文化使命”和作品的所谓“文化价值”。他指出，离开艺术与生活的联系而谈“文化”，这种误读的结果便是“对个人体验的扼杀”。艺术当然也属于文化，但是，艺术创作的语言不可能从文化观念中直接推导出来。“任何一种语言形式的诞生，都是与作者的素质、处境、命运和对世界的感知分不开的。”标榜“文化”的艺术家往往迷恋于制造“符号”，其原因正在于他们所谓的“文化”是空洞的，没有精神背景的支撑，因此制造出来的“符号”就“正如一棵根部已经坏死掉的枯树，仅仅是一棵‘树’的‘符号’而已”。一种文化能够把人的生活联结成一个有意义的整体，才配称作文化，对于民族是如此，对于个人也是如此。若要说文化，张晓刚倒是一个有文化的艺术家，他酷爱阅读，并且从阅读中认出了自己的精神亲缘关系，比如克尔凯戈尔、卡夫卡、昆德拉，我本人始终把这种对亲缘关系的认出视为一个人真正进入了阅读的标志。事情就是这样，当文化已经融入你的血肉的时候，你在创作时绝不会想到“文化”，更不会标榜“文化”，而只是一心要画出好作品罢了。

三、生命的意义：存在与虚无

张晓刚是一个对生命怀有形而上学关切的人，这种关切也许缘于他的精神气质，同时也因接受西方现代哲学和文学的影响而得到了印证和强化。在 20 世纪 80 年代，对生命意义的困惑和追寻事实上构成了他的内省生活的主旋律。对于他来说，战胜生命的虚无性质，证明存在的意义，仿佛是人生最重要的事情，也是他从事艺术的根本动机。

“与虚无搏斗，与自己作为一个人搏斗，与一切偶然的存在、偶然的消失搏斗，用自己的作品和行动去证明一种存在的意义，证明在一切偶然之外的另一个偶然”；“为了更大的虚无去搏斗，这过程中所有的偶然也许正是意义之所在”；“爱那荒诞的存在吧，否则‘死’便成了唯一的了”……在同时期的书信中，我们常常会读到这样富有悲剧意味的语句。生命的虚无和偶然、存在的荒诞被设置为一个既成事实，而与之搏斗就成了活下去的理由。

然而，在为生命的意义痛苦之时，张晓刚心中始终藏着一段明亮的记忆，那就是20世纪80年代初在藏区草原和圭山写生的所见所感，他在那里领悟了大自然的神圣，这段记忆迟早会发生作用。作为一个有灵魂的艺术家，他不屑于所谓“深入生活”的教条，而是如此感受藏区的景象：“藏女在草原上，在斜坡上，在牛羊中，在地平线的边缘上昂着头行走，背景是阴郁的天空。不用说话，不用咧开嘴去笑，默默地行走，已经够了。一个儿子走累了，睡在母亲温暖的怀抱中。可以说，草原是第一个给我激情的母亲，教会我如何去爱，如何将自己的生命与苍茫的大地融为一体。”在圭山，他看到的是沉默的山包，挣扎着直刺上苍的树干，站在高高的石头上看夕阳像先知一样的山羊，当然，还有从诞生开始就与大山做伴、与银白的天空对话的山民。在他的感觉中，这些山民是“被另一个世界遗弃到这个人间来的半人半神之物”，对照之下，我们城里人都是“自然的弃儿”。

一个细节：像先知一样的山羊。在张晓刚不同时期的作品中，我们可以看到频繁出现的羊的形象，这显然不是偶然的。在一篇短文中，他如此写道：“有只羊曾告诉过我：‘当你有一天意识到某种事物的存在时，在世界的另一端也一定有个人在进行着同样的思考。’那只羊没有骗我。它永远不会骗我。”一篇多么深刻的哲学寓言。超然静观万物之变的羊的确是先知，它知道存在周而复始，万物归一，也知道灵魂周而复始，人同此心，心同此理。

生命意义难题的答案也许就在这里。在大自然中，你会在一瞬间就体悟到存在的永恒，我们就在这永恒之中，“每一个个体即是一个完整的世界”。与自然的亲近还给了张晓刚以艺术上的启示，孕育了后来成为他的风格形式的“心象画”：“不是表现视觉感官的世界，不是观念理性的图解，也不是无意识的本能流淌，而是表现心灵对自然的一种特殊感应，一种既是自然又非自然的画面（梦中的自然）。”也就是说，心灵的对象不是变动不居的物理自然，而是笼罩着精神光辉的永恒自然。

1984 年，因为一场大病，张晓刚住进了医院，沉浸在对死亡的忧思中。想象着络绎不绝躺到这同一张病床上来的病人，其中一些可能就在这里死去，他问道：“白色的床单呀，只有你知道，第一次爬上这张床的人与最后一个将爬上来的人究竟具有何种的意义？”在这一年，他创作了幽灵系列，那些孤单的或成群的幽灵仿佛在向他也向我们质询着又诠释着生命的意义。画面的基调并不是悲观的。面对死亡的无助，人最真切地体味到了孤独，而这却蕴含着开启生命意义思考的新的可能性。张晓刚如是说：“来自深渊的孤独使我们更深地体会到超越的含义，而一旦我们知道了如何去使用我们的孤独，于是世界对我们而言，也开始有了全新的意义。”

20 世纪 80 年代的最后四年，张晓刚自己称为“彼岸时期”，他创作了一批颇有宗教情调的油画，包括《月光下的山丘与生灵》《三女神》《王者之树》《明天将要降临》等，而最著名的就是《生生息息之爱》，这些作品色调辉煌而又庄重，给人以神秘而又肃穆的感觉。有的论者把这个时期的作品诠释为“宗教记忆”，在我看来，毋宁说是张晓刚对淳朴自然的记忆的一次复活和升华。那些单纯如初民的男人和女人，那些寂静的山丘、树木、牲畜，皆沐浴在神圣的光辉中，于是形成了一种宗教似的氛围。为了解开生死之谜，超越死亡和虚无，张晓刚确实试图从“神性”中寻找永恒的存在，然而，不管他自己是否意识到，他不是在作为一种文化形态的宗教中，而是在他所感悟的原始自然中找到这个“神性”的。

1989年以后，由于国内政治形势的重大变化，张晓刚的创作风格也发生了突变，他似乎抛弃了形而上学的冥想，开始以一种冷峻的态度剖析和表达残酷的现实。但是，作为一个关注生命意义的艺术家，通过可见之物走向不可见之存在，揭示隐藏在形体后面的内在现实，始终是他坚持的基本方向。

四、个体记忆与集体历史记忆

20世纪90年代初，在经过两三年自己似乎不甚满意的摸索之后，张晓刚于1992年停止创作一年，去欧洲考察西方艺术。他自言当时经历了一次深刻的自我反思，决心清理以往作品中那种太多“人文情感”的表露。一个有形而上学关切的人，原是渴望把偶然的个体存在与某种永恒之物联结起来的，现在他开始厌恶这种渴望的直接表达了，从中感觉到了一种虚夸和简单化。一个艺术家讨厌浪漫主义，这常常是成熟的征兆。反思的结果是他把目光从永恒之物收回到了个体自身，关注个体在人世间的具体境遇，由此形成了《血缘·大家庭》系列的基本构想，并且从1994年开始陆续创作这一组作品。

在张晓刚的创作中，记忆一直发生着重要的作用，但是，只是到了

《大家庭》系列，他才自觉地把记忆作为一个明确的题材进行处理。这一次，记忆把他带到了更早的时期——他的童年、少年和五六十年代的中国。直接的灵感来自家藏的旧照片，隔开岁月的长河，重睹这些照片，他不禁浮想联翩。在照相馆里摆好端正的姿势拍摄的黑白照片，照片上年轻的父母和幼小的子女，使得一种混合了时代氛围和个人心绪的记忆在心中起伏冲撞。旧照片给他的触动不只是怀旧，他还忆起了早年中国大街上随处可见的炭精画像，把那种模糊个性而突出共性、含蓄而中性的图式语言体现得极为鲜明，他从中读出了中国人特有的心理特性、文化信仰和审美追求。他当时的感觉是："突然之间，我发现我找到了属于自己的路。"事实正是如此，此后他所创作的作品具有鲜明的张晓刚特质，人们找不出模仿历史上大师风格的痕迹，也不会把它们与当代任何别的艺术家的作品相混淆。

在《大家庭》系列的创作中，旧照片所起的作用主要是提供了构图和氛围的参考。在构图上，张晓刚把那种中性的图式语言发挥到了极致，无论是家庭肖像还是个人肖像，都以一个人的面孔为模式，其性别也只能从发型和服装上辨识。对色彩和笔触则严加控制，把人物的个人性和画面的故事性消减到最低限度。在氛围上，我们仿佛被唤起了某种熟悉的"集体记忆"，但是张晓刚对历史做了虚幻化处理，使我们又感觉到那个时代已被封存在遥远的记忆里了，显得陌生而不真实。他对旧照片中已被"修饰"过的生活进行"再修饰"，如此产生了一种类似"假照片"的效果。

家庭原是一个私密的空间，而中国人的家庭照往往是标准化的，表情、姿势、背景十分雷同。作品《大家庭》强化了私密性和标准化之间的这种奇特的和谐，个人消失在了家庭的面具之下，而家庭消失在了社会的面具之下。张晓刚是以自己的家庭照为底本创作出这组作品的，但是他画的不是小家庭，而是“大家庭”，是中国社会结构中的个体与集体的关系。家庭是中国社会的缩影，一个单位、一个团体乃至整个社会就像是一个大家庭，人们别无选择，紧密地生活在一起，相互依存又相互制约，其结果是个性被消解，个体成为集体的可有可无的构件。然而，在画面上，个性却也以缺席的方式宣示了自己的存在，那一张张模式化的俊俏的面孔仿佛在问自己也在问我们：我是谁？我从哪里来？我到哪里去？

我故意借用了高更那幅名画的标题，不同的是，《大家庭》之发出这个千古之问，其主语是单数而不是复数。在这里，令人困惑的问题不是人类在宇宙中的位置，而是个人在社会中的位置。黄专在其评论文章中批驳了西方人对《大家庭》的高度意识形态化解读，指出这些看似类型化的图像是对“个人忍受着历史”的内心化描述，我认为“忍受”一词用得十分精当。事实上，通过对历史的虚幻化处理，张晓刚已经有意识地模糊了作品的时代指向，扩展了主题的普遍意义。他的立场也是中性的，在一次访谈中，针对有人认为这个作品系列强调了集体对个人的压制，他表示：“其实没有那么单一，人性永远都是矛盾的、双面的。”个人不能脱离社会而生活，又不愿被社会同化而丧失自我，个体与集体、个人与社会的关系是永恒的矛盾，某个时代的情形只是矛盾的个案罢了。无论时代场景怎样变换，处在社会中的个人内心深处都始终回响着这个问题：我是谁？也许《大家庭》的真正意义就在于此，让我们在个体记忆与集体记忆的纠缠之中，不断地向自己提出这个最切身但又没有终极答案的问题：我是谁？

五、现代性语境中的记忆与失忆

新世纪开始的十余年来，“记忆与失忆”成了张晓刚创作的主题。这实际上是《大家庭》时期的思考在一个新的方向上的深化，占据中心地位的不再是个体记忆与集体记忆的纠缠或趋同，而是个体记忆在当今时代的困境，“我是谁”的问题显得更加尖锐而令人困扰。

这个主题下的作品大致有四个系列。在《失忆与记忆》系列中，那些朦胧的青年头像，眼中隐约闪着泪光，神情忧伤，仿佛若有所忆又怅然失忆。更多的画面展现了五六十年代的旧物件，那些老式的钢笔、日记本、手电筒、电话机、电视机、广播喇叭，那些反复出现的老灯泡和拔掉了的插头，见证了一个时代的日常生活，可是今天有谁还记得它们？《里与外》系列中室内的旧家具和旧物件，室外的大坝、农田、水渠等旧风景，呈现给我们的也是已被久忘的景象。《绿墙》系列重现了那个年代典型的居室环境，绿色的油漆墙围是唯一“奢侈”的装饰。在《描述》系列中，通过对当下电视节目里播出的旧资料片的翻拍，我们借这些模糊的影像以一种古怪的方式重温了曾经熟知的老电影镜头、老招贴画和历史事件。张晓刚把记忆聚焦于一个不算太遥远的时代，把他所感受到的惊愕传递给了我们：那个时代距离我们已经多么遥远！

令人惊愕的不只是时光的飞逝，更是在今天这个周围环境飞速变化、人人匆忙生活的时代，记忆已无存留之处，失忆成了普遍的生活方式。那些旧物件在今天这个物质富裕的时代显得寒酸而破败，仿佛不配被记忆，然而在一个珍惜往事的人的心中，它们唱着温暖而又悲凉的歌。在《描述》和《绿墙》系列中，仿佛出自不可遏制的冲动，张晓刚直接诉诸文字，把他的感触书写在图像上。图像是旧时的景物，文字是当下的思绪，历史与现实似乎毫无联系地交叠，却以二重奏的方式倾诉了记忆在一个失忆的时代的哀伤。我本人十分喜欢这些以日记形式书写在图像上的文字，其中一些篇章堪称精品，充满反讽和悖论，令人想起张晓刚心仪的克尔凯戈尔、卡夫卡，但它们所表达的无可置疑的是一个中国艺术家在今日时代的感受和思考，显示了作者敏锐的洞察力和卓越的文学才华。

现代生活的显著特征是快速而匆忙，人们身不由己地只能去适应，谁也不知道“这辆快速奔驰的火车将会把我们带向何方”，“没有时间（似乎也没有必要）去思考太多，只要你还有欲望似乎已经足够了”。然而，这种无暇思考似乎也不必思考的生活状态恰恰是最应该引起深思的，乘着这列时代的特快列车，张晓刚不断地自问：“我们在哪里？”在作品《绿墙——窗外》的书写（好文章，请一定读原文）中，他用了一长串排比：“我不属于这里，我不属于那里……我不属于东方、西方、过去、未来、中央、边缘、精英、另类、主流、大众、多数、少数，等等，我甚至不属于自己。”得出的结论是：“我是一个被时代和命运混装出来的罐头。”对于这种不知身在何处、自己是谁的境况，归根结底感到的还是无奈：“也许我究竟在哪里也已不重要了。反正我们希望在哪里也无法控制。关键似乎在于我们已经在哪里了——这让人觉得有些残酷和无奈……”

由此产生的是一种强烈的虚假感：“生活”是虚假的，“生活”中的这个“我”也是虚假的。在作品《绿墙——青松》的书写（又一篇好文章）中，“你”听他人有声有色地讲述“关于你的故事”，然而“你”始终在困惑之中，“分不清你自己是真实的，还是故事是真实的”。在作品《描述》的书写中，也多有对这种虚假感的描写：生活如同一部无法看完的电视连续剧，我们生活在其中，“一切都按照某个早已编写好的剧本在静悄悄地上演，我们既是观众又是演员，我们在被人观看的时候，也在被自己所窥视”。

时间和空间是据以确定生活的真实性的坐标，而在我们的生活中，时间和空间都是错乱的。“今天”因为包含了“昨天”才成为向“明天”的延伸，可是如今却成了一堵隔断“昨天”和“明天”的墙，我们丢弃一个个“昨天”就如同丢弃“一件件‘过时’的随身物品”一样。另一方面，我们又任意剪裁“昨天”，“从‘历史’的口袋中胡乱摸出一块石头，镶嵌到今天的一个戒指上”，就像那些戏说历史的电视剧之所为。结果是“我们根本就没有生活在‘今天’，一切不过是‘昨天’的盗版而已”。空间的情形同样如此，到处是假冒的西方建筑样式，结果我们“不知不觉地生活在一个盗版的西方世界之中了”，实际上是“生活在一个概念之中”。同时，就像在时间上丢弃了“昨天”一样，在空间上我们也丢弃了“故乡”，每个人的“故乡”皆已面目全非，“故乡”成了“一个传说”“一本无法查阅的词典”。

在这样一个时空错乱的环境里，记忆也就无所依从，必然呈现碎片化和单一化的特点。张晓刚问道：“当残缺和互不相干的记忆被生活编织成一床五彩的棉被盖在我们身上时，我们的梦幻将会是怎样的呢？”问题的根源在于，在这个消费时代，人们也是以消费主义的态度对待记忆的，不求其真实，只问其是否有用。记忆“只是我们今天诸多享受中的一种方式”，是“一个可以消费、可以为我们带来物质的产品，仅此而已，若不能带来这些，人们自然会用一种简单的方法将它灭掉……”事实上，面对快速变化的生活，记忆更像是一个“沉重的包袱”，因此“失忆”就成了某种“生存本能”，“一切似乎在提醒你只要坚定地运用‘失忆的能力’去拥抱现实、展望未来就可以了”。

记忆成为一个“沉重的包袱”，失忆成为一种“生存本能”和“能力”，这是张晓刚对现代性的深刻解读。在这里，让我们回到柏格森对两种记忆的区分，借以简略地分析一下这个问题。在一个急功近利的时代，人们最需要的似乎是一种对环境迅速做出反应、采取行动的能力，而这正是习惯式记忆的“优点”，它只让对当下行动有用的已经固化为某种习惯的记忆进入意识并发挥作用。相反，内省式记忆注重内在体验，在独处中把生活经验整合为一个有意义的整体，要求的恰恰是延缓甚至不做反应，对当下行动当然是一种妨碍。因此，当社会注重功利的追求时，习惯式记忆排挤内省式记忆乃是必然的事。然而，严格地说，习惯式记忆只是一种条件反射罢了，用人是精神性存在的尺度衡量，其实质正是失忆。

失忆的代价是沉重的。没有过去，就没有真正的未来，于是每一个当下也都成了孤立而空虚的刹那。没有人愿意像一个没有灵魂的东西那样活着。夜深人静之时，被驱逐的记忆会来惊扰睡梦，敲打灵魂。在记忆与失忆之间挣扎，便是现代人的可悲境况。出路何在？不知道。你可以大声疾呼“守护记忆，拒绝失忆”，但这无济于事。艺术家揭示的是个体记忆在这个时代的真实困境，它不是靠某种意识形态化的姿态可以消除的。但是，揭示本身就是有意义的，正视困境本身就意味着一种精神自由。

2014.5

纪事和感想

一、纪念《讲话》时我纪念什么？

昨天读到一位朋友的信，对我参与手抄《讲话》一事严词责问，向我要一个解释。接着，其他朋友同样的责问纷纷来到，一律表示疑惑和惊诧。此时，我才意识到我做了一件糊涂事。

我几乎已经忘记这件事了。两三个月前，收到作家出版社的信函，约请我手抄《讲话》中的一页，专用的稿纸也一并寄达。当时略觉诧异，直觉告诉我，此事不该我做。但是，遗憾的是，这次我没有听从我的直觉，而是顾及了情面。我想，该社的人我熟识，手抄一页书也说明不了什么，让抄就抄吧。我还想，从我的角度来说，我也有纪念《讲话》的理由，就是它在我的成长岁月里曾经起过重大的作用。

我找出了我在北大上学时的诗歌习作册，扉页上抄录的正是《讲话》中的一段文字:“那么,马克思主义就不破坏创作情绪了吗?要破坏的,它决定地要破坏那些封建的、资产阶级的、小资产阶级的、自由主义的、个人主义的、虚无主义的、为艺术而艺术的、贵族式的、颓废的、悲观的以及其他种种非人民大众非无产阶级的创作情绪。”当时的感觉是,这段话简直是我的一面镜子,照出了我的真面目,所列举的情绪,从“小资产阶级的”开始,我几乎占全了。事实上,那个诗歌册之前,我还写过许多诗,但大多销毁了,只把自己觉得在创作情绪上还算“健康”的保留下来,誊抄在了这个本子上。那已是“文化大革命”开始的时候,我决心按照毛的教导来破坏自己的一切不“健康”的创作情绪。

不过,我内心仍十分矛盾。一方面,在那个政治高压的年代,知识分子改造是不容置疑的律令,而当我发现我有如此多的不“健康”情绪时,便深感我的改造之必要和艰难。另一方面,正是这些不“健康”的情绪使我顾影自怜,觉得自己毕竟比周围许多同学心灵丰富。《讲话》中还有一句话是我当时经常重温的:“他们的灵魂深处还是一个小资产阶级知识分子的王国。”我强烈感觉到这句话也是在说我,击中了我的要害,同时又因此充满了忧虑和疑惑:如果我的灵魂深处没有了这个“小资产阶级知识分子的王国”,我还是我吗?我一方面似乎愿意按照毛的指引改造自己,另一方面恰恰害怕自己真的被彻底改造了。

也许正因为《讲话》触到了我的痛处,其实也是触到了一般文艺知识分子的痛处,在全部毛选中,这篇文章是我反复阅读因而读得最多的。现在我当然已经明白,当年我在读《讲话》时发生的内心斗争,实际上是我的被压抑的精神本能寻求突围的曲折表现。我在2004年出版的《岁月与性情》中如此反思:“在中国当时的政治语境中,知识分子是有原罪的,真正被判为原罪的正是这种精神本能,而所谓思想改造就是与之进行斗争的漫长过程,改造的成效则体现在能否成功地将它削弱乃至扼杀。回头想一想，多少人把一生中最好的时光耗费在与自己的精神本能作斗争上了，而他们本来是应该让它结出创造的果实的。”毫无疑问，这里说的“多少人”首先包括我自己。

如此看来，在纪念《讲话》时，我纪念的是自己的一段心路历程。那么，通过参与手抄活动能否表达我的纪念呢？显然不能，反而是把它遮蔽和扭曲了。这就是我的糊涂之处。所以，我觉得我必须向人们说明，此纪念非彼纪念，现在我对《讲话》的认识以我的反思为准。

（发表于 2012 年 5 月 23 日博客）

第二天的附言——

这么多评论，说明大家关注。做错事已是事实，我不是辩解，只是分析自己做错事的心理过程，给了解我因此感到诧异的朋友们一个解释。这个心理过程在当时只是一闪念，可是要分析就只能多说几句。我并不想寻求原谅，原谅改变不了已经做错事的事实。我更不想痛哭流涕、指天发誓、反戈一击，用这种姿态洗清自己，在历来的政治道德法庭上，这种姿态见得多了，但休想在我身上看到。不难想象，如果是在延安整风中或“文化大革命”中，这些站在道德制高点上砸石块、啐唾沫的人会如何表现。骂也罢，挖苦也罢，都随它去吧。我自己会吸取教训，今后遇事多想一想。最后，向所有真正关心我的读者道歉并道谢。就此打住。

（发表于 5 月 24 日博客）

二、网络评论和我的感想

1. 做了一件糊涂事

我参与抄写《讲话》，媒体披露相关消息后，朋友们惊诧，这使我意识到自己做了一件糊涂事。是的，是糊涂事，我就这么定性，拒绝上纲上线。为什么是糊涂事？因为这件事第一我不该做，第二我完全可以不做，第三我竟然做了。

先说我不该做。我的全部作品中贯穿的基本理念是人性和人类共同的精神价值，那已成为我的牢固信念，而这与《讲话》强调的文艺的阶级性判然有别。多位网友也指出了这一点，说我的作品与《讲话》的基调“格格不入”。正因为此，了解我的读者对我的参与感到难以置信，纷纷留言表示：“看到一串大名鼎鼎的作家名单里，只有您的名字，我盯着看了好久，怀疑人家弄错了”“看到名单上居然有你的名字，我非常震惊，有种记忆错乱的感觉”“看见这份名单时，我第一个念头就是周国平先生肯定不在名单上”“大家对你的期望太大了，别人抄书不意外，周老师是个大意外”“因为您一向以独立思考的学者、性情中人的作家形象出现，所以这次这么个应景的举动让大家觉得很不解”“这次国平先生真的很伤爱你的读者的心”。这些反应使我为自己做了这件事深感痛心。

其实我是完全可以不做的。作家出版社的这个策划原本就是应景之举，这里不存在任何压力，被请的作家完全有自由选择接受或拒绝，拒绝没有任何风险。至于说利诱，那区区一千元算什么，报酬比这多得多的应景活动，我拒绝得太多了。

可是我竟然做了。分析起来，原因有三。其一，约请函是和专用稿纸及一千元现金一起寄来的，我当时的想法和叶兆言完全一样：去邮局退款太麻烦（我还觉得驳了出版社熟人的面子），不如抄一页书省事。这是一个细节，但细节有时会起决定性作用。如果征求本人意见在先，我一定谢绝。其二，也是太不当一回事了，的确没想那么多，觉得抄一页书不说明什么，不等于对书中的观点表态。其三，就是我在博文中已经分析的，当时一闪念，想到从我的角度也有纪念的理由，即是我在成长岁月的一段心路历程。

我说是糊涂事，不是不认错，糊涂事也是错事，错在糊涂。一些网民上纲上线，斥为政治献媚和道德堕落，由它去吧。我自己心里明白，此事丝毫不能说明、我也确实没有因为此事而改变了自己的信念和人格。在这一点上，我对自己没有丝毫怀疑。

不过，做这件糊涂事虽属偶然，却反映了我一贯的弱点，最主要的是政治上不敏感。我习惯于在人生和精神生活层面上思考问题，对直接的政治斗争没有兴趣，从来不考虑政治站队的问题，对别人把我归于何派也毫不关心。之所以如此，并不是我的有意识的选择，实在是我的性情使然。人的优点和弱点是相连的，注重内在生活的另一面，便是对外部世界情态的无知。在处理具体事情时，政治上的不敏感使我的另一些弱点乘虚而入，比如讲情面。一位网友留言："一个讲面子的哲学家，太可怕。"说得好，我会记住。

我看重的是既懂我的优点，也懂我的弱点的读者的评论。摘录几则评论——

龚克的功课：周老师对这事的态度还是清楚的——"糊

涂”，到此为止也就可以了。从周一贯的作品来看，既非权力吹鼓手，也非当局反对派，自称“糊涂”是个恰当的界定。

风听海说：聪明人也有愚蠢事，何况周国平老师也并非“聪明人”，而是注重内在的“糊涂人”，平时谁会有事没事地想着“防”人呢，如果真是这样想着，那些好文章又从何而来？

晨岸轻雨：周国平错在出名，但无权势；不懂政治，无辜地成了政治怨气的出气口；太反躬自省，不会像别人那样去恨、去骂。

2. 公开认错是必要的

在意识到自己做了糊涂事之后，我写博文公开承认错误，未曾料到引来了数千条评论，一时舆情汹涌。我是一个很不喜欢直接介入政治的人，这次阴差阳错地被抛到了风口浪尖上，算是一个惩罚吧。

不过，我不后悔。尤其看了那些真正喜欢我、关心我的读者的留言，我庆幸自己做了必须做的事，即给这些读者一个诚实的解释。既然必须，也就心安。

在对我的谩骂中，相当一些是针对我的公开认错之举的，包括挖苦我试图两面讨好，而结果却是“里外不是人”。“里外不是人”也许是部分的事实，我的认错一方面可能会使其他参与者觉得尴尬，另一方面反而给这些谩骂者提供了机会。对于前者，我心有歉疚，对于后者，我不在乎。两面讨好者是在黑暗中活动的，恰恰因为我不想、也不需要讨好任何人，才把自己袒露在阳光下，并甘愿承担其后果。说到底，对我来说，最重要的事情是诚实地面对自己的内心。

令我欣慰的是，在一片骂声中，我听到了真懂我的声音，我从心底里感激这些陌生的知音，兹摘录如下——

甄曦 Real：犯错之后，不辩解不寻求原谅，不理会谩骂和讽刺；分析自己做错事的心理过程，我觉得这样一种态度恐怕真的比很多假惺惺的道歉和保证发誓来得重要。从中也可以看出，他的内心是很自主和强大的，他更加看重的是自己对自己的评价，所以才能够这么坦然和淡然地面对错误和不理会骂声。

Shenjiajun：自由高贵的心灵不用在意他人的原谅。

心随风动 111：能真实面对自己内心的人，就是这个时代的勇士。

任芷田：连赤子偶尔的过错都被痛斥，这是一个没有温暖的民族。恰当的姿态应是悄悄地转过脸去，体会一下轻风拂面的宽厚与伤感吧。

3. 网络舆情分析

大多数评论是对我和其他参与者的声讨乃至谩骂，其中鲜有理性的辨析。需要辨析的问题有二。

第一，参与抄写是否就一定是政治表态？我相信多数参与者不这么看，而是和我一样只看作一个应景之举，所以没有在意。事实上，其中许多作家的创作实践已经完全摆脱《讲话》的规定，体现了自己的文学追求。评价一个作家的主要依据是其作品，仅凭参与了一个应景之举就对之全盘否定，正暴露了政治至上逻辑（以前的“突出政治”，现在的“政治正确”）在作祟。

第二，对《讲话》是否允许有不同的认识？用追溯历史的眼光看，《讲话》的确开了几十年文化统制的先河，但我们无权要求每一个人都有这个认识或赞同这个结论。我相信，凡是曾经在《讲话》笼罩下从事创作的作家，人人都有一段复杂的心路历程，难道连回顾和反思自己的心路历程也不能允许，除了悔过、控诉、辱骂自己就不准有别的选择？“舆论一律”真是可怕，竟要管到人的内心！退一步说，即使有人至今仍然赞同《讲话》的某些观点乃至基本思想，只要不强加于他人，我们也应该尊重他的权利。如果说《讲话》的问题是只允许一个主义、一种文艺，那么，现在你们只允许人们对《讲话》有一种认识，你们对《讲话》的所谓深刻批判岂不成了笑话？

在我看来，一个人如何对待持有不同观点的人，比他自己持有何种观点更能反映他的文明程度。舆论的不宽容，对不同观点施以谩骂、语言暴力、道德审判，这种方式所体现的国民素质恰恰是专制的肥沃土壤。个人独裁和多数人的暴政是专制的两极，而两极相通，二者距离民主同样遥远。相对而言，推翻个人独裁还容易一些，铲除多数人暴政的土壤要难得多，这正是我的忧虑。

许多网友也有相同的担忧，摘录如下——

坐怀不乱的民工甲：我觉得很多作家可能确实是碍于情面，或者没太多从政治层面去考虑那意味着什么。大众如此口诛笔伐实在不够厚道。这不是另一个层面上要求别人“时刻不忘阶级斗争”吗？

林苒的林小苒：大家想再次对号入座红卫兵的角色，在网络上把另外一些人拖出来游街吗？

神剑千年传说："文化大革命"思维根深蒂固，对"文化大革命"的批判和反思也要理性地警惕，"文化大革命"思维可能换个面目复魅，以反"文化大革命"的名义支配我们。

小驴颂歌：我终于明白"文化大革命"是怎样发展成为一场浩劫的了，那就是中国无论什么年代都存在一大批投机的政治机会主义分子。那个时代，为了表现他们的忠心，便无以复加地将一切推向极端，形成了政治投机的疯狂。现今，他们枪口一转，又进行疯狂的投机了！

老马的sina微博：敬佩周国平先生知错认错，不迎合民意，追随自己的内心。反而是一干网友，站在道德高点，唾沫石块横飞与"文化大革命"小将何异？！善待个人，恶猜公权。"文化大革命"最恶之处在于煽动仇恨对立，抛弃原谅和解，并且针对个体！

2012.6